In dulci jubilo

In dulci jubilo

Weihnachtsgeschichten

benno

Bibliografische Information Der Deutschen Bibliothek
Die Deutsche Bibliothek verzeichnet diese Publikation
in der Deutschen Nationalbibliografie;
detaillierte bibliografische Daten sind im Internet über
http://dnb.ddb.de abrufbar.

ISBN 978-3-7462-2556-2

Stammerstr. 11, 04159 Leipzig
Zusammengestellt von Volker Bauch, Leipzig
Umschlag & Gestaltung: Ulrike Vetter, Leipzig
Umschlagfoto: Jörg Schöner, Dresden
Gesamtherstellung: Kontext, Lemsel (A)

INHALT

*I*N DULCI JUBILO

O Jesu parvule,
nach dir ist mir so weh.
Tröst mir mein Gemüte,
o puer optime,
druch alle deine Güte,
o princeps gloriae.
Trahe me poste, trahe me poste.

Ubi sunt gaudia?
Nirgends mehr denn da,
wo die Engel singen
nova cantica
und die Zimbeln klingen
in regis curia.
Eia qualia, eia qualia!

DAS WEIHNACHTSORATORIUM (41)

Ich will nur dir zu Ehren leben,
mein Heiland, gib mir Kraft und Mut,
dass es mein Herz recht eifrig tut!
Stärke mich,
deine Gnade würdiglich
und mit Danken zu erheben!

Johann Sebastian Bach

Die stillste Zeit im Jahr

Immer am zweiten Sonntag im Advent stieg der Vater auf den Dachboden und brachte die große Schachtel mit dem Krippenzeug herunter. Ein paar Abende lang wurde dann fleißig geleimt und gemalt, etliche Schäfchen waren ja lahm geworden, und der Esel musste einen neuen Schwanz bekommen, weil er ihn in jedem Sommer abwarf wie ein Hirsch sein Geweih. Aber endlich stand der Berg wieder wie neu auf der Fensterbank, mit glänzendem Flitter angeschneit, die mächtige Burg mit der Fahne auf den Zinnen und darunter der Stall.

Das war eine recht gemütliche Behausung, eine Stube eigentlich, sogar der Herrgottswinkel fehlte nicht und ein winziges ewiges Licht unter dem Kreuz. Unsere Liebe Frau kniete im seidenen Mantel vor der Krippe, und auf der Strohschütte lag das rosige Himmelskind, leider auch nicht mehr ganz heil, seit ich versucht hatte, ihm mit der Brennschere neue Locken zu drehen. Hinten standen Ochs und Esel und bestaunten das Wunder. Der Ochs bekam sogar ein Büschel Heu ins Maul gesteckt, aber er fraß es ja nie. Und so ist es mit allen Ochsen, sie schauen nur und schauen und begreifen rein gar nichts.

Weil der Vater selber Zimmermann war, hielt er viel darauf, dass auch sein Patron, der heilige Joseph, nicht nur so herumlehnte, er dachte sich in jedem Jahr ein anderes Geschäft für ihn aus. Joseph musste Holz hacken oder die Suppe kochen oder mit der Laterne die Hirten einweisen, die von überallher gelaufen kamen und Käse mitbrachten oder Brot oder was sonst arme Leute zu schenken haben.

Es hauste freilich ein recht ungleiches Volk in unserer Krippe, ein Jäger, der zwei Wilddiebe am Strick hinter sich herzog, aber auch etliche Zinnsoldaten und der Fürst Bismarck und überhaupt alle Gebrechlichen aus der Spielzeugkiste. Ganz zuletzt kam der Augenblick, auf den ich schon tagelang lauerte. Der Vater klemmte plötzlich meine Schwester zwischen die Knie, und ich durfte ihr das längste Haar aus dem Zopf ziehen, ein ganzes Büschel mitunter, damit man genügend Auswahl hatte, wenn dann ein golden gefiederter Engel darangeknüpft und über der Krippe aufgehängt wurde, damit er sich unmerklich drehte und wachsam umherblickte.

Das Gloria sangen wir selber dazu. Es klang vielleicht ein bisschen grob in unserer breiten Mundart, aber Gott schaut seinen Kindern ja ins Herz und nicht in den Kopf oder aufs Maul. Und es ist auch gar nicht so, dass er etwa nur Latein verstünde.

Mitunter stimmten wir auch noch das Lieblingslied der Mutter an, das vom Tannenbaum. Sie beklagte es ja oft, dass wir so gar keine musikalische Familie waren. Nur sie selber konnte gut singen, hinreißend schön für meine Begriffe, sie war ja auch in ihrer Jugend Kellnerin gewesen. Wir freilich kamen nie über eine Strophe hinaus. Schon bei den ersten Tönen fing die Schwester aus übergroßer Ergriffenheit zu schluchzen an. Der Vater hielt ein paar Takte länger aus, bis er endlich merkte, dass seine Weise in ein ganz anderes Lied gehörte, etwa in das von dem Kanonier auf der Wacht. Ich selber aber konnte in meinem verbohrten Grübeln, wieso denn ein Tannenbaum zur Winterzeit grüne Blätter hat, die zweite Stimme nicht halten.

Daraufhin brachte die Mutter auch mich mit einem Kopfstück zum Schweigen und sang das Lied als Solo zu Ende, wie sie es gleich hätte tun sollen. Der Advent, sagt man, sei die stillste Zeit im Jahr. Aber in meinem Bubenalter

war es keineswegs die stillste Zeit. In diesen Wochen lief die Mutter mit hochroten Wangen herum, wie mit Sprengpulver geladen, und die Luft in der Küche war sozusagen geschwängert mit Ohrfeigen. Dabei roch die Mutter so unbeschreiblich gut, überhaupt ist ja der Advent die Zeit der köstlichen Gerüche. Es duftet nach Wachslichtern, nach angesengtem Reisig, nach Weihrauch und Bratäpfeln.
Mich ereilten dann die qualvollen Stunden des Teigrührens. Vier Vaterunser das Fett, drei die Eier, ein ganzer Rosenkranz für Zucker und Mehl. Die Mutter hatte die Gewohnheit, alles Zeitliche in ihrer Kochkunst nach Vaterunsern zu bemessen, aber die mussten laut und sorgfältig gebetet werden, damit ich keine Gelegenheit fände, den Finger in den köstlichen Teig zu tauchen. Wenn ich nur erst den Bubenstrümpfen entwachsen wäre, schwor ich mir damals, dann wollte ich eine ganze Schüssel voll Kuchenteig aufessen, und die Köchin sollte beim geheizten Ofen stehen und mir dabei zuschauen müssen!
Aber leider, das ist einer von den Knabenträumen geblieben, die sich nie erfüllt haben. Am Abend nach dem Essen wurde der Schmuck für den Christbaum erzeugt. Auch das war ein unheilschwangeres Geschäft. Damals konnte man noch ein Buch echten Blattgoldes für ein paar Kreuzer beim Krämer kaufen. Aber nun galt es, Nüsse in Leimwasser zu tauchen und ein hauchdünnes Goldhäutchen herumzublasen. Das Schwierige bei der Sache war, dass man vorher nirgendwo Luft von sich geben durfte. Wir saßen alle in der Runde und liefen braunrot an vor Atemnot, und dann geschah es eben doch, dass jemand plötzlich niesen musste. Im gleichen Augenblick segelte eine Wolke von glänzenden Schmetterlingen durch die Stube.
Einerlei, wer den Zauber verschuldet hatte, das Kopfstück bekam jedenfalls ich, obwohl es nur bewirkte, dass sich der goldene Unsegen von neuem in die Lüfte hob. Ich wurde

dann in die Schlafkammer verbannt und musste Silberpapier um Lebkuchen wickeln, um ungezählte Lebkuchen.
Kurz vor dem Fest, sinnigerweise am Tag des ungläubigen Thomas, musste der Wunschzettel für das Christkind geschrieben werden, ohne Kleckse und Fehler, versteht sich, und mit Farben sauber ausgemalt. Zuoberst verzeichnete ich anstandshalber, was ja ohnehin von selber eintraf, die Pudelhaube oder jene Art von Wollstrümpfen, die so entsetzlich bissen, als ob sie mit Ameisen gefüllt wären. Darunter aber schrieb ich Jahr für Jahr mit hoffnungsloser Geduld den kühnsten meiner Träume, den Anker-Steinbaukasten, ein Wunderwerk nach allem, was ich davon gehört hatte. Ich glaube ja heute noch, dass sogar die Architekten der Jahrhundertwende ihre Eingebungen von dorther bezogen haben.
Aber ich selber bekam ihn ja nie, wahrscheinlich wegen der ungemein sorgfältigen Buchhaltung im Himmel, die alles genau verzeichnete, gestohlene Zuckerstücke und zerbrochene Fensterscheiben und ähnliche Missetaten, die sich durch ein paar Tage auffälliger Frömmigkeit vor Weihnachten auch nicht mehr abgelten ließen.
Wenn mein Wunschzettel endlich fertig vor dem Fenster lag, musste ich aus brüderlicher Liebe auch noch den für meine Schwester schreiben. Ungemein zungenfertig plapperte sie von einer Schlafpuppe, einem Kramladen, lauter albernes Zeug. Da und dort schrieb ich wohl ein heimliches »Muss nicht sein« dazu, aber vergeblich. Am Heiligen Abend konnte sie doch eine Menge von Früchten ihrer Unverschämtheit ernten. Der Vater, als Haupt und Ernährer unserer Familie, brauchte natürlich keinen Wunschzettel zu liefern. Für ihn dachte sich die Mutter in jedem Jahr etwas Besonderes aus. Ich erinnere mich noch an ein Sitzkissen, das sie ihm einmal bescherte, ein Wunderwerk aus bemaltem Samt, mit einer Goldschnur eingefasst.

Er bestaunte es auch sehr und lobte es überschwenglich, aber eine Weile später schob er es doch heimlich wieder zur Seite. Offenbar wagte es nicht einmal er, auf einem röhrenden Hirschen zu sitzen, mitten im Hochgebirge. Für uns Kinder war es hergebracht, dass wir nichts schenken durften, was wir nicht selber gemacht hatten. Meine Schwester konnte sich leicht helfen, sie war ja immerhin ein Frauenzimmer und verstand sich auf die Strickerei oder sonst eine von diesen hexenhaften Weiberkünsten, die mir zeitlebens unheimlich gewesen sind.
Einmal nun dachte auch ich etwas Besonderes zu tun. Ich wollte den Nähsessel der Mutter mit Kufen versehen und einen Schaukelstuhl daraus machen, damit sie ein wenig Kurzweil hätte, wenn sie am Fenster sitzen und meine Hosen flicken musste. Heimlich sägte ich also und hobelte in der Holzhütte, und es geriet mir auch alles vortrefflich. Auch der Vater lobte die Arbeit und meinte, es sei eine großartige Sache, wenn es uns nur auch gelänge, die Mutter in diesen Stuhl hineinzulocken.
Aber aufgeräumt, wie sie am Heiligen Abend war, tat sie mir wirklich den Gefallen. Ich wiegte sie, sanft zuerst und allmählich ein bisschen schneller, und es gefiel ihr ausnehmend wohl. Niemand merkte jedenfalls, dass die Mutter immer stiller und blasser wurde, bis sie plötzlich ihre Schürze an den Mund presste – es war durchaus kein Gelächter, was sie damit ersticken musste.
Lieber, sagte sie hinterher, weit lieber wollte sie auf einem wilden Kamel durch die Wüste Sahara reiten, als noch einmal in diesem Stuhl sitzen! Und tatsächlich, noch auf dem Weg zur Mette hatte sie einen glasigen Blick, etwas seltsam Wiegendes in ihrem Schritt.

Karl Heinrich Waggerl

Das Weihnachtsoratorium (9)

Ach mein herzliebes Jesulein,
mach dir ein rein sanft Bettelein,
zu ruhn in meines Herzens Schrein,
dass ich nimmer vergesse dein!

Johann Sebastian Bach

ABENDSEGEN

✲ ✲ ✲

Abends will ich schlafen gehn,
vierzehn Engel um mich stehn:
zwei zu meinen Häupten,
zwei zu meinen Füßen,
zwei zu meiner Rechten,
zwei zu meiner Linken,
zweie, die mich decken,
zweie, die mich wecken,
zweie, die mich weisen
zu Himmels Paradeisen!

Engelbert Humperdinck

NUN KOMM, DER HEIDEN HEILAND

Nun komm, der Heiden Heiland,
der Jungfrauen Kind erkannt,
dass sich wunder alle Welt,
Gott solch Geburt ihm bestellt.

Er ging aus der Kammer sein,
dem königlichen Saal so rein,
Gott von Art und Mensch, ein Held;
sein' Weg er zu laufen eilt.

Sein Lauf kam vom Vater her
und kehrt wieder zum Vater,
fuhr hintunter zu der Höll
und wieder zu Gottes Stuhl.

Dein Krippen glänzt hell und klar,
die Nacht gibt ein neu Licht dar.
Dunkel muss nicht kommen drein,
der Glaub bleib immer im Schein.

Lob sei Gott dem Vater g'tan;
Lob sei Gott seim ein'gen Sohn,
Lob sei Gott dem Heilgen Geist
immer und in Ewigkeit.

Martin Luther

WORÜBER DAS CHRISTKIND LÄCHELN MUSSTE

Als Josef mit Maria von Nazaret her unterwegs war, um in Betlehem anzugeben, dass er von David abstamme, was die Obrigkeit so gut wie unsereins hätte wissen können, weil es ja längst geschrieben stand – um jene Zeit also kam der Engel Gabriel heimlich noch einmal vom Himmel herab, um im Stalle nach dem Rechten zu sehen. Es war ja sogar für einen Erzengel in seiner Erleuchtung schwer zu begreifen, warum es nun der allererbärmlichste Stall sein musste, in dem der Herr zur Welt kommen sollte, und seine Wiege nichts weiter als eine Futterkrippe. Aber Gabriel wollte wenigstens noch den Winden gebieten, dass sie nicht gar zu grob durch die Ritzen pfiffen, und die Wolken am Himmel sollten nicht gleich wieder in Rührung zerfließen und das Kind mit ihren Tränen überschütten, und was das Licht in der Laterne betraf, so musste man ihm noch einmal einschärfen, nur bescheiden zu leuchten und nicht etwa zu blenden und zu glänzen wie der Weihnachtsstern.
Der Erzengel stöberte auch alles kleine Getier aus dem Stall, die Ameisen und Spinnen und die Mäuse, es war nicht auszudenken, was geschehen konnte, wenn sich die Mutter Maria vielleicht vorzeitig über eine Maus entsetzte! Nur Esel und Ochs durften bleiben, der Esel, weil man ihn später ohnehin für die Flucht nach Ägypten zur Hand haben musste, und der Ochs, weil er so riesengroß und so faul war, dass ihn alle Heerscharen des Himmels nicht hätten von der Stelle bringen können.
Zuletzt verteilte Gabriel noch eine Schar Engelchen im Stall herum auf den Dachsparren, es waren solche von der

feinen Art, die fast nur aus Kopf und Flügeln bestehen. Sie sollten ja auch bloß still sitzen und achthaben und sogleich Bescheid geben, wenn dem Kinde in seiner nackten Armut etwas Böses drohte. Noch ein Blick in die Runde, dann hob der Mächtige seine Schwingen und rauschte davon.

Gut so. Aber nicht ganz gut, denn es saß noch ein Floh auf dem Boden der Krippe in der Streu und schlief. Dieses winzige Scheusal war dem Engel Gabriel entgangen, versteht sich, wann hatte auch ein Erzengel je mit Flöhen zu tun!

Als nun das Wunder geschehen war, und das Kind lag leibhaftig auf dem Stroh, so voller Liebreiz und so rührend arm, da hielten es die Engel unterm Dach nicht mehr aus vor Entzücken, sie umschwirrten die Krippe wie ein Flug Tauben. Etliche fächelten dem Knaben balsamische Düfte zu, und die anderen zupften und zogen das Stroh zurecht, damit ihn ja kein Hälmchen drücken oder zwicken möchte.

Bei diesem Geraschel erwachte aber der Floh in der Streu. Es wurde ihm gleich himmelangst, weil er dachte, es sei jemand hinter ihm her, wie gewöhnlich. Er fuhr in der Krippe herum und versuchte alle seine Künste, und schließlich, in der äußersten Not, schlüpfte er dem göttlichen Kinde ins Ohr.

»Vergib mir!«, flüsterte der atemlose Floh. »Aber ich kann nicht anders, sie bringen mich um, wenn sie mich erwischen. Ich verschwinde gleich wieder, göttliche Gnaden, lass mich nur sehen, wie!«

Er äugte also umher und hatte auch gleich seinen Plan. »Höre zu«, sagte er, »wenn ich alle Kraft zusammennehme, und wenn du stille hältst, dann könnte ich vielleicht die Glatze des heiligen Josef erreichen, und von dort weg kriege ich das Fensterkreuz und die Tür ...«

»Spring nur!«, sagte das Jesuskind unhörbar. »Ich halte still!«
Und da sprang der Floh. Aber es ließ sich nicht vermeiden, dass er das Kind ein wenig kitzelte, als er sich zurechtrückte und die Beine unter den Bauch zog.
In diesem Augenblick rüttelte die Mutter Gottes ihren Gemahl aus dem Schlaf.
»Ach, sieh doch!«, sagte Maria selig. »Es lächelt schon!«

Karl Heinrich Waggerl

NUN FREUT EUCH, IHR CHRISTEN

Nun freut euch, ihr Christen, singet Jubellieder
und kommet, o kommet nach Betlehem.
Christus der Heiland stieg zu uns hernieder.

Refr.
Kommt, lasset uns anbeten, kommt, lasset uns anbeten,
kommt, lasset uns anbeten den König, den Herrn.

O sehet, die Hirten eilen von den Herden
und suchen das Kind nach des Engels Wort;
gehn wir mit ihnen, Friede soll uns werden.

Der Abglanz des Vaters, Herr der Herren alle,
ist heute erschienen in unserm Fleisch:
Gott ist geboren als ein Kind im Stalle.

Kommt, singet dem Herren, singt, ihr Engelchöre.
Frohlocket, frohlocket, ihr Seligen.
Himmel und Erde bringen Gott die Ehre.

John Francis Wade und Jean Francois Borderies

WIE DER KRANKE VOGEL GEHEILT WURDE

Anfangs kam nur geringes Volk aus der Stadt heraus zum Stall, sogar etliches Gesindel darunter, wie es sich immer einfindet, wenn viele Menschen zusammenlaufen, aber vor allem auch Arme und Kranke, die Blinden und die Aussätzigen. Sie knieten vor dem Knaben und verneigten sich und baten inbrünstig, dass er sie heilen möchte. Vielen wurde auch wirklich geholfen, nicht durch Wundermacht, wie sie in ihrer Einfalt meinten, sondern durch die Kraft des Glaubens. Lange Zeit stand auch ein kleines Mädchen unter dem Leutehaufen vor der Tür und konnte sich nicht durchzwängen. Die Mutter Maria rief es endlich an. »Komm herein!«, sagte sie. »Was hast du da in deiner Schürze?«
Das Mädchen nahm die Zipfel auseinander und da hockte nun ein Vogel in dem Tuch, verschreckt und zersaust, ein ganz kleiner Vogel.
»Schau ihn an«, sagte das Mädchen zum Christkind, »ich habe ihn den Buben weggenommen und dann wollte ihn auch noch die Katze fressen. Kannst du ihn nicht wieder gesund machen? Wenn ich dir meine Puppe dafür gebe?«
Ach, die Puppe! Es war ja trotzdem eine arg schwierige Sache. Auch der heilige Josef kratzte sich den kahlen Schädel, sonst ein umsichtiger Mann, und die Bresthaften in ihrem Elend standen rund herum und alle starrten auf den halbtoten Vogel in der Schürze. Hatte etwa auch er eine gläubige Seele?
Das wohl kaum. Aber seht, das Himmelskind wusste selber noch nicht genau Bescheid und deshalb blickte es einmal schnell nach oben, wo die kleinen Engel im Gebälk saßen.

Die flogen auch gleich herab, um zu helfen. Vögel waren ja ihre liebsten Gefährten unter dem Himmel. Nun glätteten sie dem Kranken das Gefieder und säuberten ihn, sie renkten den einen Flügel sorgsam ein und stellten ihm auch den Schwanz wieder auf, denn was ist ein Vogel ohne Schwanz, ein jämmerliches Ding!
Von all dem merkten die Leute natürlich nichts, sie sahen nur, wie sich die Federn des Vogels allmählich legten, wie er den Schnabel aufriss und ein bisschen zu zwitschern versuchte. Und plötzlich hob er auch schon die Flügel, mit einem seligen Schrei schwang er sich über die Köpfe weg ins Blaue.
Da staunte die Menge und lobte Gott um dieses Wunders willen. Nur das kleine Mädchen stand noch immer da und hielt die Zipfel seiner Schürze offen. Es war aber nichts mehr darin außer einem golden glänzenden Federchen. Und das musste nicht eine Vogelfeder sein, das konnte auch einer von den Engeln im Eifer verloren haben.

Karl Heinrich Waggerl

WIE SOLL ICH DICH EMPFANGEN

Wie soll ich dich empfangen und wie begegn ich dir,
o aller Welt Verlangen, o meiner Seelen Zier.
O Jesu, Jesu, setze mir selbst die Fackel bei,
damit, was dich ergötze, mir kund und wissend sei.

Dein Zion streut dir Palmen und grüne Zweige hin,
und ich will dir in Psalmen ermuntern meinen Sinn.
Mein Herze soll dir grünen in stetem Lob und Preis
und deinem Namen dienen, so gut es kann und weiß.

Was hast du unterlassen zu meinem Trost und Freud,
als Leib und Seele saßen in ihrem größten Leid?
Als mir das Reich genommen, da Fried und Freude lacht,
da bist du, mein Heil, kommen und hast mich froh gemacht.

Ich lag in schweren Banden, du kommst und machst mich los;
ich stand in Spott und Schanden, du kommst und machst mich groß
und hebst mich hoch zu Ehren und schenkst mir großes Gut,
das sich nicht lässt verzehren, wie irdisch Reichtum tut.

Nichts, nichts hat dich getrieben zu mir vom Himmelszelt
als das geliebte Leben, damit du alle Welt
in ihren tausend Plagen und großen Jammerlast,
die kein Mund kann aussagen, so fest umfangen hast.

Das schreib dir in dein Herze, du hochbetrübtes Heer,
bei denen Gram und Schmerze sich häuft je mehr und mehr;
seid unverzagt, ihr habet die Hilfe vor der Tür;
der eure Herzen labet und tröstet, steht allhier.

Ihr dürft euch nicht bemühen noch sorgen Tag und Nacht,
wie ihr ihn wollet ziehen mit eures Armes Macht.
Er kommt, er kommt mit Willen, ist voller Lieb und Lust,
all Angst und Not zu stillen, die ihm an euch bewusst.

Auch dürft ihr nicht erschrecken vor eurer Sünden Schuld;
nein, Jesus will sie decken mit seiner Lieb und Huld.
Er kommt, er kommt den Sündern zu Trost und wahrem Heil,
schafft, dass bei Gottes Kindern verbleib ihr Erb und Teil.

Was fragt ihr nach dem Schreien der Feind und ihrer Tück?
Der Herr wird sie zerstreuen in einem Augenblick.
Er kommt, er kommt, ein König, dem wahrlich alle Feind
auf Erden viel zu wenig zum Widerstande seind.

Er kommt zum Weltgerichte: zum Fluch dem, der ihm flucht,
mit Gnad und süßem Lichte dem, der ihn liebt und sucht.
Ach komm, ach komm, o Sonne, und hol uns allzumal
zum ewgen Licht und Wonne in deinen Freudensaal.

Paul Gerhardt

DAS WEIHNACHTSORATORIUM (12)

Brich an, o schönes Morgenlicht,
und lass den Himmel tagen!
Du Hirtenvolk, erschrecke nicht,
weil dir die Engel sagen,
dass dieses schwache Knäbelein
soll unser Trost und Freude sein,
dazu den Satan zwingen
und letztlich Friede bringen!

Johann Sebastian Bach

DAS MÄRCHEN VOM GLÜCK

Siebzig war er gut und gern, der alte Mann, der mir in der verräucherten Kneipe gegenübersaß. Sein Schopf sah aus, als habe es darauf geschneit, und die Augen blitzten wie eine blank gefegte Eisbahn.

»Oh, sind die Menschen dumm«, sagte er und schüttelte den Kopf, dass ich dachte, gleich müssten Schneeflocken aus seinem Haar aufwirbeln. »Das Glück ist ja schließlich keine Dauerwurst, von der man sich täglich seine Scheibe herunterschneiden kann!«

»Stimmt«, meinte ich, »das Glück hat ganz und gar nichts Geräuchertes an sich. Obwohl ...«

»Obwohl!?«

»Obwohl gerade Sie aussehen, als hinge bei Ihnen zu Hause der Schinken des Glücks im Rauchfang.«

»Ich bin eine Ausnahme«, sagte er und trank einen Schluck. »Ich bin die Ausnahme. Ich bin nämlich der Mann, der einen Wunsch freihat.«

Er blickte mir prüfend ins Gesicht, und dann erzählte er seine Geschichte.

»Das ist lange her«, begann er und stützte den Kopf in beide Hände, »sehr lange. Vierzig Jahre. Ich war noch jung und litt am Leben wie an einer geschwollenen Backe. Da setzte sich, als ich eines Mittags verbittert auf einer grünen Parkbank hockte, ein alter Mann neben mich und sagte beiläufig: ›Also gut. Wir haben es uns überlegt. Du hast drei Wünsche frei.‹ Ich starrte in meine Zeitung und tat, als hätte ich nichts gehört. ›Wünsch dir, was du willst‹, fuhr er fort, ›die schönste Frau oder das meiste Geld oder den größten Schnurrbart, das ist deine Sache. Aber werde endlich glücklich! Deine Unzufriedenheit geht uns auf die Nerven.‹ Er sah aus wie der Weihnachtsmann in Zivil. Weißer Vollbart, rote Apfelbäckchen, Augenbrauen wie aus Christbaumwatte. Gar nichts Verrücktes. Vielleicht ein bisschen zu gutmütig. Nachdem ich ihn eingehend betrachtet hatte, starrte ich wieder in meine Zeitung. ›Obwohl es uns nichts angeht, was du mit deinen drei Wünschen machst‹, sagte er, ›wäre es natürlich kein Fehler, wenn du dir die Angelegenheit vorher genau überlegtest. Denn drei Wünsche sind nicht vier Wünsche oder fünf, sondern drei. Und wenn du hinterher noch immer neidisch und unglücklich wärst, könnten wir dir und uns nicht mehr helfen.‹ Ich weiß nicht, ob Sie sich in meine Lage versetzen können. Ich saß auf einer Bank und haderte mit Gott und der Welt. In der Ferne klingelten die Straßenbahnen. Die Wachtparade zog irgendwo mit Pauken und Trompeten zum Schloss. Und neben mir saß nun dieser alte Quatschkopf!«

»Sie wurden wütend?«

»Ich wurde wütend. Mir war zumute wie einem Kessel kurz vorm Zerplatzen. Und als er sein weiß wattiertes Großvatermündchen von neuem aufmachen wollte, stieß ich zornzitternd hervor: ›Damit Sie alter Esel mich nicht länger duzen, nehme ich mir die Freiheit, meinen ersten und innigsten Wunsch auszusprechen: Scheren Sie sich zum Teufel!‹ Das war nicht fein und höflich, aber ich konnte einfach nicht anders. Es hätte mich sonst zerrissen.«

»Und?«

»Was, und?«

»War er weg?«

»Ach so! Natürlich war er weg! Wie fortgeweht. In der gleichen Sekunde. In nichts aufgelöst. Ich guckte sogar unter die Bank. Aber dort war er auch nicht. Mir wurde ganz übel vor lauter Schreck. Die Sache mit den Wünschen schien zu stimmen! Und der erste Wunsch hatte sich bereits erfüllt! Du meine Güte! Und wenn er sich erfüllt hatte, dann war der gute, liebe, brave Großpapa, wer er nun auch sein mochte, nicht nur weg, nicht nur von meiner Bank verschwunden, nein, dann war er beim Teufel! Dann war er in der Hölle. ›Sei nicht albern‹, sagte ich zu mir selber. ›Die Hölle gibt es ja gar nicht, und den Teufel auch nicht.‹ Aber die drei Wünsche, gab's denn die? Und trotzdem war der alte Mann, kaum hatte ich's gewünscht, verschwunden ... Mir wurde heiß und kalt. Mir schlotterten die Knie. Was sollte ich machen? Der alte Mann musste wieder her, ob's nun eine Hölle gab oder nicht. Das war ich ihm schuldig. Ich musste meinen zweiten Wunsch dransetzen, den zweiten von dreien, o ich Ochse! Oder sollte ich ihn lassen, wo er war? Mit seinen hübschen, roten Apfelbäckchen? ›Bratapfelbäckchen‹, dachte ich schaudernd. Mir blieb keine Wahl. Ich schloss die Augen und flüsterte ängstlich: ›Ich wünsche mir, dass der alte Mann wieder neben mir sitzt!‹ Wissen Sie, ich habe mir jahrelang, bis in den Traum hinein, die bittersten Vorwürfe gemacht, dass ich den zweiten Wunsch auf diese Weise verschleudert habe, doch ich sah damals keinen Ausweg. Es gab ja keinen.«

»Und?«

»Was, und?«

»War er wieder da?«

»Ach so! Natürlich war er wieder da! In der nämlichen Sekunde. Er saß wieder neben mir, als wäre er nie fortgewünscht gewesen. Das heißt, man sah's ihm schon an, dass er ... dass er irgendwo gewesen war, wo es verteufelt, ich meine, wo es sehr heiß sein musste. O ja. Die buschigen, weißen Augenbrauen waren ein bisschen verbrannt. Und der schöne Vollbart hatte auch etwas gelitten. Besonders an den Rändern. Außerdem roch's wie nach versengter Gans. Er blickte mich vorwurfsvoll an. Dann zog er ein

Bartbürstchen aus der Brusttasche, putzte sich Bart und Brauen und sagte gekränkt: ›Hören Sie, junger Mann, fein war das nicht von Ihnen!‹ Ich stotterte eine Entschuldigung. Wie Leid es mir täte. Ich hätte doch nicht an die drei Wünsche geglaubt. Und außerdem hätte ich immerhin versucht, den Schaden wieder gutzumachen. ›Das ist richtig‹, meinte er. ›Es wurde aber auch die höchste Zeit.‹ Dann lächelte er. Er lächelte so freundlich, dass mir fast die Tränen kamen. ›Nun haben Sie nur noch einen Wunsch frei‹, sagte er. ›Den dritten. Mit ihm gehen Sie hoffentlich ein bisschen vorsichtiger um. Versprechen Sie mir das?‹ Ich nickte und schluckte. ›Ja‹, antwortete ich dann, ›aber nur, wenn Sie mich wieder duzen.‹ Da musste er lachen. ›Gut, mein Junge‹, sagte er und gab mir die Hand. ›Leb wohl. Sei nicht allzu unglücklich. Und gib auf deinen letzten Wunsch acht.‹ ›Ich verspreche es Ihnen‹, erwiderte ich feierlich. Doch er war schon weg. Wie fortgeblasen.«

»Und?«

»Was, und?«

»Seitdem sind Sie glücklich?«

»Ach so. Glücklich?«

Mein Nachbar stand auf, nahm Hut und Mantel vom Garderobenhaken, sah mich mit seinen blitzblanken Augen an und sagte: »Den letzten Wunsch hab' ich vierzig Jahre lang nicht angerührt. Manchmal war ich nahe daran. Aber nein. Wünsche sind nur gut, solange man sie noch vor sich hat. Leben Sie wohl.«

Ich sah vom Fenster aus, wie er über die Straße ging. Die Schneeflocken umtanzten ihn. Und er hatte ganz vergessen, mir zu sagen, ob wenigstens er glücklich sei. Oder hatte er mir absichtlich nicht geantwortet? Das ist natürlich auch möglich.

Erich Kästner

IRISCHER WEIHNACHTSSEGEN

Nicht, dass jedes Leid dich verschonen möge,
noch dass dein zukünftiger Weg stets Rosen trage,
dass keine bittere Träne über deine Wange komme und kein
Schmerz dich quäle – dies alles wünsche ich dir nicht.
Sondern: dass dankbar du allzeit bewahrst die Erinnerung
an gute Tage,
dass mutig du gehst durch Prüfungen,
auch wenn das Kreuz auf deinen Schultern lastet,
auch wenn das Licht der Hoffnung schwindet.
Was ich dir wünsche:
dass jede Gabe Gottes
in dir wachse,
dass einen Freund du hast, der deiner Freundschaft
wert ist.
Und dass in Freud und Leid das Lächeln des
menschgewordenen Gotteskindes dich begleiten möge.

DER LIEBE GOTT ZIEHT DURCH DEN WALD

»Der liebe Gott zieht durch den Wald!« – So singt ein altes Lied, aber eine alte Erfahrung zeigt, dass er im Walde nicht jedem begegnet. Die Rehe und Hirsche vielleicht sehen ihn, fürchten ihn aber nicht – er geht ohne Büchse um. Der Pecher-Lenz, im Walde geboren und den Wald seit vierzig Jahren durchstreichend, ist, wie er meint, dem lieben himmlischen Waldgänger noch nicht ein einziges Mal begegnet, wohl aber manchem, vor dem er fluchend ausgerufen: »Das ist des Teufels« oder: »Hol's der Teufel!« Und doch! Auch der Lenz hat's erfahren: »Der liebe Gott geht durch den Wald!«

Sein – des Pechers – Haus steht tief im Walde; alles um dasselbe strebt in wilden Büschen und hohen Stämmen himmelwärts, und auf den Wipfeln klingt die Luft – nur das Haus kriecht auf dem Sande, und seine Kammern sind düster. Bis ins dreißigste Jahr war der Lenz ein armer Pechersbursche gewesen; dann nahm er sich ein Weib und war nun der arme Pechersmann geheißen. So groß war der Unterschied.

Seinem Vater ist's nicht viel besser ergangen. Der ist Waldhüter gewesen, aber von dem hoch gelobten Walde war nur das Bitterste sein Eigen – das Pech (Harz). Doch ließ sich's dabei leben; die Pecher, wohlgemerkt die ledigen, pfeifen beim Baumschaben heitere Liedchen, und die Terpentiner haben mitunter so schlecht nicht gezahlt. Das Handwerk ernährt seinen Mann – aber nur den Mann, nicht etwa auch noch Frau und Kinder.

»Bei Euch in der Waldhütte sollte der Zölibat sein«, sagte

einst ein fremder Jäger zum Pecher-Lenz. »Was ist denn das für ein Ding?«, fragte der Lenz, »ist's was zum Essen oder zum Ankleiden?«
Als sich der Fremde näher erklärte, wurde der Lenz fast aufgebracht. Sein ganzes Glauben, Lieben und Hoffen geht auf Weib und Kind. Er selber ist so viel als Bettelmann. Wenn er im Walde ein grünes Reis auf seinen Hut steckt – es ist fremdes Gut. Die Hütte, in der er wohnt, steht auf dem Boden des Herrn Gallheim und ist gebaut aus dem Holze des Herrn Gallheim. Nur Weib und Kind sind sein Eigen. Gallheim ist ein flinker Jäger und fröhlicher Lebemann, und ein kleiner Scherz mit der drallen, biederen Pecherin – warum nicht? Anderer Meinung ist der Lenz; der hat dem Gutsherrn darüber etwas Grobes gesagt. Grobsein aber ist nichts für einen armen Teufel; der muss allemal Süßwurzeln kauen, wenn er mit dem »gnädigen Herrn« spricht.
Nun, der Lenz hat eben getan, wie er getan hat – wie ich auch täte, an seiner Stelle – und so ist ihm eines Tages ein großer Brief ins Haus gekommen. Der Lenz kann nicht lesen, aber sein Weib hat die unselige Kunst gelernt. Er knittert mit Mühe das feine Zeug auseinander; das Blatt bleibt kleben an seinen harzigen Fingern: »Alte, geh', schau', was da drauf steht.«
Da drauf stand solches:

»An Lorenz Hackbretter im Kesselwald. Demselben diene zur Kenntnis, dass von nun ab forstwirtschaftlicher Rücksichten wegen das Pechschaben nicht mehr gestattet ist. Zuwiderhandelnde verfallen der Strenge des Gesetzes.

Der Oberförster, im Auftrage des Herrn von Gallheim, Gutsbesitzers.«

So hatte das junge Weib gelesen.
»Nu?«, fragte der Lenz, »und sonst nichts mehr? Der paar Worte wegen das sündhaft viele Papier?«
Er steckte die Hände in die Hosentaschen, ging in den Wald und brummte. »Nicht mehr gestattet! Forstwirtschaftlicher Rücksichten wegen, oder wie das Zeug heißt! Nun ja, die Sach' muss einen Namen haben! Allfort hab' ich Acht gegeben auf den Stamm; dieser schöne Wald, wie er heute dasteht, unter der Pechschabe ist er aufgewachsen. Und jetzt auf einmal ist's ein Verderben. Sakra, was heb' ich jetzt an!«
Gelernt hat er nichts. Wurzeln-Kräutergraben ist noch das Einzige; aber wenn er des Abends heimkehrt von seinen gefährlichen Gängen und Klettereien in den Felswänden, ist er trotzig und launisch, und unwirsch stößt er sein Kind, das herzige Magdale, von sich, wenn es, wie sonst, zu ihm herankommt und in süßer Kindlichkeit fragt, was das Reh mache draußen im Walde.
Das Reh draußen im Walde? Das bringt den Lenz auf neue Gedanken. Und eines Tages nimmt er den alten Kugelstutzen aus dem modernden Schrank hervor, schleicht damit hinaus, stellt sich an und siehe, harmlos kommt ein prachtvoller Hirsch mit hohem Geweih herangeschritten. Der Mann fährt mit dem Gewehr zur Wange – da sieht er in den Schaft eingegraben das Herz, aus dem ein Kreuz wächst. Das ist das liebe, traute, alte Zeichen, welches sein Vater so gern in Stab und Stiel seiner Werkzeuge eingegraben hatte.
Ein Kreuz – der Vater ist auch blutarm gewesen; ein Herz – er ist ehrlich geblieben. Das Gewehr entsinkt der Hand des Mannes, und der Hirsch läuft flink über die Matte hin.
Ein Herz und ein Kreuz! Er hat Weib und Kind und wird sie mit Kräuter- und Wurzelgraben in Gottes Namen ernähren.

Was geschah? Die Hirten taten sich zusammen und verklagten den Wurzelstecher, dass er den Grasboden verwüste. So wurde ihm auch dieses untersagt, und er ging verloren in den Wäldern umher und wusste nicht, was beginnen.
Ihr fragt, ob ihm nicht doch der liebe Gott begegnet sei mit einem guten Gedanken? Was helfen gute Gedanken dem, der sie nicht ausführen kann! Wohl aber anderer Geist trat ihn bisweilen an, der flüsterte: »Lenz, bist ein Mensch, hast ein Recht an die Welt, hast die Pflicht der Erhaltung gegen die Deinen, aber keine gegen Gallheim, keine gegen die reichen Bauernhöfe draußen, keine gegen den Wanderer, der durch den Wald zieht.«
»Hinweg«, rief der Mann in solchen Augenblicken und schlug mit der Faust in die Luft hinein, »ein ehrlicher Mann will ich bleiben. Sakra, das will ich sehen, ob ich's nicht durchsetz'!«
Er war ein leidenschaftlicher Raucher; für all seine Mühe und Arbeit war der persönliche Lohn stets ein behagliches Pfeifchen. Dieweil er nun keinen Tabak mehr kaufen konnte, beizte er Buchenblätter in Harz und wunderte sich schließlich, wie der Arbeitsmensch so viel Geld ausgebe für ein Ding, das er selber bereiten könne.
Magdale gedieh. Sie war nun sieben Jahre alt, war fleißig und brav, und als Weihnacht herankam, hoffte sie auf eine gütige Gabe vom Christkind. Vater und Mutter aber lächelten bitter. Das Christkind kommt nicht immer zu den braven, es kommt lieber zu den reichen Leuten.
Der Lenz hatte an dem Tage draußen beim Klausenwirt wohl eine Semmel und etliche Äpfel erstanden, um damit die Ehre des heiligen Christ zu retten. Aber auch ein Tannenbäumchen soll dazu sein, und Lichtlein dran. So war's früher stets gewesen, und so wurde es von dem geliebten Kinderherzen erwartet.
Der Lenz ist denselben Tag über wieder nicht daheim. Er

streift im Walde herum. Der Boden ist steinhart gefroren, das Moos knistert unter den Füßen, die Äste hängen, von Eisnadeln des Nebelfrostes belastet, tief herab. Der Lenz wandelt zwischen den ungezählten Bäumen des Waldes. Vor manchem jungen Tannenwipfelchen bleibt er stehen. »Es wäre schon das rechte«, murmelt er, »aber – darf ich denn? – Ich dürfte freilich nicht, aber heute schickt mich das Christkind, das diesen Wald ja so reich und hoch hat wachsen lassen. Mein seliger Vater hat viel tausend Bäumlein gepflanzt und gehütet – so kann's doch nicht gefehlt sein, wenn ich mir ein einzig Stämmchen davon heimtrage für mein Magdale!«

Mit Hast fährt er nach seinem Taschenmesser, ein kräftiger Schnitt, und eine zarte Tannenkrone ist geknickt. In diesem Augenblicke gellt ein derber Fluch. Zwei Männer mit Jagdgewehren bewaffnet stehen vor dem Lenz: Gallheim und sein Förster.

»Haben wir dich endlich, du gottverdammter Waldfrevler«, rief der Förster. »Schon seit langem werden von boshafter Hand in unseren Wäldern Bäume geknickt. Dieser Lump da tut's!«

»Ho ho«, brummt der Lenz, »nicht not, dass Ihr mich so anknurrt! Ich bin kein Lump, Ihr Herren!«

»Was denn?«, fragte Gallheim.

»In böser Absicht hab' ich mein Lebtag kein Zweiglein vom Ast gebrochen.«

So? Und dieser Wipfel, der weder einen Spatenstiel noch ein Stück Brennholz gibt?«

»Zu Gnaden, Herr – fürs Kind daheim ein Christbäumel.«

»Die Ausrede ist nicht übel«, lachte Gallheim, »aber einen ertappten Dieb und Waldfrevler lässt man nicht laufen. Förster, nehmt mir den Lungerer fest!«

Der Lenz zerstampfte den Moosboden. »Schau, du großer, gestrenger Herr«, sagte er knirschend, »das Moos ist auch nicht mein eigen, und ich zertrete es doch. Klag' mich! Die Luft ist auch nicht mein Eigen, und die ich ausatme, musst du vielleicht wieder einatmen – gnädiger Herr, du armer Schelm!«

In seinem Herzen kochte Trotz und Wut. Einerseits sah er's, er war ein Dieb; andererseits fühlte er's, es geschah ihm Unrecht. Kein bitteres Wort verlor er mehr. Finster grub er seinen Blick in den Boden und ließ sich fesseln und davonführen.

Und das Tannenbäumchen blieb liegen auf dem frosterstarrten Boden, und statt der lieblichen Christlichter glitzerten Eiskörner an den Zweigen.

Da hat sich an jenem Tage etwas zugetragen, das ganz so aussah, als hätte sich das Christkind für den armen Wäldler ins Mittel legen wollen; das liebe Christkind, welches den Reichen wohl glänzende Gaben bescheren mag, es sonst aber doch lieber mit den Armen hält.

Im Arrest hatten seit langem schon die Spinnen ihre Webstühle aufgerichtet. An diesem Weihnachtsabend nun wurden sie durch den Pecher-Lenz ein wenig gestört. Der Lenz zerriss sich seinen Bart vor Schmerz und Wut. Er dachte an sein schutzloses Heim, in welchem ihn heute die Seinen vergeblich erwarten würden; das Weib in Furcht und Angst, in Verzweiflung; das Kind schluchzend, bis es einschläft – das ist ihre Weihnacht. Und er, der Lenz, der sich gehütet hat sein Leben lang, dass er ein ehrlicher Mann verbleibe, sitzt jetzt im Gefängnis, wo vor ihm der Räuber saß, wo nach ihm der Strolch sitzen wird. Das ist seine Weihnacht! –

Zornig ob des Waldfrevlers und befriedigt zugleich, denselben erwischt zu haben, kehrte Gallheim in sein Herrenhaus zurück. Dort aber war Wirrnis und Jammer.

Theobald, der zehnjährige Sohn des Herrn, war, wie gewöhnlich, am Nachmittag auf seinem Schimmel ausgeritten. Das Haus stammte aus dem sechzehnten Jahrhundert und besaß eine Waffenkammer, in welcher sich mancherlei Rüstzeug befand. Nun war es heute dem Knaben eingefallen, derlei vom Reitknechte glätten und putzen zu lassen, dass es glänzte, und an sich zu hängen. So war er mit dem Blechwams und Helm und Schwert ausgezogen. Ein junger Ritter, dachte er an die Turniere und an die Burgfräulein, die er begehren und erstreiten wollte – und das feurige Ross trabte hinaus in den finsteren Wald.

Die übliche Reitstunde ging vorüber – Theobald kehrte nicht zurück. Es begann zu schneien, es begann zu dämmern – erkehrte nicht zurück. Als der Hauswart im Hofe die Laternen anzündete, rannte der Schimmel schnaubend und mit hochfliegender Mähne zum Tore herein. Aber auf dem Rosse saß kein Reiter.

Jetzt ging das Entsetzen an. Die Mutter fiel in Ohnmacht. Der Vater schoss planlos umher und war blass wie die Mauer seines Hauses. Die Dienerschaft stob verwirrt durcheinander; das Gesinde jammerte über den »lieben, guten, jungen, gnädigen Herrn«. Die Knechte sprengten auf Pferden zum Tore hinaus. Der Wächter läutete in seiner Kopflosigkeit die Sturmglocke.

Die Frau des Hauses war die Erste, welche wieder zur Besinnung kam. Sie eilte in den Schnee und in die Nacht hinaus; laut und hell rief sie ihr Kind, bis ihr die Stimme versagte. Durch Heide und Wald irrte sie, und wo ein Kreuzbild stand, da sank sie in die Knie und rang die Hände.

Herr Gallheim hastete wie ein gehetztes Wild über Berg und Tal; das Reh und der Edelhirsch, nach denen er sonst so gierig sein Feuerrohr gerichtet, hätte er flehend anrufen mögen: »Habt ihr mein Kind gesehen?« Die Tiere flohen erschreckt und lugten aus Verstecken hämisch auf ihn hin. In der Finsternis stolperte Gallheim über ein gebrochenes Bäumchen. Der Tannenwipfel war's, weswillen der Pecher-Lenz im Gefängnisse lag. »Auch dieser Mann hat Weib

und Kind«, so rief es in seinem Herzen. Er eilte weiter und stieß in sein Horn.
Die ganze Bewohnerschaft des Herrenhauses irrte im Walde. Der Pecher-Lenz war zu dieser Stunde fast der einzige Bewohner im großen Gebäude.
»Das ist eine arge Weihnacht«, sagten die Suchenden zueinander. »Wir werden morgen einen traurigen Christtag haben!« Und sie stießen ins Horn und lauschten; sie feuerten Schüsse ab und horchten vergebens auf ein Gegenzeichen. Wohl, sie vernahmen Signale, aber als sie denselben zugingen, waren es die der anderen Suchenden. Keiner hatte eine Spur, keiner wusste Rat. Endlich begann ein wildes Gestöber; der Sturm rüttelte in den Stämmen und erstickte den Schall der Hörner. Die Schneeflocken tanzten wie rote Sternchen um die Pechlunten; da sagte einer: »Der Herrgott legt schon das Bahrtuch darüber.«
»Das ist eine arge Weihnacht«, seufzte auch das Weib des Lenz im Waldhause. Sie ging von einem Fenster zum andern, eilte bei jedem Geräusch an die Tür – aber er kam nicht.
»Der Vater wird noch zum Christkind zu spät kommen«, meinte das kleine Magdale.
»Weiß Gott«, antwortete die Mutter halb für sich, »zu spät für das Christkind wird er nicht kommen. Aber so lange ist er mir noch nie ausgeblieben. Mir ist heute den ganzen Tag so bange. Geh' ins Bett, Magdale!«
Jetzt klopfte es ans Fenster. »Gottlob! Gottlob!«
Aber er war's nicht. Ein verspäteter Holzhauer ging vorbei, der rief durch die Scheibe hinein: »He, Muhme, was hat er denn angestellt?«
»Wer?«
»Er!«
»Ich weiß nicht, was Ihr meint«, versetzte das Weib angstvoll.

»Die Muhme wüsste es gar nicht? Na, so sage ich auch nichts. Das Beste wird sein, die Muhme lasst mich heut' in ihr warmes Stübel hinein.«

»Ich lass niemand ein. Mann! Lenz!«, rief sie gegen den Ofenwinkel hin.

»Tue sich die Muhme nicht foppen«, lachte der Holzknecht draußen; »der Lenz ist heute nicht daheim und kommt auch nicht heim.«

Sie stürzte zum Fenster hin. »Wisst Ihr was? Wo ist er denn?«

»Mir sind sie begegnet«, berichtete der Holzer, »er hat den Hut tief im Gesicht gehabt, aber ich habe ihn doch erkannt. Die Hände sind ihm gebunden gewesen.«

Das Weib tat einen Aufschrei. Der Holzhauer ging weiter. Und so ist anstatt des Christkindes im Waldhause der Jammer eingekehrt. Vielleicht als Vorbote nur. Wer kennt nicht den Unterschied zwischen Verzweiflung und ergebenem Leide? Wo dem Christkind Herzen entgegenschlagen, da finden böse Gäste kein Daheim.

»Geh' schlafen jetzt!«, sagte die Mutter zum Mädchen.

Magdale blickte verwundert auf. War denn nicht Christabend? Das Weib hielt ihr Weinen zurück, das Einzige, was sie ihrem Kinde tun konnte. Immer und immer wieder blies sie in die Glut des Herdes, und es wollte nicht brennen; sooft der Span verlosch, war es dem Mädchen, als hörte es irgendwo ein Schluchzen. Dann fragte es wieder nach dem Vater.

»Sei still!«, gab das Weib endlich unwirsch zur Antwort; bald setzte sie weicher hinzu: »Der Vater sucht das Christkind und hat sich im Wald verirrt.«

»Er wird es schon finden«, meinte das Magdale, »das Christkind hat ja eine leuchtende Brust und Äuglein wie Karfunkelsteine.«

»Freilich«, versetzte die Mutter. Weiter sagte sie kein Wort.

Tiefer und tiefer ging es in die Nacht hinein. Draußen rauschte der Wind, und die Fensterwinkel waren vollgestopft von frischem Schnee. Im weiten Lande ist Glanz und Freude in dieser heiligen Nacht ... Das Weib des Pechers zündete eine rote Kerze an. Mehrmals hatte die Kerze schon geleuchtet – es war ein trüber Glanz. Als der Vater des Lenz gestorben war, da hatte sie gebrannt; als in einer wilden Gewitternacht die Lawine vom Schollberge niederfuhr und das große Wasser gegen dieses Haus tobte, hatte sie gebrannt. Die rote Kerze sollte brennen, wenn einstmals nach diesem mühevollen Leben der Lenz und sein Weib das Auge schließen müssten im Waldhause. Es war die Sterbekerze. Und jetzt, da des Hauses ältester Bewohner, der ehrliche Ruf, gestorben war, jetzt brannte sie wieder.

Das Weib kniete vor dem Lichte nieder und betete zum Jesuskinde.

Sie betete nicht in wilder Leidenschaft, wie die vornehme Frau, sie betete mit Ergebung: »Ich lege, du heiliges Kind, mein Anliegen in deine Hände. Böses kann er nicht getan haben; es ist ja meine tägliche Bitt', dass ihn sein Schutzengel nicht sollt' verlassen. Aber mit gebundenen Händen! Hätte er denn doch gewildert, um dir zu Ehre, du heiliger Christ, einen Festbraten heimzubringen? Armut und Sorge, o Gott, wie gern ertrag ich's, nur nicht Schand und Schmach!«

»Jetzt sind sie draußen«, flüsterte das Magdale plötzlich. Und wahrhaftig, es war nicht das Klopfen des Windes – das war ein Pochen an der Tür.

Sogleich erfasste das Weib die Kerze und eilte zu öffnen. Ein fremder Knabe stand vor ihr. Ein seltsamer Knabe; er hatte eine leuchtende Brust. Die Kleider waren voll Schnee, die Locken voll Eise, die großen Augen voll Wasser. Vor Frost zitterte er und bat um Obdach.

»Ist kenn kein Mensch bei dir?«, rief das Weib. »Bist du allein? So komm, so komm nur!« Und sie fächelte den Schnee von seinen Kleidern, aber die Brust blieb leuchtend; sie trocknete seine Augen, da glänzten sie wie Karfunkel.

»Du liebes Christkind«, lispelte das Mädchen, »da setz' dich zum Ofen und wärme dich.«

Und immer wieder fragte das Weib, wo er herkäme, wer er wäre. Sie faltete dabei die Hände.

»Ich bin Theobald Gallheim«, antwortete endlich der Knabe. »Ich bin ausgeritten; da sind Wildhühner aufgeflogen, das Pferd ist scheu geworden und hat mich abgeworfen. Ich bin herumgegangen, bis es finster geworden ist. Dann ist der Wind und der Schnee gekommen, und ich habe gar nichts mehr gehört und gesehen und bin gefallen. Bin doch wieder weiter gegangen, und dann habe ich das Licht gesehen. Lasst mich liegen in Eurem Hause, und tut mir nichts Böses! Mein Vater wird schon kommen!«

Das Fieber schüttelte ihn, als er das sprach. Das Weib hatte Mühe, ihm die Schuhe von den Füßen zu bringen; sie waren schier angefroren. Der Knabe ächzte vor Schmerz; die Pecherin legte ihm kaltes Grubenkraut auf Hände und Füße, dann brachte sie eine warme Suppe und führte den Löffel selbst zu seinem Munde.

Das Magdale schlich spähend um den Knaben herum, schaute seine zarte Locken und seine frischen Wangen an und seine glänzende Brust und seine Augen. »Du armes Christkind, ist es doch richtig wahr, dass du so viel Kälte leiden musst!«

Das Weib trug von allen drei Betten, die in der Stube standen, die Kissen zusammen und baute damit auf der Ofenbank dem kleinen Gaste ein Lager. Theobald legte sich hin und schloss bald die Augen.

Dem geängstigten Weibe war leichter ums Herz geworden.

Ihr war dieser Knabe, der in der Christnacht hilflos zu ihr gekommen, ein gutes Vorbedeuten. Das Magdale, das gar nicht schlafen wollte, zerstreute sie mit etlichen jener alten Weihnachtslieder, die so reich an Gemüt und Humor sind. Und das eine vom »Häuserl im Dörferl« musste sie wiederholen:

»Ach, wie friert das göttlich Kind,
Wie geht nicht aus und ein der Wind –
Es liegt auf Heu und Stroh.
Ei, wenn ich nur das Häuserl hätt',
Das dort unt' im Dörferl steht,
Wie wär' ich doch so froh!
Ich nähm' die Mutter mit dem Kind,
Tät's führen in mein Häuserl g'schwind!«

Dabei unterbrach sich die Sängerin und horchte auf den Atem des Schlummernden; und das Magdale saß daneben und faltete die kleinen Hände ...
Gellender Waldhornschall schlug an die Wände der Hütte. Dem Weibe blieb der Ton in der Kehle stecken. Draußen knisterten schwere Tritte, die Tür ging auf, über und über beschneite Männer traten herein, unter ihnen eine stattliche Frau.
Die Pecherin tat einen flehenden Blick auf die Eintretenden, legte den Finger auf den Mund und wies auf den schlafenden Knaben. Kaum aber erblickte diesen die eintretende Frau, als sie mit einem Freudenschrei auf den Schläfer zustürzte. Der Knabe fuhr empor und blickte um sich. Und als er in dieser düsteren Hütte sich und seine Mutter sah, da zuckten seine roten Lippen.
Sogleich wurde auf dem Schollberge ein großes Feuer angezündet; hoch empor und weithin durchdrang der Schein die Nebel und das Schneegestöber. Gallheim, der reiche

Mann, hatte wohl in seinem Leben einen so glückseligen Christbaum nicht gesehen, als diese Feuersäule war, die ihm verkündete, dass sein Kind lebe.
Er ist gefunden!
So kamen sie nun alle hier zusammen, und noch nie hatte das kleine Haus im Walde so viele und so fröhliche Gäste gesehen als in dieser Nacht.
Dem reichen Manne barst schier das Herz. Da sah er seinen Sohn in der Familie dessen, den er heute –
Er dachte es nicht aus. Den schnellsten Reiter sandte er nach dem Herrenhause, um die eiserne Tür zu öffnen.
Sie waren alle noch beisammen, als der Lenz in einem vornehmen Wagen, bespannt mit zwei Rappen, angefahren kam.
Zur Stunde ging schon der Morgen auf.
»So geht es nicht allzu selten auf dieser Welt«, sagte Gallheim in tiefem Ernst zum Pecher. »Die Macht in der Hand eines leidenschaftlichen Menschen ist wie das Messer in der Hand eines Kindes, Lenz, ich habe dir Unrecht getan! Hier sehe ich dein Weib, dein Kind, denen du das Christbäumchen hast aufstellen wollen. Verzeiht mir! Verzeiht mir alle drei! Ich will es gut zu machen trachten!«
Er sprach dem Pecher die Meierstelle im großen Felberhofe zu.
Der Lenz war wortkarg. Er schüttelte den struppigen Kopf: der Felberhof wäre ihm zu groß.
»Zu groß!«, lachten die Leute, »das sollte ein Mann-Teufel, wie Ihr einer seid, niemals sagen. Manch' anderer wäre froh, könnte er seine Familie ohne Sorgen wachsen lassen, wie er will.«
»Mag nicht fort von da«, sagte der Lenz tonlos, »wollt mir lieber das Pechhacken wieder erlaubt sein.«
»Das Pechhacken, Lenz, das tut Euch schlecht und den Bäumen nicht gut«, versetzte Gallheim. »Aber die Förster-

stelle wird frei, und zu Christbäumen für Eure Nachkommenschaft haltet von heute an dreißig Joch Waldgrund als Euer Eigen. Dann, Hackbretter, wollen wir wieder gut sein.«

»Ich bin nicht bös'«, sagte der Lenz, »ich wollt den Herrn nur gebeten haben, dass er's hier vor meinem Weib und vor meinem Kind laut tät' sagen, dass ich nicht schuldiger Weis' eingesperrt worden bin.«

Gallheim fasste mit beiden Händen des anderen Rechte und rief: »Lenz, Ihr seid ein braver Mann!«

Und so ist das Christkind doch noch in die Hütte der Pechersleute gekommen.

Peter Rosegger

Winternacht

Nicht ein Flügelschlag ging durch die Welt,
Still und blendend lag der weiße Schnee.
Nicht ein Wölklein hing am Sternenzelt,
Keine Welle schlug im starren See.

Aus der Tiefe stieg der Seebaum auf,
Bis sein Wipfel in dem Eis gefror;
An den Ästen klomm die Nix' herauf,
Schaute durch das grüne Eis empor.

Auf dem dünnen Glase stand ich da,
Das die schwarze Tiefe von mir schied;
Dicht ich unter meinen Füßen sah
Ihre Weiße Schönheit Glied um Glied.

Mit ersticktem Jammer tastet' sie
An der harten Decke her und hin –
Ich vergess' das dunkle Antlitz nie,
Immer, immer liegt es mir im Sinn!

Gottfried Keller

WEIHNACHTEN

Unsere Kirche feiert verschiedene Feste, welche zum Herzen dringen. Man kann sich kaum etwas Lieblicheres denken als Pfingsten und kaum etwas Ernsteres und Heiligeres als Ostern. Das Traurige und Schwermütige der Karwoche und darauf das Feierliche des Sonntags begleiten uns durch das Leben. Eines der schönsten Feste feiert die Kirche fast mitten im Winter, wo beinahe die längsten Nächte und kürzesten Tage sind, wo die Sonne am schiefsten gegen unsere Gefilde steht, und Schnee alle Fluren deckt, das Fest der Weihnacht. Wie in vielen Ländern der Tag vor dem Geburtsfeste des Herrn der Christabend heißt, so heißt er bei uns der heilige Abend, der darauf folgende Tag der heilige Tag und die dazwischen liegende Nacht die Weihnacht. Die katholische Kirche begeht den Christtag als den Tag der Geburt des Heilands mit ihrer allergrößten kirchlichen Feier, in den meisten Gegenden wird schon die Mitternachtsstunde als die Geburtsstunde des Herrn mit prangender Nachtfeier geheiligt, zu der die Glocken durch die stille winterliche Mitternachtluft laden, zu der die Bewohner mit Lichtern oder auf dunkeln wohlbekannten Pfaden aus schneeigen Bergen an bereiften Wäldern vorbei und durch knarrende Obstgärten zu der Kirche eilen, aus der die feierlichen Töne kommen, und die aus der Mitte des in beeiste Bäume gehüllten Dorfes mit den langen beleuchteten Fenstern emporragt.

Mit dem Kirchenfeste ist auch ein häusliches verbunden. Es hat sich fast in allen christlichen Ländern verbreitet, dass man den Kindern die Ankunft des Christkindleins –

auch eines Kindes, des wunderbarsten, das je auf der Welt war – als ein heiteres glänzendes feierliches Geschehen zeigt, das durch das ganze Leben fortwirkt und manchmal noch spät im Alter bei trüben schwermütigen oder rührenden Erinnerungen gleichsam als Rückblick in die einstige Zeit mit den bunten schimmernden Fittichen durch den öden traurigen und ausgeleerten Nachthimmel fliegt. Man pflegt den Kindern die Geschenke zu geben, die das heilige Christkindlein gebracht hat, um ihnen Freude zu machen. Das tut man gewöhnlich am heiligen Abend, wenn die tiefe Dämmerung eingetreten ist. Man zündet Lichter und meistens sehr viele an, die oft mit den kleinen Kerzlein auf den schönen grünen Ästen eines Tannen- oder Fichtenbäumchens schweben, das mitten in der Stube steht. Die Kinder dürfen nicht eher kommen, als bis das Zeichen gegeben wird, dass der heilige Christ zugegen gewesen ist und die Geschenke, die er mitgebracht, hinterlassen hat. Dann geht die Tür auf, die Kleinen dürfen hinein, und bei dem herrlichen schimmernden Lichterglanze sehen sie die Dinge auf dem Baume hängen oder auf dem Tische herumgebreitet, die alle Vorstellungen ihrer Einbildungskraft weit übertreffen, die sie sich nicht anzurühren getrauen, und die sie endlich, wenn sie sie bekommen haben, den ganzen Abend in ihren Ärmchen herumtragen und mit sich in das Bett nehmen. Wenn sie dann zuweilen in ihre Träume hinein die Glockentöne der Mitternacht hören, durch welche die Großen in die Kirche zur Andacht gerufen werden, dann mag es ihnen sein, als zögen jetzt die Englein durch den Himmel, oder als kehre der heilige Christ nach Hause, welcher nunmehr bei allen Kindern gewesen ist und jedem von ihnen ein herrliches Geschenk hinterbracht hat.

Wenn dann der folgende Tag, der Christtag, kommt, so ist er ihnen so feierlich, wenn sie frühmorgens mit ihren schönsten Kleidern angetan in der warmen Stube stehen, wenn der Vater und die Mutter sich zum Kirchgang schmücken, wenn zu Mittage ein feierliches Mahl ist, ein besseres als in jedem Tage des ganzen Jahres, und wenn nachmittags oder gegen den Abend hin Freunde und Bekannte kommen, auf den Stühlen und Bänken herumsitzen, miteinander reden und behaglich durch die Fenster in die Wintergegend hinausschauen können, wo entweder die langsamen Flocken niederfallen oder ein trübender Nebel um die Berge steht, oder die blutrote kalte Sonne hinabsinkt. An verschiedenen Stellen der Stube, entweder auf einem Stühlchen oder auf der Bank oder auf dem Fensterbrettchen liegen die zauberischen, nun aber schon bekannteren und vertrauteren Geschenke von gestern Abend herum.

Hierauf vergeht der lange Winter, es kömmt der Frühling und der unendlich dauernde Sommer – und wenn die Mutter wieder vom heiligen Christ erzählt, dass nun bald sein Festtag sein wird, und dass er auch diesmal herabkommen werde, ist es den Kindern, als sei seit seinem letzten Erscheinen eine ewige Zeit vergangen, und als liege die damalige Freude in einer weiten nebelgrauen Ferne.

Weil dieses Fest so lange nachhält, weil sein Abglanz so hoch in das Alter hinaufreicht, so stehen wir so gerne dabei, wenn die Kinder dasselbe begehen und sich darüber freuen.

Adalbert Stifter

WEIHNACHTEN

Markt und Straßen stehn verlassen,
still erleuchtet jedes Haus,
sinnend' geh ich durch die Gassen,
alles sieht so festlich aus.

An den Fenstern haben Frauen
buntes Spielzeug fromm geschmückt,
tausend Kindlein stehn und schauen,
sind so wundervoll beglückt.

Und ich wandre aus den Mauern
bis hinaus ins freie Feld,
hehres Glänzen, heil'ges Schauern!
Wie so weit und still die Welt!

Sterne hoch die Kreise schlingen,
aus des Schnees Einsamkeit
steigt's wie wunderbares Singen –
o du gnadenreiche Zeit!

Joseph von Eichendorff

Die Geschichte vom Christkind-Vogel

Unter den vielen Vöglein, die in Wald und Feld herumfliegen und singen und zwitschern, gibt es einen ganz kleinen, bunten Vogel, der kleinste von allen, den nennen die großen und gelehrten Leute den Zaunkönig. Die Kinder aber und die einfältigen Leute, zu denen die Tante auch gehört, die sagen, wenn er vorüberfliegt: »Das ist der liebe Christkindvogel!«
Freilich wissen sie kaum, weshalb er so heißt, die Tante weiß es aber und erzählt es dem Mathildchen und dem Georg folgendermaßen: »Ich habe Euch noch gar nicht gesagt, dass vier Wochen vor Weihnachten der Nikolaus auf dem freien Platz droben auf dem Böllstein jeden Abend ein großes Feuer anzündet, das heißt das Weihnachtsfeuer. Daran wärmen sie sich, er und das Christkind, wenn sie in der Nacht ganz erfroren heim kommen, und dann bleiben sie oft bis zum Morgen dabei sitzen und arbeiten für die Weihnachtsbescherung. Da geschah es aber einmal vor langer, langer Zeit, dass der Nikolaus neben dem Feuer einschlief, statt zur rechten Zeit Holz nachzulegen, und das war ein rechtes Unglück, denn es begab sich gerade am Weihnachtstag, und einen dümmeren Streich hätte der Nikolaus gar nicht machen können. Als das Christkindchen herauskam und sein Kerzchen anzünden wollte, mit dem es die Weihnachtsbäume anbrennt, da war auch nicht das kleinste Köhlchen in der Asche mehr aufzufinden, obgleich der Nikolaus wie ein Blasebalg hineinblies, dass ihm der Staub in die Kehle flog und die Asche in's Gesicht. Seitdem ist seine Stimme noch viel rauer und sein Gesicht

noch einmal so dunkel als vorher. Es war aber gar nichts zu machen, aus war das Feuer und guter Rat teuer. Zündhölzer, die man hätte anstreichen können, gab es damals noch nicht, und wenn auch der Nikolaus endlich ganz unten aus seinem Sack einen Feuerstahl und ein Stückchen Zunder herauskramte, so war damit noch nicht geholfen. Er hatte auch da nicht Acht gegeben, hatte den Sack im Schnee liegen lassen, nun war der Schwamm nass, und wie er auch drauf schlug und sich die Finger zerhieb, kein Fünkchen, das aus dem Stahl sprang, konnte zünden. Das gute Christkindchen ward da zum ersten Male in seinem Leben bitterböse, und es hätte gern den Nikolaus fortgejagt, wenn es nur gleich einen Anderen gehabt hätte.
Wo sollte man nun Licht herbekommen? Es blieb gar nichts anderes übrig, als sich droben bei der lieben Mama Sonne ein Strählchen auszubitten. Wer konnte aber den weiten, weiten Weg bis zu ihr in der Geschwindigkeit hinauffliegen? Der Nikolaus, dem es von Rechtswegen zugekommen wäre, hatte keine Flügel, und wenn er sich in seinem Pelzrock auch noch so sehr aufgeblasen hätte, er wäre ja noch nicht bis über die kleinste Fichte hinaus gekommen. Das Christkind hatte wohl Flügel, und hätte es schon eher wagen können, aber es ließ traurig den Kopf hängen und sagte: »Der lieben Sonne bin ich von Weitem gar zu gut, aber nahe bei ihr ist es so brennend heiß, dass gewiss mein ganzes Gesicht schwarz davon wird. Was soll ich aber mit einem schwarzen Gesicht? Da fürchten sich die Kinder auch vor mir wie vor dem Nikolaus und lieben mich nur noch mit Zittern und Zagen, wenn ich ihnen auch die schönsten Gaben bringe. Das darf nicht sein, und außerdem ist es ja auch ein Mägdlein, dem man es nicht übelnehmen kann, wenn es lieber ein schönes, helles Gesicht, als ein schwarzes haben mag.
Auf einmal fiel ihm etwas Schönes ein. Es schüttelte die

blonden Locken zurück, die ihm beim Nachdenken über die Stirn gefallen waren, lachte fröhlich auf und schellte laut mit seinem silbernen Schellchen, dass es weithin durch den Wald erklang und die Kinder im Tale es hörten und glaubten, jetzt sei das Christkind schon da. Sie waren aber freilich angeführt.

Im Walde jedoch ward es auf einmal lebendig; es raschelte und flatterte und zwitscherte wie von tausend Vöglein, und wirklich, da kamen sie alle herbei, die im Walde wohnten, groß und klein. Sie kannten Christkindchens Glöcklein gar wohl und wussten, dass es ihnen jedes Jahr auch bescherte. Die Masse von Krümelchen, die sich das Jahr über in dem Sack des Nikolauses aufhäuften, wurden den Vöglein am Weihnachtsabend hingestreut und schmeckten ihnen gar zu gut. Sie glaubten alle, sie seien deshalb herbeigerufen, irrten sich aber eben so gewaltig wie die Kinder im Tale. Der Boden war zwar reingefegt, aber es lag nichts darauf als die Asche, die Nikolaus beim Blasen aufgewirbelt. Die Vöglein waren sehr erstaunt und fingen gleich an, untereinander darüber zu schwatzen, und Eines fragte das Andere, warum ihre Krumen nicht da seien. Sie dachten, wie es oft auch die Menschen tun, wenn sie das einmal bekommen, sei es nun ihr Recht und es müsste immer so sein.

Wie sie nun im lautesten Schwatzen waren, schellte das Christkind noch einmal und rief dann, so laut es konnte: »Stille!« Die Vöglein schwiegen und das Christkind fuhr fort: »Ihr lieben Vögelein, ich bin in großer Verlegenheit und weiß mir keinen Rat; wer von Euch will mir einen Gefallen tun?«

Da rief es in allen Tonarten, hoch und niedrig, dumpf und helle: »Ich! – Ich! – Ich!«

»Ach, wie gut seid Ihr«, sagte das Christkindchen, »ich wusste wohl, dass Ihr mir helfen würdet, jetzt hört nur: Seht, der böse Nikolaus, der war nachlässig und hat das

Feuer ausgehen und den Zunder nass werden lassen. Jetzt habe ich kein Licht, womit ich den vielen Kindlein, die auf mich warten, die Christbäume anzünden kann. Es muss neues Licht von der Sonne heruntergeholt werden, wer von Euch will für mich hinauffliegen und mir von der lieben, guten Sonne einen Strahl herunter bringen?«

So lebhaft vorhin die Vögel gewesen, so mäusestill wurden sie jetzt; sie hatten nicht gedacht, dass das Christkind ein so großes Wagstück von ihnen verlangen würde, und überdies ist Versprechen immer leichter als Halten. Da sie alle »Ich!« gerufen, so sah einer den andern an und jeder dachte, sein Nachbar würde das »Ich!« wiederholen. Als keiner etwas sagte, fragte das Christkind ganz traurig: »Nun, will mir keiner von Euch den Gefallen tun?«

Da räusperte sich der Spatz und sagte: »Ja, siehst Du, liebes Christkindchen, ich tue Dir alles gern zu Gefallen, aber das ist zu viel verlangt; wegen meiner flöge ich schon da hinauf, aber ich bin Familienvater und darf mich meiner Frau und meiner Kinder wegen der Gefahr nicht aussetzen, zu nahe an die Sonne zu kommen!« Als er geendet, warf er sich in die Brust, sah im Kreis herum, und die Vögel, die auch Familie hatten, nickten ihm Beifall zu. Dann hörte man ein schmelzendes Girren und die liebe Sängerin, die Nachtigall, begann zu zwitschern: »Es schmerzt mich in tiefster Seele, teures Christkind, dass ich dir die Bitte abschlagen muss, aber, Du wirst dies ja selbst einsehen – wie kann ich meine himmlische Stimme an eine so gefährliche Reise wagen. Bei der Sonne ist es furchtbar heiß, hier unten kalt, ich bekäme den Schnupfen, würde heiser – mein Gott, wer sollte denn da im nächsten Frühjahr Busch und Wald und alle liebenden Herzen mit seinem Gesang entzücken?«

Was konnte Christkind dazu sagen? Es nickte, ohne ein Wort zu sprechen, und sah sich dann fragend und trauernd im ganzen Kreise um; gerade auf die Nachtigall, die ja doch als Künstlerin ein großes Herz haben musste, hatte es im Stillen am meisten gerechnet. »Geschätzte Freundin«, hob nun der Dompfaff an, »ich bin stets bereit zu allen guten Werken, aber es steht geschrieben: ›Wer sich mutwillig in Gefahr begibt, kommt darinnen um.‹ Der Flug, den Du uns da zumutest, ist für unsere Fittiche zu hoch; aber selbst wenn ich ihn unternehmen wollte, so dürfte ich nicht, denn wer sollte denn noch hier im Walde Sitte und Ordnung aufrecht erhalten, wenn ich verderbe?«

»Ja, ja«, schnatterte die Elster dazwischen, »der würdige Herr Dompfaff hat ganz Recht. Er muss bei uns bleiben, und ich kann mich auch durchaus nicht auf die Reise einlassen. Auf morgen bin ich bei der Drossel auf ein Gericht Würmer eingeladen, auf übermorgen zu Wiedehopf's und so die ganze Woche fort. Gott, wie schrecklich, wenn ich mich beschädigte und daheim bleiben müsste, die ganze Gesellschaft stürbe vor Langeweile!«

Christkindchen wendete sich unmutig weg, aber die Not war gar zu groß, darum legte es sich noch einmal auf's Bitten. »Und Du, Lerche«, sagte es lieblich, »willst Du mir nicht helfen? Du kannst ja doch höher fliegen und schwärmen als alle anderen Vögel.« Die Lerche hob ihr Köpfchen auf, hing es auf eine Seite, sah zuerst Christkindchen schmachtend an und dann wieder zur Erde. Endlich schien sie Worte zu finden und flötete leise: »Liebes Christkind, ich fürchte mich; ich bin so zart und fein, und es wäre gar unweiblich von mir, wenn ich mehr Mut haben wollte als die Männer.«

So war auch diese Hoffnung dahin – dem Christkindchen liefen zwei große Tränen über die rosigen Wangen und es hörte kaum, wie der Specht klapperte: »Welche Zumutung, an die Sonne zu fliegen! Bedanke mich schönstens, ich habe genug zu tun, wenn ich mein redlich Teil klappere

und rassele, das gehört zum Handwerk und alles Übrige geht mich nichts an!«
»Schweigt nur«, rief Christkind entrüstet, »und fliegt wieder in Eure Nester; setzt Euch recht warm darin zurecht und freut Euch, dass Ihr das Leben habt. Es ist mir nur leid, dass ich Euch gerufen. Meine armen Kinder bekommen nun freilich dieses Jahr keine Christbäume!«
Und doch! Und doch! Leise schwirrte es durch die Luft, und im nächsten Augenblick saß ein ganz kleines, unscheinbares Vöglein von grauer Farbe, das aber ein zierliches Krönlein auf dem Kopfe trug, welches ihm ein ganz besonderes Ansehen gab, auf Christkinds Schultern. »Ich will hinfliegen, Christkindchen«, sagte es mit einem feinen Stimmchen, »und habe nur gewartet, bis die großen und vornehmen Herren Vögel gesprochen. Da sie verhindert sind, so ist es nicht unbescheiden von mir, wenn ich Dir mein Hilfe anbiete.«
Ei, ei, wie streckten da die vornehmen Herren Vögel die Hälse neugierig aus und pusteten sich auf und schüttelten verächtlich mit den Köpfen, und dabei zischelten sie: »Ei der Tausend, seht einmal den Herrn Zaunkönig an, wie patzig der sich macht!« Christkindlein aber weinte jetzt vor Freude; es drückte das Vöglein jetzt an seine Brust, küsste es und rief: »Flieg, mein lieber, kleiner Vogel, flieg! Du sollst mir auch fortan der Liebste im ganzen Walde sein!«
Und das Vöglein flog, flog, flog, bis nur noch ein schwarzes Pünktchen und dann gar nichts mehr von ihm zu sehen war. Keines rührte sich von seinem Platze, und alles sah hinauf in die Höhe und Christkindchens blaue Augen leuchteten in überirdischer Freude. Es war auch Christkindlein, das wieder zuerst ganz oben am Himmel einen hellen Punkt erblickte; der Punkt kam näher und näher, bald glänzte er wie ein leuchtender Stern und dann wie eine kleine Sonne, die bald darauf zu Christkindchens Füßen niedersank.

Wer konnte das anders sein als der liebe Zaunkönig, der wirklich dem Christkind einen Sonnenstrahl im Schnäblein mitbrachte. Schnell brannte Christkind sein Kerzchen an, ehe der Strahl erlosch, und dann bückte es sich, um nach dem Zaunkönig zu sehen, der noch erschöpft am Boden lag. O, Himmel, wie sah der arme Schelm aus! Die andern Vögel hatten wohl recht gehabt, man fliegt nicht ungestraft zur Sonne, aber wem so recht nach dem Lichte verlangt, der tut es doch und wenn er sich auch die Flügel dabei versengt. Denkt Euch, Kinder, der arme Zaunkönig hatte nicht ein Federchen mehr auf dem Leib, denn die heißen Sonnenstrahlen hatten sie alle abgebrannt, und er zitterte und fror, dass es zum Erbarmen war.
»Das hat er nun davon!«, erklärte salbungsvoll der Dompfaff, und die Elster nickte mit dem Kopf und schrie: »Ich werde es jeden Tag als warnendes Beispiel meinen Kindern erzählen!« Die Nachtigall schwieg, denn im Grunde ihres Herzens schämte sie sich doch ein wenig und missgönnte dem Zaunkönig fast seinen nackten Leib. Indessen hatte aber der Nikolaus schnell seine Pelzmütze abgerissen, obgleich er sich tüchtig die Ohren dabei erfror, und bettete den Zaunkönig hinein, damit er nicht erfriere, bis er ein neues Kleidchen bekommen.
Dazu musste schnell Rat geschafft werden. Christkind rührte wieder an seinem Schellchen und rief dann: »Ihr Vögel und Vöglein, höret mich an! Zur Sonne wolltet Ihr mir zwar nicht fliegen, und ich werde es auch nie mehr von Euch erwarten noch verlangen, aber für den armen, kleinen Zaunkönig, der mehr gewagt als der Stolzeste von Euch, nehme ich Euer brüderliches Mitgefühl in Anspruch. Gebe ihm jeder von Euch eine Feder, damit ich ihm ein neues Kleidchen davon machen kann!«
Nun predigte es keinen tauben Ohren; an diesem Werke beteiligte sich jeder gern und jeder wollte dabei der Erste

sein. Schöne Reden halten und milde Beiträge sammeln, das ist gar nicht gefährlich, sondern sehr angenehm und gibt Ehre und Ansehen vor der Welt. Der Dompfaff und die Nachtigall stellten sich an die Spitze, forderten die Federn ein, und Letztere flötete ihre Bitte so süß, dass keiner widerstehen konnte. Die Elster ermahnte mit lauter Stimme ihre ganze große Bekanntschaft, bei dem milden Werke nicht zurückzubleiben, und versicherte Jedermann, sie gäbe zwei Federn. Die müssen aber verloren gegangen sein, denn man hat niemals eine davon auf Zaunkönigs Leib entdecken können. Und doch gab es einen unter den Vögeln, der den ernsten Ermahnungen des Dompfaffs und der süßen Stimme der Nachtigall widerstehen konnte. Das war der Uhu. Er erwiderte mürrisch, die ganze Geschichte gehe ihn nichts an; er sei ein Weiser und Gelehrter und betrachtete sich die Welt nur von oben herab. Dass sich der Zaunkönig verbrannt habe, sei eine natürliche Folge seines unvorsichtigen Fluges, und er wolle nicht darunter leiden. Dies war so neidisch und hässlich von dem Uhu, dass alle Vögel darüber entrüstet waren und ihm erklärten, sie würden nicht mehr mit ihm umgehen. Darum sitzt er auch jetzt immer allein und fliegt nur des Nachts aus, wenn die andern Vögel schlafen. So wie dem Uhu sollte es auch allen neidischen Menschen und Kindern gehen. –
Zum Glück brauchte man Uhu's Feder nicht, es waren genug andere da, in einer Minute machte Christkind das neue Kleidchen fertig, streifte es dem Zaunkönig über, und da flog er wieder ganz munter aus der Pelzkappe heraus und sah sich vergnügt um. Dann wollte er sich wieder ganz bescheiden in der Vogelschar verlieren. Christkindchen aber griff mit beiden Händen nach ihm, hielt ihn fest, drückte ihn an sich und sprach: »Nein, Du bleibst bei mir, denn Du bist mir fortan der liebste Vogel im ganzen Walde und Du sollst für immer der Christkind-Vogel heißen. Wenn ich

des Nachts ausreite, fliegst Du mit mir und pickst mit Deinem kleinen Schnäblein leise an die Schlafstubenfenster, damit die Kinderlein merken, wer in der Nähe ist. Komm' jetzt gleich mit mir, denn es ist schon fast ganz dunkel, und die Kinder werden mit Schmerzen auf mich warten!«
Da setzte sich das Vöglein auf Christkinds Schulter; es nahm sein Kerzchen zur Hand, dann hoben beide ihre Flügel auf – und fort waren sie. Knurrend trollte der Nikolaus hinter ihnen den Berg hinab. –
Der Georg und das Mathildchen merken es sich nun aber recht genau, wie schön es ist, gefällig zu sein, wenn man sich auch ein bisschen weh dabei tut, und nehmen sich fest vor, so gut und bescheiden zu werden wie der Christkind-Vogel. Den neidischen Uhu mögen sie aber nicht leiden und wollen darum auch selber niemals neidisch sein.
– Wenn es wieder Sommer wird, geht die Tante mit den Kindern in den Wald, da besuchen sie den Christkind-Vogel und bringen ihm ein Stück Kuchen mit.

Luise Büchner

EIN WUNDER IST GESCHEHEN

Vom Himmel in die tiefsten Klüfte
Ein milder Stern herniederlacht;
Vom Tannenwalde steigen Düfte
und hauchen durch die Winterlüfte,
Und kerzenhelle wird die Nacht

Mir ist das Herz so froh erschrocken.
Das ist die liebe Weihnachtszeit!
Ich höre fernher Kirchenglocken
Mich lieblich heimatlich verlocken
In märchenstille Herrlichkeit.

Ein frommer Zauber hält mich wieder,
Anbetend, staunend muss ich stehn;
Es sinkt auf meine Augenlieder
Ein goldner Kindertraum hernieder,
Ich fühl's, ein Wunder ist geschehn.

Theodor Storm

WEIHNACHTEN BEI THEODOR STORM

Unser Vater war ein echter, rechter Weihnachtsmann, er wusste jedes Fest erst recht zu einem Feste zu gestalten. Den ganzen Zauber der Weihnacht zu übertragen. Und so feiern auch wir, seine Kinder, unsere Weihnachtsfeste ganz im Sinne unseres Vaters. Der Weihnachtsbaum wird genau so geschmückt, wie er einst von ihm geschmückt wurde, die Kuchen nach den althergebrachten Familienrezepten gebacken, wie sie schon sein Kinderherz entzückten. Wenn das alte liebe Weihnachtsfest wieder naht und ich mich in eine rechte Weihnachtsstimmung versetzen will, setze ich mich in der Dämmerung in einen tiefen Lehnstuhl. Von draußen wirft die Laterne traulich ein mattes Licht durch die Fenster. Ich schließe die Augen, und bald bin ich daheim in unserm großen, alten Hause in Husum in der Wasserreihe. Meine Geschwister und ich, wir sind wieder Kinder.

Es wird wieder einmal Weihnachten, und wir Kinder leben in goldenen Träumen, bis das im Leben so seltene Wunder eintritt, dass diese Träume in dem brennenden Weihnachtsbaum verkörpert vor uns stehen. Draußen auf den stillen Wegen des Gartens, den Sträuchern und alten Bäumen liegt glitzernder Schnee. Im ganzen Hause duftet es nach Tannen und braunen Weihnachtskuchen. Feststimmung guckt schon aus allen Ecken, wie eine Ahnung von Weihnachtsabend.

Es weihnachtet sehr – die Heimlichkeiten wachsen mit jedem Tage. Vater schließt sich immer häufiger in seiner Studierstube ein, und wir Kinder, die wir um die Zeit der heiligen Weihnacht gerne an den Türen lauschen, hören ihn die Tür des Nussbaumschrankes öffnen und leise wieder schließen. Dieser Nussbaumschrank birgt in seinem Innern alle Geheimnisse und Wunder fürs Weihnachtsfest. In einem unbewachten Augenblick treten wir doch ins Zimmer. Vater schließt schnell den Schrank, dann nimmt er uns in seine Arme, macht ein geheimnisvolles Gesicht, sieht uns innig an und sagt mit leiser Stimme nur das eine Wort »Weihnachten«.

In der Essstube ist großes Kuchenbacken. Unsere Mutter und die Mädchen stehen mit aufgekrempelten Ärmeln. Sie rollen weißen und braunen Kuchenteig aus, der in großen Steintöpfen um den Ofen herum steht. Große schwarze Platten stehen bereit, die verschieden geformten Kuchen aufzunehmen, die dann von den Mädchen zum Bäcker getragen werden.

Auch wir Kinder haben unseren Teil bekommen. Wir stehen an unserem kleinen Kindertisch, ein weißes Nachthemd über unsere Kleider, ein gezipfeltes Taschentuch auf dem Kopfe. Jedes von uns hat ein Klümpchen weißen und braunen Kuchenteig vor sich, der bald unter unseren geschäftigen kleinen Händen in die wunderbarsten Dinge gewandelt wird. Die Tür öffnet sich, und unser Vater tritt mit dem freundlichsten Leuchten seiner blauen Poetenaugen ins Zimmer.

»Ihr seid ja alle gewaltig in der Fahrt«, neckt er und bewundert unsere herrlichen Schöpfungen, von denen man meistens nicht zu erkennen vermag, was sie vorstellen sollen. Es beginnt nun ein heimliches Geflüster zwischen Vater und uns, und es gelingt uns, Vater einige kleine Weihnachtsüberraschungen verraten zu lassen, die unsere Freude am Weihnachtsabend keineswegs verringert.

»Morgen wollen wir vergolden und Netze schneiden«, spricht der Vater verheißungsvoll.

Wenn wir in ein bestimmtes Alter gekommen waren, durften wir vergolden helfen und Netze schneiden. Die langen schmalen Streifen Rauschgold wurden freilich nur von unserm Vater geschnitten, mit seiner großen alten Papierschere, die ich so deutlich vor mir sehe. –
Morgen ist heute geworden, und Vater nimmt uns mit in seine Studierstube. Die dunkle Holztäfelung der Decke, die tiefrote behagliche Färbung der Wände, an denen ringsum die Bücherregale laufen, und über dem Tische die helle leuchtende Lampe schauen uns behaglich und gar verheißungsvoll an. Auf dem Tisch ausgebreitet liegen Nüsse, Tannenzapfen, Eier und Schaumgold. Wir setzen uns alle um den Tisch und beginnen nach Vaters Anordnung Watte in Eiweiß zu tauchen, mit der wir vorsichtig die Nüsse und Tannenzapfen betupfen. Dann wird ein Stück Schaumgold auf die befeuchtete Stelle gelegt und vorsichtig mit Watte angetupft. Nun werden zwölf Netze vom feinsten weißen Konzeptpapier geschnitten. Uns Kinder klopft das Herz dabei: »wenn wir nun die Spitzen abschneiden!« In die Netze kommen große, viereckige Bonbons, die wir alter Tradition gemäß in farbige Papiere wickeln, die durchaus die Farben: grün, gold und hausrot haben müssen.
Auf diese Netze, in denen schon feine Kinderträume hingen, legte unser Vater besonderen Wert. Wer von uns zum erstenmal in seinem kleinen Leben ein solches wunderbares Netz tadellos ausgeführt hatte, kam sich vor, als sei er nun erst ein fertiger kleiner Mensch geworden.
Die weißen Netze sind geschnitten und tadellos zu unseres Vaters innigster Befriedigung ausgefallen. Goldene Nüsse, Eier und Tannenzapfen heben sich leuchtend von der dunklen Tischplatte ab. Wir Kinder stehen ermüdet und wollen zu Bett gehen. Vater tritt ans Fenster, öffnet weit beide Flügel. – Der Mond scheint, und wir Kinder sehen deutlich zwischen Vaters ausgebreiteten Armen in den be-

schneiten Garten. Da spricht Vater mit leiser, wie von Musik getragener Stimme:

»Mondbeglänzte Zaubernacht,
die den Sinn gefangenhält,
wunderbare Märchenwelt,
steig' auf in der alten Pracht.«

Wir gehen still und nehmen den Zauber dieser Stimmung mit in unsere Träume, aus denen wir mit dem seligen Bewusstsein erwachen: »Heute ist er, der Heilige Abend.« Nun beginnt ein buntes Treiben im Hause. Vater trägt alle seine Schätze selbst ins Weihnachtszimmer, in dem die zwölf Fuß hohe Tanne schon ihres Schmucks wartet. Wir Kinder schmücken in unserer Kinderstube ein kleines, bescheidenes Bäumchen für arme Kinder. Wir haben ihn von unserem eigenen Gelde erstanden. Vater und Mama schließen sich unten ins große Weihnachtszimmer ein, gleich wenn man in den Flur tritt links, und der Märchenbaum fängt an sich zu entfalten. Die Brüder Hans und Ernst kommen heim und Karl, unser stiller Musikant. Heute muss Vater alle seine Kinder um sich versammelt haben, um ein rechtes Weihnachtsgefühl zu empfinden. Die Fenster der Weihnachtsstube sind dicht verhangen, die vielen Türen, die ins Reich der Weihnachtswunder führen, verschlossen.
Wir schleichen an die Fenster und knien vor den Türen. Meine jüngste Schwester Dodo hat ein besonderes Talent, mit unserer Mutter, verborgen in den Falten ihres Kleides, in die Weihnachtsstube zu schlüpfen.
Vom frühen Morgen an kommen Scharen von Kindern, die von Haus zu Haus ziehen und im Flur ihre hellen Kinderstimmen ertönen lassen: »Vom Himmel hoch da komm' ich her.« Ein großer Korb mit Wasserkringel steht schon bereit, mit denen die kleinen Sänger belohnt werden. Mit-

tags wird nach althergebrachter Sitte Kaffee getrunken und Butterbrote gegessen. Der Kaffeekanne entströmt an diesem Tage ein wundersamer Duft, so duftet er nur einmal im Jahr, und die Butterbrote schmecken uns wie der schönste Kuchen.

Am Nachmittag wandern wir Kinder, jedes ein Körbchen am Arm, ins Kloster St. Jürgen. Wir wollen zwei alte Großtanten dort bescheren, »Tante Anna und Tante Christine«. Tante Anna wird von uns bevorzugt. In ihrem kleinen, behaglichen Altjungfernstübchen liegen wir schließlich auf der Erde vorm offenen Ofen und schauen in die rote Glut der verglimmenden Kohlen. Die liebe, alte Tante sitzt im alten Lehnstuhl neben uns, ihr feines altes Gesicht von einer weißen Spitzenhaube umrahmt. Sie erzählt uns altmodische Kindergeschichten, an die sich immer eine Moral knüpft. Wir hören interessiert zu, knacken dabei Nüsse und werfen die Schalen in die rote Glut – das knistert so schön. So vergeht die Zeit – vom Kirchturm drüben schlägt es halb fünf. Tante Anna hüllt uns sorgsam in unsere warmen Mäntel und Kapuzen, und fort geht es.

Auf den Straßen liegt tiefe Dämmerung, der Schnee knirscht unter unseren Füßen. Schwärme von Kindern begegnen uns, hier und dort dringt aus einer geöffneten Haustür Gesang zu uns heraus. Wir fassen uns an den Händen und laufen und kommen atemlos heim. Im Flur bleiben wir stehen und singen, als gehörten wir zu den Sängern. Die Köchin kommt aus der Küche gelaufen mit den üblichen Wasserkringeln. Sie jagt uns lachend und scheltend in die Kinderstube. Wir werden nun festlich geschmückt und gehen dann in die Studierstube unseres Vaters, wo wir schon unsere Großmutter mit ihrer getreuen Lebensgefährtin, von uns »Tante Tine« genannt, und zwei alte Freunde des Hauses in behaglichem Geplauder vorfinden.

Seit dem Tode unseres Großvaters schaut Großmutter un-

serer Bescherung zu. Großvater war zwar niemals bei der Bescherung zugegen, aber wir wussten doch, er saß währenddessen behaglich in seinem Kontor und freute sich über die kleinen Sendungen an Geld und Lebensmittel – meistens Rauchfleisch –, die er von dort aus an Kinder und Schwiegerkinder gespendet hatte.
Nun auch er in das Land der Vergangenheit gegangen ist, lässt die bunte Kinderfreude diesen Abend der Erinnerung sanft für unsere Großmutter vorübergehen.
Endlich ertönt der Klang der silbernen Glocke. Wir stürzen die Treppe herunter, die Flügeltüren fliegen auf, wir treten ein, jung und alt. Ein starker Duft von Tannen, brennenden Lichtern und braunen Weihnachtskuchen schlägt uns entgegen – und da steht er, der brennende Baum, im vollen Lichterglanz. Ich will ihn mit meines Vaters eigenen Worten schildern:
»Mit seinen Flittergoldfähnchen, seinen weißen Netzen und goldenen Eiern, die wie Kinderträume in den dunklen Zweigen hängen.« – Oder wie er in einem Brief an Freund Keller geschildert wird: »Der goldene Märchenzweig, dito die Traubenbüschel des Erlensamens und große Fichtenzapfen, an denen lebensgroße Kreuzschnäbel von Papiermaché sich anklammern. Rotkehlchen sitzen und fliegen in dem Tannengrün, und eines sitzt und singt bei seinem Nest mit Eiern. Feine weiße Netze, deren Inhalt sorgsam in Gold- und andere in Lichtfarben gewählte Papiere gewickelt ist.«
Der Märchenzweig ist eine Erfindung meines Bruders Ernst. Ein großer Lärchenzweig wird ganz vergoldet und so in der Mitte des Baumes befestigt, dass er seine schlanken feinen Zweige nach allen Seiten ausbreitet. Ein Freund unseres Hauses, Regierungsrat Petersen, der derzeit in Schleswig lebte, taufte den so vergoldeten Zweig »Märchenzweig«. Freund Petersen und Vater tauschten

alle Jahre kleine Weihnachtsüberraschungen aus. In einem Jahr brachte er Vater kurz vor Weihnachten das erste Paket »Lametta«. Vater schreibt darüber:
»Unser Tannenbaum hat in diesem Jahr besonderes Aufsehen erregt. Freund Petersen brachte am Sonntag vor Weihnachten eine Tüte märchenhafter Silberfäden. Mit diesen feinen Silberfädchen wurde der Baum umsponnen, dass er aussah wie fliegender Sommer.« –
Unser Karl setzt sich ans Klavier und stimmt leise an: »Stille Nacht, heilige Nacht.« Wir alle stimmen ein. Das Weihnachtslied ist verklungen, wir umstehen den Baum und lassen die Wunder der Weihnacht still auf uns wirken. Vater nickt uns bewegt zu, legt den Arm um unsere Mutter und führt wie immer sie zuerst zu ihren Gaben, die geheimnisvoll umhüllt sind. Mitten auf dem Tisch steht zu Mamas grenzenloser Verwunderung Vaters Pelzmütze. Mama erfasst sie zögernd, ihr Blick hängt fragend an dem unseres Vaters – und hervor rollt eine große Papierkugel. Ein Papier nach dem andern wird abgewickelt, bis sich schließlich in einem kleinen Kästchen verborgen ein feiner, goldener Ring dem erstaunten Blick zeigt. Eine Schlange, die sich in den Schwanz beißt, ein solcher Ring war ein langgehegter Wunsch meiner Mutter. Vater erwartete leuchtenden Auges die Wirkung seiner Überraschung. Meine Schwester Ebbe sagte einmal bei solcher Gelegenheit: »Vater hat ein Weihnachtslicht in den Augen.« Nun führt Vater jedes seiner Kinder zu seinen Gaben, uns kleine zuerst. Puppen – wohin wir sehen, kleine und große – und Bücher, die durften niemals auf unserm Weihnachtstisch fehlen. Wir haben uns müde gespielt – wir nehmen unsere Weihnachtsbücher und setzen uns im trauten Schein des Lichterbaumes und lesen. Gar verführerisch ist es, heimlich ein Stückchen Zuckerwerk abzuzupfen und es ebenso heimlich zu verzehren. Vater tritt leise zu uns unter den Tannenbaum, streicht

uns sanft mit seiner schönen, schlanken Hand übers Haar und fragt: »Hab' ich's getroffen?« Nachdem sich das erste Entzücken gelegt hat, bringt die Köchin das messingene Kohlenkomfort, auf dem gar bald der blitzblank geputzte Teekessel ein melodisches Lied anstimmt, und der Duft feinsten Tees vermischt sich mit dem der Tanne und der braunen Weihnachtskuchen. Die beiden Mädchen in den gleichen maiengrünen Festgewändern, mit Häubchen und blendend weißen Schürzen angetan, präsentieren den Tee, wir Kinder den knusprigen Weihnachtskuchen. So sitzen wir recht traut beisammen. Da erklingt von draußen, vom Vorplatz, der Gesang einer tiefen melodischen Altstimme zu uns herein:

»O du fröhliche,
o du selige,
gnadenbringende Weihnachtszeit.«

Ein helles Leuchten verklärt das liebe Angesicht unseres Vaters, er steht leise auf, öffnet die Tür und zieht ein gar liebliches kleines Bettelmädchen herein.
Das Kind, mit von der Kälte geröteten Wangen, strahlenden Kinderaugen, das Gesichtchen von blonden Locken umrahmt, bleibt stumm und wie verzaubert im Türrahmen stehen.
Wir alle umstehen sie, sie muss noch einmal ihre glockenreine Stimme hören lassen. Dann erfasst Vater eines ihrer schmutzigen kleinen Händchen und fragt sie liebreich: »Was willst du nun haben, etwas zu essen oder Kuchen?« »Danke, ich habe schon gegessen«, spricht das Kind zu unserer grenzenlosen Freude. Da heißt mein Vater sie ihr Schürzchen auftun, Mama nimmt vom Tisch einen vollen Teller Weihnachtskuchen und schüttet ihn in die ausgebreitete Schürze.

Voll leuchtenden Dankes schaut das Kind zu Mama auf, wirft noch einen scheuen Blick auf all den Lichterglanz und die strahlenden Gesichter, und fort ist sie, die kleine Lichtgestalt, denn so erscheint sie uns trotz ihrer Lumpen.
Die Lichter sind erloschen, die glitzernde Pracht des Baumes leuchtet nur noch im matten Dämmerlicht der Lampen. Unsere Mutter ruft zum Festessen. – Wir Kinder trennen uns schweren Herzens vom Tannenbaum, unseren Puppen und Büchern. Sauerbraten und ein großer Apfelkuchen – Tante Moritz genannt – bilden das Festessen, Punsch, nach Vater kurzweg »Landvogt« genannt, ist das Festgetränk.
Wir alle sitzen an unseren Plätzen, der Punsch ist in die Gläser geschenkt, Vater erhebt sein Glas, er nickt uns allen voll innigster Befriedigung zu und sendet dann in einem kleinen Trinkspruch »einen vollen Gruß seiner Liebe« allen denen, die seinem reichen, liebevollen Herzen nah', an diesem Abend aber ferne von ihm sind. Der Apfelkuchen wird aufgetragen, nach dem unsere begehrlichen Kinderaugen schon lange ausschauen.
Einer der alten lieben Weihnachtsgäste wirft an jedem Weihnachtsabend zu unserer heimlichen Freude die Frage auf: »Ist das nicht Tante Moritz?« Und jedes Mal folgt die prompte Antwort: »Ja, das ist Tante Moritz.«
Von Tante Moritz ist nach einer Weile keine Spur mehr, und nun geht es noch einmal zurück ins Weihnachtszimmer. Jeder von uns folgt seinen besonderen Neigungen. Meine Brüder ergreifen mit einem wahren Festtagsausdruck ihrer blauen Augen die neuen Bücher und ziehen sich mit ihnen in irgendeinen Schmunzelwinkel zurück. Wir Kinder nehmen unsere Puppen auf den Schoß und lauschen, denn Karl, unser Musikus, singt uns ein neueinstudiertes Lied von Robert Franz:

»Einen schlimmen Weg ging gestern ich,
einen Weg, den ich nicht wieder geh,
zwei süße Augen trafen mich,
zwei süße Augen, lieb und blau.«

Karl hat einen wunderbaren Bariton und singt einfach, mit tief zu Herzen gehendem Vortrag. Zum Schluss spielen Karl und meine Schwester Lisbeth »Nussknacker und Mausekönig« von Carl Reinecke. Vater liest den Text dazu. So ist es immer bei uns.
Lautlos lauschen wir alle, eine träumerisch-selige Stimmung umfängt uns. Der letzte Ton, das letzte Wort ist verklungen. Unsere Mutter mahnt leise zum Schlafengehen. Draußen vor dem Fenster stäubt der Schnee, aber während wir Kinder bald in einen tiefen Schlaf fallen, machen die Eltern und großen Geschwister noch einen Besuch im brüderlichen Hause in der Süderstraße.
Jahre kommen und gehen. Es ist unserm lieben Vater nicht mehr vergönnt, alle seine Kinder um den heimatlichen Weihnachtsbaum zu versammeln. Stattdessen werden Kisten gepackt und Pakete gemacht und Weihnachtsbriefe geschrieben. An Hans nach Wörth in Bayern, wo er als Arzt lebt, an Ernst nach Toftlund und Lisbeth nach Heiligenhafen. Sie haben sich inzwischen selbst ein Heim gegründet und schmücken dort ihren Kindern den Baum.
Und Vater klagt in einem Brief an seine Tochter Lisbeth: »So haben wir denn das Weihnachtsfest gehabt, und ich fühle es recht schmerzlich, dass wir gar so getrennt sind. Es ist sehr schön, der Mittelpunkt einer großen Familie zu sein, aber recht schwer, wenn so ein alter Mensch sich in so viele Teile spalten soll. Für mich fehlen zu viele von Euch, als dass das Weihnachtsfestgefühl so recht hätte aufkommen können.«
Noch einmal, ein letztes Mal, wird es für unsern lieben

Vater »Weihnachten«. Zum ersten Male fehlt eines seiner Kinder ganz, auch seine liebevollsten Gedanken vermögen es nicht mehr zu erreichen. Unser ältester Bruder Hans ist von uns gegangen. Der Baum steht noch einmal in vollem Lichterglanz, die Flügeltüren öffnen sich weit. – Vater legt den Arm um Mama, wir, die wir keine Kinder mehr sind, umstehen das Klavier, und Karl stimmt leise an: »Stille Nacht, heilige Nacht.« Wie wir an die Stelle kommen »Schlaf in himmlischer Ruh« – da breitet Vater weit die Arme aus, Tränen stürzen aus seinen lieben Augen, und leise hören wir ihn die Worte sprechen: »Unten in Bayern, da ist ein einsames Grab, darüber weht der Wind, und der Schnee fällt in dichten Flocken drauf.«
Wir singen nicht weiter, wir gehen zu ihm und nehmen sanft seine lieben Hände, und eine schmerzliche Ahnung, dass wir wohl so zum letzten Male mit unserem lieben kleinen Vater unter dem brennenden Lichterbaum stehen, durchzittert unsere Herzen. So endet das letzte Weihnachtsfest mit unserem Vater.

Gertrud Storm

Weihnachten

Bäume leuchtend, Bäume blendend,
überall das Süße spendend,
in dem Glanze sich bewegend,
alt- und junges Herz erregend –
solch ein Fest ist uns bescheret,
mancher Gaben Schmuck verehret;
staunend schaun wir auf und nieder,
hin und her und immer wieder.

Aber Fürst, wenn dir's begegnet
und ein Abend so dich segnet,
dass als Lichter, dass als Flammen
vor dir glänzten allzusammen
alles, was du ausgerichtet,
alle, die sich dir verpflichtet:
Mit erhöhten Geistesblicken
fühltest herrliches Entzücken.

Johann Wolfgang von Goethe

Glanz in der alten, dunklen Sperlingsgasse

Weihnachten! Welch ein prächtiges Wort!
Immer höher türmt sich der Schnee in den Straßen; immer länger werden die Eiszapfen an den Dachtraufen; immer schwerer tauen am Morgen die gefrorenen Fensterscheiben auf! Ach, in vielen armen Wohnungen tun sie es gar nicht mehr.
Hinter den meisten Fenstern lugen erwartungsvolle Kindergesichter hervor; da und dort liegt auf der weißen Decke des Pflasters ein verlorener Tannenzweig. Es wird viel Goldschaum verkauft, und bedeckte Platten von Eisenblech, die vorbeigetragen werden, verbreiten einen wundervollen Duft.
»Was ist ein echter Hamburger Seelöwe?«, fragte ich verwundert. »Doch nicht etwa ein Mitglied des Rats der Oberalten?«
»Beinahe!«, lachte der Zeichner. »Ein Hamburger Seelöwe ist eine Hasenpfote, auf welche oben ein menschenähnliches Gesicht geleimt ist. Ein solches Individuum versteht an einem Tischrande gar anmutige Bewegungen zu machen. Sehen Sie hier!«
Dabei zog er den Gegenstand unseres Gesprächs hervor, hing ihn an meinen Schreibtisch und brachte ihn durch einen Stoß wie eine Art Pendel in Bewegung.
»Ist das nicht eine wundervolle Erfindung?«
»Prächtig«, sagte ich, »in meiner Jugend brachte man aber denselben Effekt durch den abgenagten Brustknochen eines Gänsebratens, in welchen man eine Gabel steckte, hervor; aber die Kultur muss ja fortschreiten.«

»Ja, die Kultur schreitet fort!«, seufzte der Zeichner. »Sogar die einfachen Tannen machen allmählich diesen Pyramiden von bunten Papierschnitzeln Platz. Papier, Papier überall! Aber was ich sagen wollte: wäre es nicht eigentlich die Pflicht zweier Mitarbeiter der ›Welken Blätter‹, jetzt auf die Weihnachtswanderung zu gehen?« »Auch ich wollte Sie eben dazu auffordern«, sagte ich.
»Vorwärts!«, rief Strobel und stülpte seinen Filz wieder auf, während ich meinen Mantel und roten, baumwollenen Regenschirm hervorsuchte.
Wir gingen. Den Hamburger Seelöwen ließen wir ruhig am Tische fortbaumeln, nachdem ihm Strobel noch einen letzten Stoß gegeben hatte. Zur Weihnachtszeit habe ich gern ein solches Spielzeug in der Nähe, erfreute sich doch auch der alt und grau gewordene Jean Paul zu solcher Zeit gern an dem Farbendurft einer hölzernen Kindertrompete.
Welch ein Gang war das, den ich mit dem tollen Karikaturenzeichner in der Dämmerung des Abends machte! In wieviel Keller- und andere Fenster musste der Mensch gucken; in wieviel kleine frostgerötete Hände, die sich an den Ecken und aus den Torwegen uns entgegenstreckten, ließ er seine Viergroschenstücke gleiten! Welch ein Gang war das! Die Geister, die den alten Scrooge des Meisters Boz über die Weihnachtswelt führten, hätten mich nicht besser leiten können als Herr Ulrich Strobel. Jetzt betrachteten wir die phantastische Ausstellung eines Ladens, jetzt entdeckte Strobel eine neue Idee in der Anfertigung eines Spielzeugs, jetzt ich; es war wundervoll!
An der Ecke des Weihnachtsmarktes blieben wir stehen, in das fröhliche Getümmel, welches sich dort umhertrieb, hineinblickend. Im ununterbrochenen Zuge strömte das Volk an uns vorbei: Väter, auf jedem Arme und an jedem Rockschoß ein Kind, Handwerksgesellen mit dem Schatz, den sie aus der Küche der »Gnädigen« weggestohlen hat-

ten, ehrliche, unbeschreiblich gutmütig und dumm lächelnde Infanteristen, feine, schmucke Garde-Schützen, schwere Dragoner und »klobige« Artillerie. Hier und da wanden sich junge Mädchen zierlich durch das Getümmel; jedes Alter, jeder Stand war vertreten, ja sogar die vornehmste Welt überschritt einmal ihre närrischen Grenzen und zeigte ihren Kindern die – Freude des Volks. Der Zeichner war auf einmal sehr ernst geworden. »Sehen Sie«, sagte er, »da strömt die Quelle, aus welcher die Kinderwelt ihr erstes Christentum schöpft! Nicht dadurch, dass man ihnen von Gott und so weiter Unverständliches vorräsoniert, sie Bibel- und Gesangbuchverse auswendig lernen lässt, nicht dadurch, dass man sie – womöglich in den Windeln – in die Kirche schleppt, legt man den Keim der wunderbaren Religion in ihre Herzen. An das Gewühl vor den Buden, an den grünen funkelnden Tannenbaum knüpft das junge Gemüt seine ersten, wahren – und was mehr sagen will, wahrhaft kindlichen Begriffe davon!«

Ich wollte eben darauf etwas erwidern, als plötzlich eine Gestalt, in einen dunklen Mantel gehüllt, ein Kind auf dem Arme tragend, an uns vorbeischlüpfen wollte. Ein Strahl der nächsten Gaslaterne fiel auf ihr Gesicht, es war die kleine Tänzerin aus der Sperlinggasse. Ich freute mich über die Begegnung und rief sie an: »Das ist prächtig, Fräulein Rosalie, dass wir Sie treffen. Vielleicht werden Sie uns erlauben, dass wir Sie begleiten; denn um die Mysterien eines Weihnachtsmarktes zu durchdringen, ist es jedenfalls nötig, ein Kind bei sich zu haben.«

Die Tänzerin knickste und sagte: »Oh, Sie sind zu gütig, meine Herren; Alfred hat mir den ganzen Tag keine Ruhe gelassen, und da kein Theater ist, so musste ich ihm doch die Herrlichkeit zeigen.«

»Ja, Mann«, – sagte Alfred, unter einer dicken Pudelmütze gar verwegen hervorschauend – »mitgehen!«
Ich stellte der Tänzerin den Nachbar Zeichner vor, und das vierblättrige Kleeblatt war bald in Stimmung, die ein Weihnachtsmarkt erfordert. Was für ein Talent, Kinder vor Entzücken außer sich zu bringen, entwickelte jetzt der Karikaturenzeichner! Er hatte der Mutter den dicken Bengel sogleich abgenommen, ließ ihn nun gar nicht aus dem Aufkreischen herauskommen und schleppte ihn hoch auf der Schulter durch das Gewühl voran. »Oh, ich bin Ihnen so dankbar, so dankbar, Herr Wachholder«, flüsterte die kleine Tänzerin, zu deren Beschützer ich mich sehr gravitätisch aufwarf.
»Liebes Kind«, sagte ich, »ein Paar solcher Junggesellen wie ich und mein Freund würden solche Abende wie diesen sehr übel zubringen, wenn nicht dann ausdrücklich eine Vorsehung über sie wachte. Sie sollen einmal sehen, wie prächtig wir heute Abend noch Weihnachten feiern werden – hören Sie nur, wie Alfred jubelt; sehen Sie, wie stolz und glücklich er unter der Pickelhaube vorguckt, die ihm eben der Herr Strobel übergestülpt hat!«
Der Karikaturenzeichner hätte sich in diesem Augenblick sehr gut selbst konterfeien können – er tat es auch, aber später. Wundervoll sah er aus. Im Knopfloche baumelte ein gewaltiger Hampelmann, in der rechten Hand hatte er eine große Knarre, die er energisch schwenkte, während auf seinem linken Arm Alfred mit aller Macht auf eine Trommel paukte. »Kleine Dame«, sagte der Zeichner jetzt zu unserer Begleiterin, »stecken Sie mir doch einmal jene Tüte in die Rocktasche, ich komme nicht dazu! Heda, alter Wachholder«, schrie er dann mich an, »gleiche ich nicht aufs Haar einer Kammerverhandlung? Rechts Geknarre, links Getrommel, und für das Fassen und Einsacken der begehrten Süßigkeiten weder Kraft noch Platz!«

»Mama, der Onkel aber mal rechter Onkel!«, rief der Kleine entzückt von seiner Höhe herab, als Rosalie der Anforderung Strobels nachkam und ich ebenfalls die Tasche mit allerlei füllte.
So ging es weiter, bis uns endlich die Kälte zu heftig wurde. Der Zeichner löste sich auf – wie er's nannte – und überlieferte mir die spielzeugbehangene Linke, behielt jedoch die Knarre in der Rechten, und nun ging's durch die menschen- und lichterfüllten Straßen nach Hause. Wie glänzte heute Abend die alte, dunkle Sperlingsgasse! Von den Kellern bis zum sechsten Stock, bis in die kleinste Dachstube war die Weihnachtszeit eingekehrt; freilich nicht allenthalben auf gleich »fröhliche, selige, gnadenbringende« Weise. Welch einen Abend feierten wir nun! Wir ließen unsere kleine Begleiterin natürlich nicht zu ihrem kaltgewordenen Stübchen hinaufsteigen. War ich nicht schon auf der Universität meines famosen Punschmachens wegen berühmt gewesen? (Eine Kunst, die mir mein Vater mit auf den Lebensweg gegeben hatte.) Der Karikaturenzeichner holte einen Tannenzweig, den er auf der Straße gefunden hatte, hervor und hielt ihn ans Licht.
»Das ist der wahre Weihnachtsduft«, sagte er, »und in Ermangelung eines Bessern muss man sich zu helfen wissen.«
Horch! Was trappelt auf einmal da draußen auf der Treppe? Ein leises Kichern erschallt auf dem Vorsaal und scheint noch eine Treppe höher steigen zu wollen. »Zu mir?«, sagte Rosalie und springt verwundert nach der Tür.
»Ach, da ist sie?!«, schallt es draußen, und auch ich stecke meinen Kopf heraus.
»Guten Abend, alter Herr! Guten Abend, Rosalie! Guten Abend, Röschen!«, erschallt ein Chor heller, lustiger Stimmen.
»Wo ist Alfred, wir bringen ihm einen Weihnachtsbaum!«

»Hurra, das ist's, war wir eben brauchen!«, schreit der Zeichner, seine Knarre schwingend. »Schönen guten Abend, meine Damen, und fröhliche Weihnachten!«
Aus dunklen Mänteln und Schals und Pelzkragen entwickelt sich jetzt ein halbes Dutzend kleiner Theaterfeen, die alle jubelnd und lachend meine Stube füllen und – auf einmal alle ein verschiedenes Musikintrument hervorholen, welches sie auf dem Weihnachtsmarkt erstanden haben. Ein Heidenlärm bricht los; das knarrt und qiekt und plärrt und klappert, dass die Wände widerhallen und Rosalie, welche beschwörend von einer der kleinen Ratten zur andern läuft, zuletzt die Ohren zuhaltend in dem fernsten Winkel sich verkriecht.
Endlich legt sich der Skandal mit dem ausgehenden Atem und der ausgehenden Kraft des Karikaturenzeichners, der vor Wonne über das Pandämonium kaum noch seine Knarre schwingen kann.
Welch ein Punsch war das! Welche Gesundheiten wurden ausgebracht! Welche Geschichten wurden erzählt! Vom Souffleur Flüstervogel bis zum Ballettmeister Spolpato, ja bis zu Seiner Exzellenz dem Herrn Intendanten hinauf.
Heute Abend malte Strobel keine Karikaturen, aber sich selbst machte er oft genug zu einer. Beim Versuch, sich auf einer mit dem Halse auf der Erde stehenden Flasche sitzend zu drehen, beim Zuckerreiben, beim Versuch, den glimmenden Docht eines ausgeputzten Wachslichtes wieder anzublasen und bei anderen Kunststücken.
Alfred, der durch Unterlegung von Pufendorfs und Bayles schweinslederner Gelehrsamkeit und durch Auftürmung verschiedener dickbändiger Erziehungstheorien dazu gebracht war, neben seiner kleinen Mutter sitzend, über den Tisch blicken zu können, jubelte mit, bis ihm die Augen zufielen und er auf meinem Sofa ein- und weiterschlief bis elf Uhr, wo das Fest endete, die kleinen Gäste wieder

in ihre Mäntel krochen, mich für einen »gottvollen alten Herrn« erklärten, Röschen küssten und nach einem vielstimmigen »gute Nacht« die Treppe hinab trippelten. Darauf trug Strobel den schlafenden Alfred eine Treppe höher (wozu ich leuchtete) und – auch dieser Weihnachtsabend der Sperlingsgasse war vorbei.

Wilhelm Raabe

DIE ZWÖLF APOSTEL

Es war dreihundert Jahre vor des Herrn Christi Geburt, da lebte eine Mutter, die hatte zwölf Söhne, war aber so arm und dürftig, dass sie nicht wusste, womit sie ihnen länger das Leben erhalten sollte. Sie betete täglich zu Gott, er möchte doch geben, dass alle ihre Söhne mit dem verheißenen Heiland auf Erden zusammen wären. Als nun ihre Not immer größer ward, schickte sie einen nach dem andern in die Welt, um sich ihr Brot zu suchen.

Der älteste hieß Petrus, der ging aus und war schon weit gegangen, eine ganze Tagreise, da geriet er in einen großen Wald. Er suchte einen Ausweg, konnte aber keinen finden und verirrte sich immer tiefer; dabei empfand er so großen Hunger, dass er sich kaum aufrecht erhalten konnte. Endlich ward er so schwach, dass er liegenbleiben musste und glaubte, dem Tode nahe zu sein. Da stand auf einmal neben ihm ein kleiner Knabe, der glänzte und war so schön und freundlich wie ein Engel. Das Kind schlug seine Händchen zusammen, dass er aufschauen und es anblicken musste. Da sprach es: »Warum sitzest du da so betrübt?« »Ach«, antwortete Petrus, »ich gehe umher in der Welt und suche mein Brot, damit ich noch den verheißenen lieben Heiland sehe; das ist mein größter Wunsch.« Das Kind sprach: »Komm mit, so soll dein Wunsch erfüllt werden.« Es nahm den armen Petrus an der Hand und führte ihn zwischen Felsen zu einer großen Höhle. Wie sie hineinkamen, so blitzte alles von Gold, Silber und Kristall, und in der Mitte standen zwölf Wiegen nebeneinander. Da sprach das Englein: »Lege dich in die erste und schlaf ein wenig, ich will dich wiegen.« Das tat Petrus, und das Englein sang ihm und wiegte ihn so lange, bis er eingeschlafen war. Und wie er schlief, kam der zweite Bruder, den auch sein Schutzenglein hereinführte, und ward wie der erste in den Schlaf gewiegt, und so kamen die andern nach der Reihe, bis alle zwölfe dalagen in den goldenen Wiegen und schliefen. Sie schliefen aber dreihundert Jahre, bis in der Nacht, worin der Weltheiland geboren ward. Da erwachten sie und waren mit ihm auf Erden und wurden die zwölf Apostel genannt.

Brüder Grimm

Der Christbaum

So ist ein Jahr denn nun vorbeigegangen,
Seit uns der Christbaum eben hier vereint,
Und manches dachte still wohl mit Verlangen,
Ob uns ein gleicher Tag auch nächstes Jahr erscheint?

Der Priester, der uns etwa gern erfreute,
Er ist nicht reich, das Beste denn gebricht,
Und ob ihm beistehn wohlgesinnte Leute,
Wir hoffens wohl, allein wir wissens nicht.

Und siehe da, zu gleichgemessnen Zeiten
Eröffnet sich von neuem auch der Saal:
Ihr seht schon die Geschenke dort von weiten
Und alles glänzt in heller Lichter Strahl.

Ihr Kinder, so wie hier ists auch im Leben,
Das voll von Müh und Sorgen aller Art,
Doch jedem ist ein Christbaum auch gegeben,
Wenn er nur ruhig hofft und gläubig harrt.

Vor allem aber zähmt den Eigenwillen,
Denn der die Gaben gibt und uns beschert,
Er kennt das Gute und er sorgt im stillen
Nicht nach dem Schein, er gibt nur nach dem Wert.

Der eine wollte Spielzeug und statt dessen
Wird ihm ein Kleid, das vor der Kälte schützt;
Der andre möchte Leckereien essen,
Er findet Speise, die nur nährt und nützt.

Wenn er zurückweist nun die fromme Gabe,
Muß warten er oft länger als ein Jahr,
Und mancher ging als Bettler schon zu Grabe,
Weil er nicht nahm, was ihm beschieden war.

Drum, Kinder, bleibt auch Kinder. Zwar bei weiten
An Einsicht etwa nicht und an Verstand,
Denn ihr sollt lernen, fort in jedem schreiten,
Zum Nutzen euch, den Eltern und dem Land.

Allein im Herzen, in des Innern letzter Mitte,
Bleib euch ein Teil von dem, was jetzt ihr seid,
Gehorsam, der nun zügelt eure Schritte,
Ein warmes Fühlen und Genügsamkeit.

Dann kommt der Tag, seid dessen nur nicht bange,
Der euch schon hier für alles schadlos hält,
Und zögerte der Christbaum gar zu lange,
Die Weihnacht dann in einer bessern Welt.

Franz Grillparzer

Das Märchenbuch

Es gab einmal einen alten Herrenhof mit jungen schönen Herrenhofbewohnern darin. Sie hatten Reichtum und Segen, sie vergnügten sich gern und taten viel Gutes. Alle Menschen wollten sie so glücklich machen, wie sie selbst es waren. Am Weihnachtsabend stand im alten Rittersaal ein prachtvoll geschmückter Tannenbaum, in den Kaminen brannten Feuer, und um die alten Bilder hatte man Tannenzweige gehängt. Hier versammelten sich die Herrschaft und die Gäste, es wurde gesungen und getanzt.

Vorher hatte es in der Gesindestube schon die Weihnachtsbescherung gegeben. Auch hier stand ein großer Weihnachtsbaum mit roten und weißen Kerzen, kleinen dänischen Fähnchen, aus buntem Papier ausgeschnittenen Schwänen und Fischernetzen, die mit Süßigkeiten gefüllt waren. Die armen Kinder aus dem Dorf waren eingelade, und jedes hatte seine Mutter mitgebracht. Die Mütter sahen sich den Baum gar nicht an, sondern blickten hinüber zu de Weihnachtstischen, auf denen Wolle und Leinen, Kleider- und Hosenstoffe lagen. Ja, dahin sahen die Mütter und die großen Kinder; nur die Kleinsten streckten ihre Hände nach den Lichtern, nach dem Lametta und den Fähnchen aus.

Sie waren am frühen Nachmittag gekommen und hatten Reisbrei und Gänsebraten mit Rotkohl gegessen. Wenn dann der Weihnachtsbaum bewundert und die Geschenke verteilt waren, bekam jeder noch ein kleines Glas Punsch und Apfelkrapfen.

Dann gingen sie nach Hause in ihre eigenen, ärmlichen

Stuben, und man sprach von der »guten Lebensart«, das heißt von den Esssachen, und dann wurden die Geschenke noch einmal richtig angeschaut.

Da waren Garten-Kirsten und Garten-Ole. Sie waren verheiratet und besaßen ein Haus. Ihr tägliches Brot erwarben Sie dadurch, dass sie im Garten des Herrenhofs jäteten und umgruben. An jedem Weihnachtsfest bekamen sie Geschenke; sie hatten auch fünf Kinder, und alle fünf wurden von der Herrschaft eingekleidet. »Es sind wohltätige Leute, unsere Herrschaft!«, sagten sie. »Aber sie haben ja auch die Mittel dazu, und sie haben Freude daran!«

»Hier sind gute Kleider für die vier Kinder gekommen!«, sagte Garten-Ole. »Aber warum nichts für den Krüppel? An ihn denken sie doch sonst auch immer, auch wenn er nicht beim Fest dabei ist.«

Sie nannten das älteste ihrer Kinder »den Krüppel«, aber eigentlich hieß er Hans. Als kleines Kind war er von allen das schnellste und lebhafteste, aber dann wurde er auf einmal »müde in den Beinen«, wie sie es nannten, er konnte weder stehen noch gehen, und nun lag er schon fünf Jahre lang im Bett.

»Ich habe doch etwas für ihn bekommen!«, sagte die Mutter. »Aber es ist nichts Besonderes, es ist nur ein Buch, in dem er lesen kann!«

»Davon wird er nicht fett werden!«, sagte der Vater. Aber Hans wurde davon froh. Er war ein sehr kluger Junge, der gern las, aber auch arbeitete, soweit er sich nützlich machen konnte. Er war geschickt, gebrauchte seine Hände, strickte Wollstrümpfe, ja, nähte ganze Bettdecken. Die Frau des Herrenhofes hatte sie gelobt und gekauft.

Es war ein Märchenbuch, das Hans bekommen hatte; in dem stand viel zu lesen; vieles, worüber er nachdenken konnte.

»Das hat hier im Haus gar keinen Nutzen!«, sagten die Eltern. »Aber er soll ruhig lesen, dann vergeht ihm die Zeit; er kann nicht immer Strümpfe stricken.«

Der Frühling kam; die Blumen und das Gras begannen zu sprießen, das Unkraut auch. Es gab viel zu tun im Herrenhofgarten, nicht bloß für den Gärtner und seine Lehrlinge, sondern auch für Garten-Kirsten und Garten-Ole.

»Das ist eine Mühe!«, sagten sie. »Und wenn wir gerade die Wege ordentlich geharkt haben, werden sie gleich wieder zertreten. Ständig ist ein Kommen und Gehen auf dem Herrenhof. Was das kosten muss! Aber die Herrschaft ist reich!«

»Es ist sonderbar verteilt«, sagte Ole. »Wir sind alle Gotteskinder, sagt der Pfarrer. Warum gibt es dann solch einen Unterschied?«

»Das kommt vom Sündenfall!«, sagte Kirsten.

Davon sprachen sie noch einmal am Abend, als Krüppel-Hans mit seinem Märchenbuch im Bett lag. Ärmliche Umstände, Mühen und Anstrengungen hatten die Eltern hart gemacht, aber auch ihr Urteil und ihre Ansichten. Sie haderten mit ihrem Schicksal, konnten nicht damit umgehen, es sich nicht erklären, und redeten sich nur noch mehr in den Missmut hinein. »Manche Menschen leben in Wohlstand und Glück, andere nur in Armut! Warum sollen wir für den Ungehorsam und die Neugier Adams und Evas bestraft werden? Wir hätten uns nicht so wie sie benommen!«

»Doch, das hätten wir!«, sagte Krüppel-Hans plötzlich. »Das steht alles hier in diesem Buch!«

»Was steht in dem Buch?«, fragten die Eltern.

Und Hans las ihnen das alte Märchen vom Holzfäller und seiner Frau vor: »Die schimpften auch über Adams und Evas Neugier, die an ihrem Unglück schuld war. Da kam der König des Landes vorbei. ›Folgt mir mit nach Hause‹, sagte er, ›dann sollt ihr es ebenso gut haben wie ich: sie-

ben Gerichte auf dem Tisch und ein Gericht zum Ansehen. Das ist in einer verschlossenen Terrine. Die dürft ihr nicht anrühren, denn dann ist es vorbei mit dem Herrenleben!‹
›Was mag wohl in der Terrine sein?‹, fragte die Frau.
›Das geht uns nichts an!‹, erwiderte der Mann.
›Ich bin nicht neugierig!‹, sagte die Frau. ›Ich möchte nur wissen, warum wir den Deckel nicht heben dürfen; da ist bestimmt etwas Leckeres drin!‹
›Wenn nur nicht eine Mechanik dabei ist‹, sagt der Mann, ›so ein Pistolenschuss, der losknallt und das ganze Haus aufweckt!‹
›Ei weh!‹, sagte die Frau und rührte die Terrine nicht an. Aber nachts träumte sie, dass sich der Deckel von selbst anhob. Ein Duft von herrlichstem Punsch, wie man ihn bei Hochzeiten und Begräbnissen bekommt, strömte heraus. Ein großer Silberschilling lag dabei, und darauf stand: ›Wenn ihr von diesem Punsch trinkt, so werdet ihr die beiden reichsten Menschen der Welt, und alle anderen Menschen werde Bettler!‹ – Da erwachte die Frau und erzählte ihrem Mann den Traum.
›Du denkst zuviel an dieses Ding!‹, sagte er.
›Wir können den Deckel ja vorsichtig anheben!‹, sagte die Frau.
›Vorsichtig!‹, sagte der Mann. Und die Frau hob ganz langsam den Deckel. – Da sprachen zwei kleine, flinke Mäuse heraus und verschwanden in einem Mauseloch. ›Gute Nacht!‹, sagte der König. ›Jetzt könnt ihr nach Hause gehen und euch in euer eigenes Bett legen. Schimpft nicht mehr auf Adam und Eva, ihr seid selbst genauso neugierig und undankbar gewesen!‹«
Am nächsten Tag gingen sie wieder an die Arbeit; die Sonne brannte auf ihre Haut, und der Regen durchnässte sie; sie hatten missmutige Gedanken, die ihnen nicht aus dem Kopf gingen.

Zu Hause war der Abend noch hell, und sie hatten gerade ihren Milchbrei gegessen.
»Lies uns noch einmal die Geschichte vom Holzfäller vor!«, bat Garten-Ole.
»Es sind so viele schöne Geschichten in dem Buch!«, sagte Hans. »So viele, die ihr nicht kennt!«
»Nein, die mag ich nicht!«, sagte Garten-Ole. »Ich will die hören, die ich kenne!« Und er und seine Frau hörten sie noch einmal.
An mehr als einem Abend kamen sie auf diese Geschichte zurück. »Ich kann mir das Ganze doch nicht so recht erklären!«, sagte Garten-Ole. »Mit den Menschen ist es wie mit süßer Milch: sie gerinnt. Manche wird zu feinem Quark und andere zu dünner, wässriger Molke! Manche Leute haben Glück in allen Dingen, sitzen jeden Tag an der Festtafel und kennen weder Kummer noch Mangel!«
Das hörte Krüppel-Hans. Er war in den Beinen schwach, aber im Kopf stark. Er las ihnen aus dem Märchenbuch vor, las vom Mann ohne Kummer und Mangel.
»Der König war krank und konnte nicht geheilt werden, außer wenn man ihm das Hemd anzöge, das ein Mann getragen hatte, der ehrlich behaupten konnte, dass er niemals Kummer und Mangel gekannt habe. Man schickte Boten in alle Länder der Welt, zu allen Schlössern und Herrenhöfen, zu allen reichen und frohen Menschen, aber wenn man sie richtig befragte, hatte doch jeder von ihnen Kummer und Mangel erlebt.
›Das habe ich nicht!‹, sagte der Schweinehirt, der am Graben saß, lachte und sang. ›Ich bin der glücklichste Mensch!‹
›Dann gib uns dein Hemd‹, sagten die Boten, ›als Bezahlung bekommst du ein halbes Königreich.‹

Aber er hatte kein Hemd und nannte sich doch den glücklichsten Menschen.«
»Das war ein feiner Kerl!«, rief Garten-Ole, und er und seine Frau lachten, wie sie schon seit Jahren nicht mehr gelacht hatten.
Da kam der Schullehrer vorbei.
»Wie fröhlich ihr seid!«, sagte er. »Das ist hier im Haus etwas Neues. Habt ihr in der Lotterie gewonnen?«
»Nein, so etwas ist es nicht!«, sagte Garten-Ole. »Es ist Hans, der uns aus dem Märchenbuch vorgelesen hat; der hat vom Mann ohne Kummer und Mangel vorgelesen, und dieser Kerl hatte kein Hemd. Es gehen einem die Augen auf, wenn man so etwas hört, und noch dau aus einem gedruckten Buch. Jeder muss wohl seinen Karren ziehen, man ist nicht der einzige. Das ist immerhin ein Trost!«
»Woher habt ihr das Buch?«, fragte der Schullehrer.
»Das hat Hans vor mehr als einem Jahr zu Weihnachten bekommen. Die Herrschaft hat es ihm geschenkt. Die wissen, dass er so gerne liest, und er ist ja ein Krüppel! Wir hätten es damals lieber gesehen, wenn er zwei Hemden aus Wergleinen bekommen hätte. Aber das Buch ist seltsam; es erklärt einem die eigenen Gedanken!«
Der Schullehrer nahm das Buch in die Hand und schlug es auf.
»Lass uns dieselbe Geschichte noch einmal hören!«, sagte Garten-Ole. »Ich habe sie noch nicht richtig begriffen. Und dann muss er auch noch die andere Geschichte vom Holzfäller lesen.«
Diese beiden Geschichten waren und blieben genug für Garten-Ole. Sie waren wie zwei Sonnenstrahlen in der ärmlichen Stube und in den niederdrückenden Gedanken, die die beiden mürrisch und missmutig machten.
Hans hatte das ganze Buch gelesen, viele Male. Die Märchen trugen ihn hinaus in die Welt, dorthin, wo er nicht

hinkommen konnte, weil ihn seine Beine nicht tragen wollten.

Der Schullehrer saß an seinem Bett; sie unterhielten sich, und das war für beide vergnüglich. Von diesem Tag an kam der Lehrer öfter zu Hans, wenn die Eltern bei der Arbeit waren. Für den Jungen war es wie ein Fest. Wie lauschte er dem, was ihm der alte Mann erzählte, von der Größe der Erde und ihren vielen Ländern und dass die Sonne doch fast eine halbe Million mal größer war als die Erde und so weit entfernt, dass eine Kanonenkugel auf ihrem Flug von der Sonne zur Erde ganze fünfundzwanzig Jahre bräuchte, während die Sonnenstrahlen die Erde in acht Minuten erreichen können. All dies weiß nun jeder fleißige Schuljunge, aber für Hans war es neu und noch wunderbarer als alles, was in seinem Märchenbuch stand.

Der Schullehrer war mehrmals im Jahr bei den Herrschaften zum Essen eingeladen, und bei einer solchen Gelegenheit erzählte er, welche Bedeutung das Märchenbuch in dem ärmlichen Haus habe, wo nur zwei Geschichten schon zur Erleuchtung und zum Segen geworden seien. Der schwache, nette kleine Junge habe durch sein Lesen Nachdenklichkeit und Freude ins Haus gebracht.

Als der Lehrer nach Hause gehen wolte, drückte ihm die Herrin für den kleinen Hans ein paar blanke Silbertaler in die Hand.

»Die sollen Vater und Mutter haben!«, sagte der Junge, als ihm der Lehrer das Geld brachte.

Und Garten-Ole und Garten-Kirsten sagten: »Krüppel-Hans ist doch auch zu Nutzen und Segen!«

Ein paar Tage später, als die Eltern auf dem Herrenhof bei der Arbeit waren, hielt der Herrschaftswagen vor ihrem Haus; es war die Frau vom Herrenhof, die kam; sie war froh darüber, dass ihr Weihnachtsgeschenk dem Jungen und seinen Eltern Trost und Freude gespendet hatte.

Sie brachte weißes Brot, Obst und eine Flasche süßen Saft mit; aber was noch besser war: Sie brachte Hans einen kleinen, schwarzen Vogel in einem vergoldeten Käfig, der ganz allerliebst singen konnte. Der Käfig mit dem Vogel wurde auf die alte Truhe gestellt, etwas vom Bett des Knaben entfernt. Er konnte den Vogel sehen und hören; ja, sogar die Leute draußen auf der Landstraße konnten seinen Gesang hören.
Garten-Ole und Garten-Kirsten kamen erst nach Hause, nachdem die Herrin fortgefahren war; sie sahen, wie froh Hans war, fanden aber doch, dass das Geschenk nur Mühe machte.
»Reiche Leute denken eben nicht so weit!«, sagten sie. »Sollen wir den nun auch versorgen? Krüppel-Hans kann es ja nicht tun. Das Ende wird sein, dass die Katze ihn frisst!«
Acht Tage vergingen, und es vergingen noch acht; die Katze war während dieser Zeit öfter in der Stube gewesen, ohne den Vogel zu erschrecken, geschweige denn, ihm etwas zuleide zu tun. Dann geschah etwas Besonderes. Es war Nachmittag, die Eltern und die anderen Kinder waren bei der Arbeit. Hans war ganz allein. Er hielt das Märchenbuch in der Hand und las die Geschichte von des Fischers Frau, der alle Wünsche erfüllt wurden: Sie wollte König sein, das wurde sie; sie wollte Kaiser sein, das wurde sie, aber dann wollte sie der liebe Gott sein – da saß sie wieder in dem Schlammgraben, aus dem sie gekommen war.
Diese Geschichte hatte nun gar nichts mit dem Vogel oder der Katze zu tun, aber es war eben jene Geschichte, die er las, als es passierte; daran erinnerte er sich später immer. Der Käfig stand auf der Truhe, die Katze war auf dem Boden und starrte mit ihren grüngelben Augen zum Vogel hinauf. Sie machte ein Gesicht, als wollte sie dem Vogel sagen: »Wie bist du reizend! ich möchte dich fressen!«

Das konnte Hans verstehen; er las es der Katze direkt von den Augen ab.
»Weg, Katze!«, rief er. »Machst du wohl, dass du zur Stube hinauskommst!«
Es war, als wollte sie springen.
Hans konnte sie nicht erreichen, hatte nichts anderes, um nach ihr zu werfen, als seinen liebsten Schatz, das Märchenbuch. Das warf er, aber der Einband war lose, er flog zur einen Seite und das Buch selbst mit allen Blättern zur anderen. Die Katze wich langsam ein bisschen in die Stube zurück und blickte Hans an, als wollte sie sagen: »Misch dich nicht ein, kleiner Hans! Ich kann gehen, und ich kann springen, du kannst keins von beiden!«
Hans behielt die Katze im Auge und war sehr unruhig. Auch der Vogel wurde unruhig. Es war kein Mensch in der Nähe, den man hätte rufen können; es war, als ob die Katze das wüsste; sie setzte wieder zum Sprung an. Hans wedelte mit seiner Bettdecke, denn die Hände konnte er gebrauchen; aber die Katze kümmerte sich nicht um die Bettdecke; und als er auch diese vergebens nach ihr geworfen hatte, sprang sie mit einem Satz auf den Stuhl hinauf und hinüber auf das Fensterbrett; hier war sie dem Vogel näher.
Hans konnte sein eigenes warmes Blut im Körper spüren; aber daran dachte er nicht, er dachte nur an die Katze und den Vogel; er konnte sich ja nicht aus dem Bett hinaushelfen, denn auf den Beinen konnte er nicht stehen und noch weniger gehen. Es war ihm, als drehte sich sein Herz im Leibe um, als er die Katze vom Fensterbrett auf die Truhe hinüberspringen und an den Käfig stoßen sah, so dass er umfiel. Der Vogel flatterte verstört darin umher.
Hans schrie auf. Es gab einen Ruck in ihm, und ohne nachzudenken, sprang er aus dem Bett zur Truhe, riss die Katze herunter und hob den Käfig hoch, in dem der erschrocke-

ne Vogel war. Er hielt den Käfig fest und lief damit zur Tür hinaus auf die Straße.
Da strömten ihm die Tränen über die Wangen; er jubelte und rief ganz laut: »Ich kann gehen! Ich kann gehen!«
Er konnte wieder gehen. So etwas kann geschehen, und bei ihm war es geschehen.
Der Lehrer wohnte ganz in der Nähe; barfuß lief Hans zu ihm, nur mit einem Hemd und einer Jacke bekleidet und mit dem Vogelkäfig in der Hand.
»Ich kann gehen!«, rief er. »Herr, mein Gott!« Und er schluchzte und weinte vor lauter Freude.
Und Freude war auch im Haus von Garten-Ole und Garten-Kirsten. »Einen glücklicheren Tag könnten wir nicht erleben!«, sagten alle beide.
Hans wurde auf den Herrenhof eingeladen; diesen Weg war er seit vielen Jahren nicht gegangen. Es war, als nickten ihm die Bäume und Haselnussbüsche, die er so gut kannte, zu und sagten: »Guten Tag, Hans! Willkommen bei uns draußen!« Die Sonne schien ihm ins Gesicht und gerade ins Herz hinein.
Die jungen Herrschaftsleute ließen ihn bei sich sitzen und sahen genauso glücklich aus, als gehöre er zu ihrer Familie.
Am glücklichsten war die Gutsherrin, die ihm das Märchenbuch und den kleinen Singvogel geschenkt hatte; der war vor Schrecken gestorben, aber er war doch das Mittel zu seiner Heilung gewesen. Und das Buch hatte ihn und die Eltern weiser gemacht; das hatte er noch, das wollte er aufbewahren und lesen, wie alt er auch werden sollte.
Jetzt konnte er auch zu Hause von Nutzen sein. Er wollte ein Handwerk lernen, am liebsten Buchbinder. »Denn«, sagte er, »dann kann ich alle neuen Bücher lesen.«
Am Nachmittag rief die Gutsherrin die Eltern zu sich. Sie und ihr Mann hatten über Hans gesprochen; er war ein

frommer und lieber Junge, hatte Freude am Lernen, und es fiel ihm leicht.

An diesem Abend kamen die Eltern froh vom Hof nach Hause, besonders Kirsten; aber eine Woche später weinte sie, denn da verreiste der kleine Hans.

Er hatte vornehme Kleider bekommen; er war ein feiner Junge, aber nun sollte er über das Meer fahren und weit fort in eine Schule gehen, eine Lateinschule, und es würden viele Jahre vergehen, ehe sie ihn wiedersähen.

Das Märchenbuch gaben sie ihm nicht mit, das wollten die Eltern als Andenken behalten. Und der Vater las oft darin, allerdings nur die zwei Geschichten, denn die kannte er.

Und Hans schickte ihnen Briefe, einer fröhlicher als der andere. Er wohnte bei guten Menschen, in guten Verhältnissen; und am besten war es, zur Schule zu gehen; es gab so viel zu lernen und zu erfahren; er wünschte sich nur noch, hundert Jahre alt und einmal Lehrer zu werden.

»Wenn wir das erleben würden!«, sagten die Eltern und drückten einander die Hände.

»Was doch mit Hans geschehen ist!«, sagte Ole. »Unser Herr denkt auch an das Kind der Armen! Ausgerechnet am Krüppel sollte es sich zeigen! Ist das nicht genauso, als würde Hans uns eine Geschichte aus dem Märchenbuch vorlesen?«

Hans Christian Andersen

Der Weihnachtsmarkt

Zu den vielen ausgesuchtesten Rätseln der Natur gehören, wie man so um Michaelis herum jedesmal in den Zeitungen liest, die Wandervögel, welche schon lange vor der Erfindung des Kompasses schnurgerade nach den fremden Ländern fliegen, und bei den Schwalben trifft es ja auch auf Datum und Stunde zu. Unerklärlich ist mir allerdings, dass sie sämtlich auf einmal abziehen; aber warum sie sich überhaupt aufmachen, das kann einem einigermaßen anschlägigen Kopfe keineswegs unergründlich sein: sie gehen der Annehmlichkeit nach, da der Mensch sich genau ebenso verhält. Im Frühling, sobald der erste wärmende Sonntag lockt, wandert er in die Umgebung, am Karfreitag muss er nach dem Spandauer Bock, Pfingsten wandert er in den Grunewald, ein andermal wandert er nach Stralau oder Treptow, und sobald das Eis hält, ist die Rousseau-Insel im Tiergarten sein Wanderziel. Das liegt ihm so von klein auf in den Gehorganen. Kommt nun aber die Weihnachtszeit, dann halten ihn keine vier Pferde, dann zieht es ihn mit unerklärlicher Gewalt nach dem Weihnachtsmarkt. Genau ebenso kann man es sich mit den Wandervögeln denken, obgleich der Weihnachtsmarkt nicht ausschließliche Annehmlichkeiten bietet, zumal wenn ein Tauwetter dazwischenfährt und man einen Rand am Zeuge mitbringt, als wäre man von höherer Gewalt durch den Glitsch gezogen.

Wir hatten uns diesmal gemeinschaftlich mit Doktors, Onkel Fritz und Krauses verabredet, obgleich Doktoren wegen ihrer Praxis ziemlich unsichere Kantonisten sind, aber wir taten es hauptsächlich um Krauses willen, die der Aufhei-

terung bedurften, denn ihr Eduard hat ihnen zuviel Verdruss bereitet. Kann es auch wohl etwas Bitterlicheres geben, als wenn der Vater, der doch selbst Lehrer ist, seinen eigenen Jungen zu einem Kollegen schicken muss, damit er bei dem seine Schularbeiten macht, was Eduard zu Hause nicht einfiel? I bewahre! Anstatt Lateinisch zu lernen, war er ausgerückt und hatte mit den Jungens Räuber und Soldat im Friedrichshain gespielt oder war auf der Straße umhergestrolcht, und wenn er eingesperrt wurde, hatte er mit der Lampe gekokelt, dass es leicht hätte Brandstiftung geben können. Und wenn sie glaubten, dass er wirklich fleißig sei, weil er sich still und ruhig verhielt, dann hatte er einen heimlichen Robinson oder sonst ein Geschichtenbuch bei sich gehabt, und seine Aufgaben bestanden aus Fehlern und Tintenklecksen. Unbegreiflich war nur, dass die Mutter den Jungen immer noch in Schutz nahm. Wollte sie denn nicht sehen, dass er die ersten Kinderschuhe bereits ausgetreten hatte und kein Samtkittelchen und keine weißen Höschen mehr trug? »Es ist unrecht, das Kind mit so schweren Arbeiten zu quälen«, sagte sie, sogar wenn der Junge dabei war. Eduard brauchte nur zu gnauen, das Lateinische mache ihm Kopfweh, dann kajolierte sie ihn und sagte: »Papa wird dir einen Entschuldigungszettel schreiben, dass dir nicht ganz gut war, mein Engel«, worauf Edechen in den Wiegenstuhl kroch und sich schaukelte, um die Zeit doch nur irgend womit zu vertreiben. Herr Krause durfte natürlich keine Einwendungen machen, denn sie hatte sofort die Überbürdung der Schuljugend auf dem Tapet, und er musste schweigen wie ein schlecht geputzter Rekrut. Solche Jammerbolle von Mann!
Etwas Zerstreuung und Erheiterung war Krauses daher mehr als passlich und eine Weihnachtswanderung ihnen sehr willkommen. Wir erwarteten sie zu um Sechsen bei uns, wie verabredet worden war, aber sie kamen erst um halb sieben.

Die Krausen entschuldigte sich damit, sie hätte bemerkt, dass ihr japanisches Tablett weg wäre, und das hätte sie erst gesucht, ohne es jedoch finden zu können. Ich sagte, so etwas verkröche sich manchmal oder verstecke sich hinter ein Möbel, es würde sich schon morgen oder sonst gelegentlich wieder angeben. Es fand sich auch an, aber anders als wir gedacht hatten und, wie ich sagen muss, in niederschmetternder Weise. Doch alles zu seiner Zeit. Wir zögerten nun nicht lange, als wir komplett waren, und wanderten dem Schlossplatz zu, denn da ist doch der Hauptmarkt; indessen, wir kamen nur langsam vorwärts, teils wegen der Menschenmenge auf der Straße, teils wegen der Läden, die betrachtet werden sollten. Einer machte den anderen auf das aufmerksam, was ihm am besten gefiel. »Nein, sieh bloß dies hier! ... Oh, das möchte ich haben ... Seht doch nur, wie prachtvoll!« Und so ging es in einer Tour. Mancher Laden überbot sich auch wirklich selbst. In einem hatten sie sogar eine stilvolle Burg aus lauter Pfefferkuchen aufgebaut, mit gleichfalls stilvollen Pflaumenmännern als Ritter.

Und nun erst die Stoff- und Porzellangeschäfte, die Bronzeläden und Seidenwarenhandlungen: alle miteinander hatten sich geputzt, indem sie das Feinste zum Vorschein brachten. Es ist alles prunkhaft um diese Zeit, als wenn Illumination wäre, sämtliche Gasflammen und Lampen, die nur brennen können, haben sie im Gange, und was irgend glitzert und blinkert, liegt in den Schaufenstern aus: man kann eben nicht vorbeikommen. Da wird immer so viel von den Schätzen des Orients geredet und von den Basaren, die sie dort haben. Was will das sagen? Vor Weihnachten ist das ganze Berlin mit seinen stundenlangen, gasstrahlenden Straßen ein einziger, ungeheuerer Basar.

Zwischen all dieser neuen Pracht liegt der Weihnachtsmarkt, wie die gute alte Zeit. So war es damals, als meine Eltern mich das erstemal mitnahmen, und so ist es geblieben bis

auf den heutigen Tag. Das sind dieselben schmalen, langen Budenreihen; dieselben Spielsachen liegen aus, die Verkäufer haben ebenso rotgefrorene Nasen und ebensolche warme Kappen auf wie damals, und die Kinder mit den Dreierschäfken, den Sägemännern, Waldteufeln, Hampelmännern und womit sie sonst ihr kleines Handelsgeschäftchen betreiben, haben noch ebensolche dünnen Stimmen wie damals. Und wie balsamisch duften die dunklen Tannenbäume, von denen ganze Wälder umherstehen, dazu die maigrünen Pergamiten, aufgeputzt mit buntem Flitter und besteckt mit Lichtern. Und wie anheimelnd riecht es nach frischen Pfannkuchen und Schmalzgebackenem! Und die vielen Menschen, groß und klein, ergötzen sich, als hätten sie solche Herrlichkeiten nie zuvor gesehen, und bewundern aufs neue, was sie eigentlich doch schon kennen sollten. Die Spaßvögel kommen noch immer aus demselben Neste, sie sind rot und gelb und grün gemalt, mit einer Feder auf dem Kopf, und wenn an der Strippe gezogen wird, klappen sie ebenso zusammen wie in all den Jahren. Dazu wird immer noch gerufen: »Vorne nickt er, hinten pickt er – nur einen Groschen der schöne Spaßvogel. Kaufen Sie, Madameken, es ist der letzte!« Das klingt so vertraut, wie aus der fernen Jugendzeit. Mein alter lieber Weihnachtsmarkt!
Was von jeher einen unbeschreiblichen Eindruck auf mich machte, das ist das ernste, schweigende Königsschloss, welches wie ein Riese die Zwergzelte des Marktes überragt. Da summt es von Menschengewirr, da schimmert es rötlich von tausenden Lichtlein um das stille, dunkle Schloss herum, als wenn die kribbelnde, wibbelnde Gegenwart keinen geschützteren Platz finden könnte als bei der unverrückbaren Vergangenheit ... Wir waren jedoch auf den Markt gezogen, um nützliche Sachen einzukaufen. Die Handelsleute wollen ihre Ware absetzen, deshalb kommen sie von nah und fern, und gerade für den Hausstand wird

Brauchbares in großer Auswahl feilgeboten. Wir verteilten uns daher und gingen an das Geschäftliche. Derweile ich und Emmi eine Reibesatte einhandelten, die ihr so notgedrungen fehlt und die das Erbspüree, an dem der Doktor sich so gern Donnerstags mit Eisbein labt, doch bedeutend erleichtert, ging Onkel Fritz an eine Bude und kaufte Honigkuchen mit Inschriften ein, um sie uns zu verehren; aber er hätte es lieber unterlassen sollen, denn auf meinem stand: »Olle, brumme nicht!« – und auf Emmis: »Ewig will ich an dir kleben, Klacks!« Der Doktor steckte den ihm gespendeten errötend in den Paletot.

»Fritz«, sagte ich mit einem Anhauch von Missmut, »ich kann nicht behaupten, dass mir diese Zuckerguss-Poesie behagt«.

»Dann kratze sie ab«, erwiderte er, »und lasse dir einen frischen Vers von Leuenfels darauf dichten. Dem Kuchen schadet das nicht.« Er ist eben unverbesserlich.

Nun wollten wir noch nach der Breiten Straße und Rudolph Hertzogs Auslage betrachten, einmal weil sie das Glanzvollste ist, was man beaugenscheinen kann, und zweitens, weil mein Karl einzelne Phantasieartikel für dies immense Geschäft lieferte, die er extrafein weben lässt; aber so gut der Gedanke war, das Hinkommen hatte seine Schwierigkeit, denn solche Drängelbergerei wie an der Ecke vom Schlossplatz und der Breiten Straße gibt es nirgends. Aber wir kamen durch, weil der Berliner bei derartigem Festgedränge stets zur rechten Seite geht und nur der Fremdling gegen den Strom will, bis ihm einer zuruft: »Sie da mit's Jesichte, halten Sie sich rechts, sonst werden Ihnen die Plätteisen abjetreten!« Das hilft prompt. Als wir frei atmen konnten und uns in unzerdrücktem Zustande wieder vorfanden, mussten wir eine lange Reihe von kleinen Verkäufern passieren.

»Hier wird gekauft«, sagte Onkel Fritz, »ich gebrauche allerlei, und ihr werdet gewiss in eurer Nachbarschaft Leute kennen, die wohl Kinder, aber sonst nichts übrig haben. Denkt nur nach.« Und merkwürdig, jeder von uns konnte sich besinnen. Wie das Geschäft blühte, als wir alle miteinander in die Portemonnaies griffen, das war vergnüglich. Onkel Fritz ramschte gleich ganze Reste, und ein Junge schrie: »Hurra, reeller Ausverkauf – wird meine Mutter aberscht kieken!« Und fort rannte er. Für die paar Nickel solche Freude! Aber noch ein Junge rannte fort, und die Krausen stand da, mit einem japanischen Tablett in der Hand, sprachlos und entsetzt, wie eine versteinerte Salzstange. Herr Krause rannte ebenfalls davon, hinter dem Ausreißer drein.

»Liebe!«, rief ich. »Was ist Ihnen, was bedeutet das?«

»Unser Tablett«, stöhnte sie. »O Eduard!«

Sie wankte. Onkel Fritz sprang ihr bei und gab ihr seinen Arm, indem er sagte: »Kommen Sie nur zu sich und nehmen Sie die Sache von der heiteren Seite.« Das tat sie aber nicht, sondern zog das Taschentuch und machte eine hysterische Szene. Mittlerweile erschien Herr Krause wieder.

»Er ist entwischt«, rief er zornig.

»Wer?«, fragte ich.

»Eduard«, stieß er hervor, »der Junge! Zigarren hat er mir ausgeführt und verkauft sie hier auf dem Weihnachtsmarkt. Auch das Tablett hat er genommen, Löcher hineingebohrt ... Schnur durchgezogen ... sich umgehängt. Steht hier mitten zwischen den armen Kindern. Wie ich ihn erblicke und glaube, ich fasse ihn schon ... er den Kopf aus der Schlinge gezogen und fort. Die Polizei soll ihn verhaften.«

»Wie kannst du so unmenschlich sein?«, fing nun die Krausen an. »Komm, lass uns nach Hause gehen, er wird sich gewiss ängstigen.«

»Nein«, sagte Herr Krause, »ich bleibe, ich würde zu strenge mit ihm ins Gericht gehen. Morgen früh soll er seinen Lohn haben.«

»Du wirst ihn doch nicht schlagen?«, jammerte die Krausen.

»Ich werde ihm verkünden«, erwiderte Herr Krause weicher, »dass er jeden Tag eine Strafarbeit zu liefern hat und«, fügte er mit wehmutsverquollener Stimme hinzu, »dass er nichts zu Weihnachten bekommt.«

»Aber doch einen Baum?«, schrie sie.

»Keinen Baum«, seufzte Herr Krause.

»Wenn das Wort 'ne Brücke wäre, ich ginge nicht darüber«, flüsterte mein Karl mir zu.

»In drei Tagen ist alles vergessen«, antwortete ich, »er müsste meiner Meinung nach den Bengel so verbimsen, dass nur noch die Knopflöcher von seiner Jacke zu gebrauchen wären, sonst wird aus dem nie etwas Vernünftiges.« Ich bin prinzipiell gegen jegliche Prügelstrafe, weil sie unaufgeklärt und inhuman ist, aber Keile muss sein. Für die Besichtigung der übrigen Weihnachtsherrlichkeiten, die aus den Fenstern der Läden leuchteten, war kein rechtes Interesse nach diesem Ereignis mehr vorhanden, und so folgten wir denn Onkel Fritz, der uns Revanchierens halber nach Dressel eingeladen hatte, da er in seiner eigenen Wohnung nicht auf Gegenseitigkeitsgesellschaften eingerichtet ist. Wir hätten sehr amüsant zusammen sein können, wenn Krauses nicht in zu großer Zerknirschung gewesen wären: er mit den Zornfalten vor dem Kopf und sie mit dem verruinierten Tablett und ziemlich verweint. Onkel Fritz hatte mit Dresseln ein opulentes Abendbrot mit verschiedenen Seltenheiten abgekartet, die sich in die einfache bürgerliche Küche nicht hineinverirrten. Er kann es ja, da sein Geschäft flotter geht als zu irgendeiner Zeit und er von Hause aus spendabel veranlagt ist. Onkel Fritz konnte deshalb nicht umhin, auszurufen: »Himmel, sind wir vergnügt und haben es gar nicht nötig!« Zum Schluss stießen wir darauf an, im nächsten Jahr wieder eine Weihnachtswanderung zu unternehmen …

Julius Stinde

Weihnacht

O heiligste der Nächte,
in der Gott niederstieg,
in der er hat beendigt
jedweden Streit und Krieg,
Am Himmel standen Sterne
und zeigten auf ein Haus,
da gingen zu der Stunde
die Engel ein und aus.

Und in geringer Krippe
lag da das edle Kind,
durch welches gläub'ge Menschen
vom Tod errettet sind.
Es freut sich an dem Knaben
der Hirten Lustgeschrei,
wir kennen unsern Heiland
und beten an dabei!

Horch, hörest du die Lieder?
Das sind die Engelchöre,
die ich in Weihnachtslüften
aus Himmelstiefen höre.
Ich hör' es silbertönig
mit Kinderstimmen schallen:
»Friede« ertönts, »auf Erden
und an den Menschen Wohlgefallen.«

O lichte, warme Strahlen
in kalter Winternacht!
Es wird uns aus dem Himmel
das Himmelskind gebracht.
Es freuen sich die Hirten
am himmlischen Geschenk
und bleiben seiner Ankunft
im Herzen eingedenk.

Conrad Ferdinand Meyer

MACHT HOCH DIE TÜR

* * *

Macht hoch die Tür, die Tor' macht weit:
Es kommt der Herr der Herrlichkeit,
Ein König aller Königreich',
Ein Heiland aller Welt zugleich,
Der Heil und Leben mit sich bringt;
Derhalben jauchzt, mit Freuden singt:
Gelobet sei mein Gott, mein Schöpfer, reich von Rat!

Er ist gerecht, ein Helfer wert,
Sanftmütigkeit ist sein Gefährt,
Sein' Königskron' ist Heiligkeit,
Sein Zepter ist Barmherzigkeit;
All unser Not zum End' er bringt,
Derhalben jauchzt, mit Freuden singt:
Gelobet sei mein Gott, mein Heiland groß von Tat!

O wohl dem Land, o wohl der Stadt,
So diesen König bei sich hat!
Wohl allen Herzen insgemein,
Da dieser König ziehet ein!
Er ist die rechte Freudensonn',
Bringt mit sich lauter Freud und Wonn' –
Gelobet sei mein Gott, mein Tröster früh und spat!

Macht hoch die Tür, die Tor' macht weit,
Eu'r Herz zum Tempel zubereit't;
Die Zweiglein der Gottseligkeit
Steckt auf mit Andacht, Lust und Freud;
So kommt der König auch zu euch,
Ja Heil und Leben mit zugleich.
Gelobet sei mein Gott, voll Rat, voll Tat, voll Gnad.

Komm, o mein Heiland, Jesu Christ,
Mein's Herzens Tür dir offen ist;
Ach zeuch mit deiner Gnaden ein,
Dein' Freundlichkeit auch uns erschein'.
Dein heil'ger Geist uns führ' und leit'
Den Weg zu ew'gen Seligkeit.
Dem Namen dein, o Herr, sei ewig Preis und Ehr.

Georg Weissel

Schneeflöckchen

Schneeflöckchen war eine arme verwandelte Prinzessin, die in der Welt umherflog und Liebe suchte. Sie war ein wunderschönes Kind, schneeweiß und lieblich von Farbe mit himmelblauen Äuglein und blonden Löckchen, und ihr Vater war ein sehr mächtiger König in Indien. Als sie sechs Jahre alt war, da starb ihre Mutter und sie bekam eine böse Stiefmutter. Diese gebar dem Könige auch zwei Töchter, aber die waren hässlich wie Krähen und Schneeflöckchen blühte nur noch anmutiger, wenn sie neben diesen beiden stand. Dies ärgerte die Königin, die eine böse Hexe war, und sie sann auf allerlei Tücken, wie sie das schöne Kind verderben könnte, das nun schon zwölf Jahre alt war. Sie musste sich aber vor dem Könige in Acht nehmen, denn er liebte Schneeflöckchen mehr als sein Leben. Gern hätte sie das Kind durch Gift oder Eisen weggeschafft, aber das deuchte ihr zu gefährlich und konnte verraten werden, sie meinte es also sicherer durch Hexerei zu verderben. Und eines Tages, als sie es wusch und ihm ein reines Hemdchen anzog, da schmierte sie es mit einer Salbe ein, sprang dann sehr lebendig um das Kindchen herum und streichelte und herzte es, ward darauf plötzlich zu einer schwarzen Füchsin und beleckte das Kind, das erschrokken da stand, mit ihrer geschwinden Zunge, und murmelte die Worte:

»Schneeflöckchen flieg hin!
Fliege durch die Welt hin!

Heute kalt und morgen warm!
Schlaf in keines Mannes Arm,
Der nicht in das fünfte Jahr
Treu dir ohne Wandel war.«

Und in demselben Augenblicke, als sie von der Füchsin geleckt worden und die Worte über sie hingemurmelt waren, ward die hübsche kleine Prinzessin zum Schneeflöckchen. Und die alte Hexe öffnete das Fenster und ließ sie hinausfliegen. Es war aber ein kalter Wintertag, als dies geschah, und die böse Stiefmutter rief ihr höhnend nach: »Fliege nun und friere bis in Ewigkeit! Eher mag ich wieder jung werden wie du, als du einen Mann findest, der einem Schneeflöckchen fünf Jahre bis in die innersten Gedanken treu bleibt.«
Und die süße kleine Prinzessin Schneeflöckchen flog mit den andern Schneeflocken im kalten Winde umher und fror und zitterte und wimmerte wie die anderen. Es fühlte aber, warum es trauerte, denn es hatte die allersüßeste und allerwärmste Seele behalten, obgleich es so jämmerlich verwandelt war, und musste auch als Schneeflöckchen durch die weite wüste Welt nach Liebe umherfliegen. Da war ihr denn das Traurigste, wenn sie je einmal auf ein hübsches Gesichtchen flog oder an eine schöne Brust sich schmiegte oder auf ein warmes Händchen sich hinabsenkte, dass sie unfreundlich weggeblasen und abgeschüttelt ward, als habe sie nur unangenehmen Frost gebracht, wie alle anderen Schneeflocken. So musste sie immer wieder in die Welt hinein, wann sie gehofft hatte, einmal in Liebe auszuruhen, und flog den langen traurigen Winter umher und lag den gefrornen Bergen und den Steinen und den eisigen Seen an der kalten Brust und weinte und ächzete um Liebe, die sie nirgends fand. Und als es warm ward und die ersten Vöglein wieder sangen, da durfte sie nicht bleiben

an der schönen Sonne, sondern musste in die Dunkelheit; denn der Winter fing sie ein mit den andern Schneeflocken und sperrte sie alle in den Tiefen und Höhlen der alten Berge ein, dass sie da lägen, bis er wieder auf die Erde emporkäme.

Da lag nun Schneeflöckchen den schönen Frühling und den warmen Sommer und Herbst und verlebte ihre Stunden in Sehnsucht und Traurigkeit: in Sehnsucht, denn alle Erinnerungen waren in ihrem dünnen Schneeleibchen geblieben: in Traurigkeit, denn sie zweifelte, ob sie jemals Liebe finden würde. Da hat sie manche wehmütige Töne geflüstert und manches traurige Liedlein geächzt, die allein die stummen Felswände gehört haben. Also klang eines der Liedlein, das sie oft schmerzensvoll sang und das ein tiefer Durchklang ihres Schicksals zu sein schien:

Geister in den dunklen Höhlen,
Geister in der tiefen Nacht,
Habt ihr Liebe, habt ihr Seelen,
Gebt auf meine Klagen Acht,
Die ich seufze, die ich weine
In der stummen Einsamkeit,
Ferne von dem Sonnenscheine,
Von des Lebens Lieblichkeit.

Aus der süßen Welt verstoßen,
Welche warme Herzen hat,
mit den Stürmen mit den Schloßen
Flieg' ich schaurig meinen Pfad;
Zitternd vor den leichten Winden,
Vor der Lüfte Wankelmut,
Kann ich nirgends Ruhe finden.
Ach! ich armes junges Blut!

Und mein Seelchen voll von Liebe
Saus' ich durch die öde Welt,
Welche meine schönsten Triebe
Nur für Winterlügen hält,
Muss dem Stein am Busen frieren
Und dem starren harten Eis,
Das sich wohl mit Glanz zu zieren,
Aber nicht zu lieben weiß.

Und so kann ich einsam fliegen
Durch die lange Ewigkeit,
Und dies Herz wird nie sich schmiegen
An ein Herz voll Zärtlichkeit;
Wie ich brenne, wie ich glühe,
Keine Seele glaubt es je,
Wenn ich gleich von Flammen sprühe,
Heiß' ich doch der kalte Schnee.

O, wo lebt das holde Wesen,
Wenn ihr's wisst, so sagt mir's an,
Welches diesen Zauber lösen,
Diese Liebe kühlen kann?
O, wo lebt die seltne Treue,
Welche Stahl und Eisen schmelzt
Und für mich ein kühner Leue
Sich durch Feu'r und Strudel wälzt?

Ach! ihr Elfen! ach! ihr Zwerge!
Was verkünd' ich euch die Pein?
Ihr seid hart wie eure Berge,
Ihr seid kalt wie euer Stein.
Denn was nie an Menschenherzen
In der süßen Liebe lag,
Ahnet nichts von diesen Schmerzen,
Dieser Sehnsucht, dieser Schmach.

So hatte Schneeflöckchen eine lange lange traurige Zeit in den düstern Berghallen gelegen und den stummen Steinen und gefühllosen Wassern und Lüften, die vorbeirauschten, ihr Leid geklagt, da kam der Winter wieder und öffnete die Tore und trieb seine leichtgeflügelten Scharen in die Welt hinaus. Und Schneeflöckchen flog mit den andern aus und musste wieder nach Liebe durch die Welt umherfliegen; und die leichten Winde kamen und nahmen sie mit und trugen sie über Länder und Meere hin. Einmal lag sie bei diesen Reisen auf dem Gipfel des kalten Kaukasus und seufzte und ächzte jämmerlich in dem bitteren Gefühle ihrer Verlassenheit unter den kalten lieblosen Gesellen, mit welchen sie leben musste. Und als Schneeflöckchen hier zum Sterben krank war vor Liebe, da hörte sie unter sich in einer Bergschlucht jemand so jammervoll stöhnen und klagen, dass einem Stein davon das Herz hätte springen könnnen. Und Schneeflöckchen flog auf und flog flugs hin, woher die Stimme tönte. Und sie sah unter einem kahlen Baum, durch dessen wenige falbe Blätter der wintrige Wind heulend pfiff, einen Jüngling stehen stattlich und schlank von Wuchs und schön von Gestalt. Er stand aber fast nackend da, sein Waffenkleid, sein Panzer und Helm und Schild lagen im Schnee umhergestreut, sein edles Ross stand seitwärts und kratzte Gras unter der Schneekruste hervor und fraß, seine Sporen lagen zerbrochen, sein Wams lag zerrissen neben ihm, in der Rechten hielt er ein blankes Schwert, und seine Haare flogen wild im Winde und seine Blicke sahen verstört, wie wenn einer in eine Wüste hineinstarrt, und von seinen Lippen ächzten jammervolle Klagen. Schneeflöckchen legte sich angstvoll und schweigend zu seinen Füßen und dachte bei sich: Ach wenn der Mann wehvoll ist wie ich und unglücklich durch Liebessehnsucht, so mag er mich hier zertreten in seiner Verzweiflung, dass ich den letzten Atem von Leben und

Bewusstsein verliere! Das sollte mir der süßeste Tod sein. Er klagte aber also:
Seid mir willkommen, Orte der Trauer! Ihr wüsten Felsen, kahlen Bäume, du rauhe und finstere Kluft und ihr Winde, die ihr mit dem Schneegestöber dahinpfeift – ihr seid mein Leichengefolge, meine Leichenmusik, wie ich sie liebe. Du bist hin, edle Stärke, worauf ich getrotzt habe, du bist verwelkt, Schönheit, welche Frauen und Jungfrauen gepriesen haben, du hast dich verschmachtet und verblutet, arme kranke Seele, und sollst hier die Ruhe und den Frieden finden, den die kalte Erde dir nicht geben kann. O, kalte Erde! Bald nicht mehr zu kalt, bald ein stilles kühles Bett dem Starren und Gefühllosen. Komm treues Schwert, du treuer Freund und Schirmer in so manchen Schlachten und Abenteuern! Tu mir den letzten Dienst! Schneide dies Herz entzwei, das schon genug zerschnitten ist, dies arme Herz, dem alle Güter und Schätze gegeben waren, nur der einzige höchste Schatz der Liebe nicht. O, wenn dieser kalte hässliche Dornstrauch lieben könnte, ich wollte ihn umarmen, ich wollte ihn an meine Brust, ja in meine Brust hineindrücken, dass sie von seinen hundert Spitzen bluten sollte, und ich wollte jauchzen vor Seligkeit; ja dich dünnen Schnee wollt' ich nehmen, wenn deine Kälte zu Liebe erwärmen könnte, wollte mir die Hände von dir vollballen und dich tragen als meine köstlichste Habe, und Himmel und Erde sollten meinen Schrei hören: ich bin geliebt! Ich bin glückselig! Ja, eine Otter, eine Kröte wollt' ich umarmen und sie Braut nennen und Zärtling und Liebling. Nein! Nein! Nimmer! Nimmermehr! Komm denn, Schwert! Und komm denn, Tod! Du Retter aus allen Nöten! Und mache der elenden Posse ein Ende! Und er rüstete sich zuzustoßen.
Und es war dem kleinen Schneeflöckchen wie ein Blitz durch das zärtliche Seelchen gefahren, und sie hob die

Flügelchen auf und senkte sich sanft auf seine Hand, als sie eben den letzten Stoß tun wollte. Und er fühlte es wie warm, und als brennte ihn etwas. Und er schaute in die Hand und sah Schneeflöckchen da liegen in seiner zarten gefiederten Gestalt. Und Schneeflöckchen, die eben eine Seele suchte, ward immer wärmer und brannte ihn wirklich. Und erstaunt ließ der Mann das Schwert fallen und sah Schneeflöckchen an, als verstände er das holde Kind, das nicht viel gewichtiger als ein wehendes Lüftchen auf seiner Hand lag, und voll Entzücken rief er: Was? Was? Sie ist's? Ist sie's? O gnädiger Gott! So will ich leben! Und würd' es eine Ewigkeit, sie soll mir nicht zu lang sein! Und Schneeflöckchen, das diese Worte hörte, zerrann vor Entzücken und ward ein glänzender Tropfen, der hell in seiner Hand lag und um Liebe zu flehen schien und wie das blaue Himmelsaug eines Engels aussah. Und der Mann sah das funkelnde Tröpfchen, das immer noch warm in seiner Hand glühte, und lief eilends zu einem Baum, der noch einige frische Blätter hatte, und nahm das grünste Blatt und goss das Tröpfchen da hinein und barg es sorgsam an seinem Leibe. Dann kleidete und waffnete er sich, schwang sich auf sein Ross und ritt im Fluge der nächsten Stadt zu.

Nun muss ich erzählen, wer dieser Mann war und woher er kam und was ihm begegnet war.

Er war ein edler Prinz, eines Königs Sohn im Lande Arabien, wo das Gold wächst und die Myrrhen und andere köstliche Kräuter. Er war unter den wunderbarsten Umständen zur Welt geboren und mit so unvergleichlicher Schönheit geschmückt, dass sein Vater der König und die Weisen des Landes von seiner frühesten Kindheit an sehr aufmerksam auf ihn waren; denn sie meinten, sein Leben werde gewiss auch von ungewöhnlichen Schicksalen geführt werden. Sie fragten das Los, sie fragten die Sterne viel über ihn, sie spielten mit Rätseln und Wahrsagern um ihn; aber das Los wollte nicht fallen und die Sterne wollten nicht sprechen und die Rätsel und Wahrsager wollten kein rechtes Geisterspiel spielen – sie blieben im Dunkeln über seine Zukunft. Aber über sein Herz blieben sie nicht lange dunkel. Der Prinz zeigte von Kind auf eine ungewöhnliche Zartheit und Weichheit des Gemütes, und in seinen großen und schwarzen Augen lag eine Wehmut und Schwärmerei, welche dem alten Könige bange machten, so dass er zu seinen Weisen und Räten wohl zuweilen zu sagen pflegte: »Der Knabe muss strenge erzogen werden und immer unter Menschen und im vollen Getümmel sein; er könnte sonst ein Träumer oder Sternseher werden, welche die schlechtesten Könige sind, oder die Liebe, die verderblichste und gefährlichste aller Leidenschaften, könnte ihn ganz aus der Bahn der Tugend treiben.« Alle Gebärden, alle Bewegungen des Prinzen waren eben so sanft und zart als seine Seele, und sein Stimmchen klang leise und lieblich wie ein Sommerlüftchen, wenn es durch Maiblumen hinspielt. Deswegen ward der Prinz Bisbiglio genannt, welches zu Deutsch so viel heißt als Gelispel.

Als Prinz Bisbiglio vier Jahre alt geworden war, tat der König, sein Vater, ihn nicht in die Einsamkeit zu einem Weisen, wie die Könige im Morgenlande zu tun pflegen, die da glauben, im Getümmel der Hauptstadt und im Glanze und der Üppigkeit des Hoflagers könne schwerlich jemand zur strengen Tugend gezogen und geübt werden, sondern er schickte ihn zu einem alten grauen Kriegsmann, der mit einer gerüsteten Kriegsschar immer auf der Warte lag und die Grenzen hütete. Da sollte er wie ein Krieger erzogen werden, nichts sehen als Rosse und Waffen, nichts hören als Waffenklang und Trompeten und Pfeifen, kein anderes Lager kennen als ein hartes Soldatenbett und keine andre Flur und Au als die Tummelplätze und Übungsplätze, worauf Menschen und Pferde auch kein Gräschen grünen ließen. Künste sollte er nicht lernen, denn der König fürchtete, die Künste würden ihn zu weich machen, und ihm die strenge Arbeit verleiden, welche die beste Kunst für den ist, der als Mann befehlen soll. Der Prinz lebte in diesem Lager zehn Jahre und ward ein vollkommener Kriegsmann, in allen Waffen geübt, ein Meister, die Rosse zu tummeln und die Lanze zu werfen; außerdem war er schlank von Leibe und für sein Alter sehr stark.

In seinem fünfzehnten Jahre ließ der Vater ihn zurückkommen an seinen Hof und freute sich des schönen Jünglings und seiner weisen Erziehung. Aber was half sie ihm? Was die Natur in den Menschen gesät hat, das muss früher oder später einmal Wurzeln treiben, es ist unvertilgbar wie das Leben und lässt sich mit dem Leben selbst nur ausrotten. Prinz Bisbiglio hatte nun zehn Jahre nichts gesehen als rauhe und eiserne Männer des Kriegs und Lanzen Bogen und Säbel, er hatte in keine Sterne geguckt, auf keine Nachtigallen gelauscht, in keinem Tanze sich mit umgeschwungen. Doch waren so viele Sterne und Nachtigallen und Tänze in seiner Seele, dass sie von allem eisernen Lärm und eisernen Übungen nicht unterdrückt werden konnten. Ja, sie wurden in ihm nur lebendiger, je mehr sie in das tiefste Innere seines Gemütes zurückgedrängt wurden. Bisbiglio war ein Kind der Sehnsucht und Liebe und mitten in dem Feldlager unter den harten und rauhen Kriegern hatte sein unbewusstes Herz immer nach Liebe gelechzt, sie hatte er aus allen Winken und Blicken, aus allen Liedern und Märchen gesogen, die auch von ganz etwas anderem klangen, ja aus jedem leisesten Worte, das nur so lose vor ihm gesprochen war; sein eignes Herz hatte ihm früh genug diesen bunten Himmel mit allen seinen Sternen und Nachtigallen geöffnet. So allmächtig ist der angeborene Trieb.

Bisbiglio stand jetzt in der Blüte der Jahre, wo die Fantasie am lebendigsten ist; er sehnte sich hinaus in die weite schöne Welt, damit er ihre Schönheit und Herrlichkeit erkundete, und ging zu seinem Vater dem Könige und bat ihn, dass er ihn ziehen lasse, wie andere Prinzen ausziehen, und sich durch fürstliche und ritterliche Abenteuer einen Namen machen. Der Vater erlaubte es ihm gerne, denn er dachte: dieser ist ein fester Jüngling, unter Eisen und Waffen erzogen, den werden die girrenden Tauben der Liebe und die schmeichelnden Sirenen der Zärtlichkeit nicht von der Heldenbahn ablocken. Aber Bisbiglio meinte es anders, als seine Worte vor dem Vater klangen: Er wollte keine anderen Abenteuer als Abenteuer der Liebe, er wollte auf die Liebe ausreiten, er wollte solange suchen in der weiten Welt, bis er die Liebe fände, die er sich von jeher als das höchste und seltenste Gut gedacht hatte. Er hatte nämlich in dem Feldlager am Euphrat oft das Märchen erzählen gehört von dem persischen Prinzen Sospirio, der zwanzig Jahre nach der Liebe durch die ganze Welt umhertrabte und sie endlich in einem schneeweißen Dornröschen fand, das mitten in der Wüste Afrikas verborgen und einsam blühte. Dies waren die hohen und geheimnisvollen Sterne, nach welchen Bisbiglio früh guckte, dies waren die süßen Nachtigallen, die ihm selbst da sangen, wo Streitrosse um ihn wieherten und Speere auf Schilden zersprangen; von wundervollen Abenteuern, von Kämpfen mit Riesen und Drachen, von Verwandlungen und Bezauberungen hatte er Tag und Nacht geträumt, aber nicht bloß um ritterliche und königliche Scherze und Spiele, nein, alles um Liebe und immer um Liebe.
So war er in die Welt ausgezogen und zog nun schon in das vierte Jahr so um und hatte mit sehnlichen Schmerzen die Liebe gesucht, aber immer noch nicht gefunden. Abenteuer hatte er genug gefunden, Kämpfe genug bestanden,

schöne Frauen und Jungfrauen, Prinzessinnen und Königinnen, Amazonen und Sirenen, wunderbare Blumen und Vögel genug gesehen, einige auch geliebt, aber ach! Die Liebe hatte er nicht gefunden, die himmlische, immer in einem blühende, glühende, fühlende, spielende, lebende, schwebende, singende, klingende, jauchzende Liebe. Er war schön, jung und tapfer, er hatte alles Schönste und Lieblichste angezogen, wie der Magnet das Eisen anzieht, er war auch zärtlich geliebt worden, aber ach! Nach wenigen Tagen, oft nach wenigen Sekunden, hatte er immer den Mangel gefühlt und wieder ausreiten müssen, damit er die rechte Liebe fände, welche er suchte. So war es ihm vor einem Monat eben wieder ergangen. In Damaskus hatte er des Königs Tochter gesehen, schön wie eine Rose, schlank wie eine Lilie und lieblich wie ein Veilchen im stillen Tale, und sie hatte ihn über ihr Leben lieb gewonnen, und er sie wieder. Aber bald hatte der unglückliche Prinz wieder reiten müssen, fühlend, sie sei nicht die Liebe, die er suchte, und nun hatte er verzweifelt, sie je zu finden, und war hinaufgeritten bis in das wilde verschneite Gebirge, bis in den höchsten Kaukasus hinein, und da hatte ihn das süße Schneeflöckchen am Leben erhalten.
Als der Prinz zu der Stadt gekommen war, ritt er vor das Haus eines Juweliers und kaufte sich ein Fläschchen aus lauterem Diamant und goss sein funkelndes Tröpfchen, sein Schneeflöckchen, da hinein und versiegelte das Fläschchen und steckte es zu sich und sprach: »Du wirst noch wohl einmal Prinzessin werden, wie Dornröschen in der Wüste geworden ist, und wenn du es nimmer wirst, ich bin der glücklichste aller Menschen, solange ich nur diese Flammen fühle.« Er hatte sich nämlich ein Säckchen über dem Herzen gemacht, darein steckte er das Fläschchen, und er fühlte es bis in sein Herz, und es war ihm wie ein sanftes Prickeln, das er um die ganze Welt nicht hätte mis-

sen wollen. Er ritt aber immer lustig fort durch die weite Welt. Denn dass das Tröpfchen verwandelt werden musste und dass es so nicht bleiben konnte, das ahnte ihn; das wusste er auch, dass er vor der Erfüllung seines Schicksals nicht nach Hause reiten durfte. Und Schneeflöckchen saß als ein kleines Tröpfchen in dem diamantenen Fläschchen und war die Allerglückseligste, denn sie fühlte, dass sie geliebt war; aber doch zitterte sie oft bei sich und dachte: »Fünf Jahre, wie lange! Wie lange! Und wird er die Proben bestehen? Es ist wohl süß, so auf seinem Herzen zu ruhen, aber wie viel süßer wäre es, ihn mit menschlichen Armen umfangen und an dies Herz drücken!« Und sie bebte vor Wonne bei dem Gedanken und zugleich vor Furcht, dass sie ihn verlieren könnte.

Und drei Jahre war der Prinz Bisbiglio mit ihr durch die Welt geritten, und sie waren ihm verschwunden wie drei Tage. Da kam die Zeit harter Proben, die er noch bestehen musste, ehe ihr Schicksal erfüllt werden konnte.

Die erste Probe war diese:

Er ritt an einem Hause vorbei, das in Flammen stand. Da zweifelte er in sich: »Wenn sie, die meine Liebste ist, für dies Tröpfchen nun ein Mensch wäre und du lägest in den Flammen, sollte sie wohl hineinspringen und dich herausholen? Und wie er den bösen Gedanken kaum gedacht hatte, da fühlte er sein Gläschen mit unwiderstehlicher Gewalt heraufspringen, dass es ihm Hemd und Wams zerriss und den eisernen Panzer spaltete. Und wie ein Blitz flog es in die Flammen, und er sah das Fläschchen drinnen springen, und das helle Tröpfchen weinte und ächzte in der feurigen Not, und bald erblickte er es nur noch als eine trübe Flamme. Da erfasste ihn unnennbare Seelenangst, und er warf sich von dem Pferde in das Feuer und griff sich das Flämmchen heraus und barg es in seiner Hand. Und das Flämmchen brannte ihm ein tiefes Loch in die Hand, dann ward es wieder zum Tröpfchen. Er ritt aber eilends in die nächste Stadt und kaufte sich wieder ein diamantenes Fläschchen, worin er es einfing und wieder an seine alte Stelle legte. In den Flammen hatte er sich das Haar versengt und die Wangen verbrannt, und das Loch in seiner Hand war sehr tief. Und er musste große Schmerzen leiden und wohl drei Wochen krank liegen, ehe er genas. Da trauerte er viel über seinen Unglauben, aber Schneeflöckchen war voller Freuden, dass er ihr so treu nachgesprungen war in das Feuer, aber über seine Schmerzen weinte sie innerlich. Und er merkte es wohl, denn es deuchte ihm oft, wie es in der Flasche ächzte, wiewohl er eigentlich nichts hörte.

Dies war die zweite Probe:

Er ritt über eine hohe Brücke, welche über ein reißendes Wasser führte, das der Tigris heißt. Da sah er das Nest eines Eisvogels auf dem Strome schwimmen, und die Mutter saß auf dem Neste und fütterte die Jungen. Und er sprach bei dem Anblicke innig bewegt: »O, welche Liebe! Haben Menschen wohl solche Treue? Wahrlich, wenn der Strudel diese kleine Brut untertauchte, die Mutter tauchte ihnen nach und stürbe oder holte sie herauf. Und Schneeflöckchen auf seinem Herzen fühlte, was er drinnen bewegte, und musste ihm in der innern Seelenangst wieder Rock und Panzer sprengen, und klingend flog das Fläschchen gegen einen Stein, und das Tröpfchen goss sich in den Strom und zischte leise, wie wenn man heißes Wasser in kaltes gießt, und floß mit den reißenden Wellen dahin. Und der Prinz stürzte sich wie ein Blitz ihm nach in den Strom und kämpfte mit dem Strudel und tauchte sich auf und ab und rang mit Tod und Leben, und füllte seine Hände mit allen Wassern, bis er das zischende Tröpflein wiedergefunden hatte, das er wie eine brennende Kohle in der Hand fühlte. Dann schwamm er ans Land und sank erschöpft hin; das

Tröpfchen aber hatte ihm wieder ein Loch gebrannt. Und als er wieder zu sich kam, war er zerschellt an allen Gliedern von den Felsen, woran er sich zerstoßen hatte, und die Wunde in der Hand schmerzte, aber seine Seele jauchzte in Wonne. Und Schneeflöckchen war auch in Entzücken über seine tapfere Treue. In der nächsten Stadt aber fing er sein Tröpfchen wieder ein, legte sein Fläschchen aufs Herz und ritt weiter. Dies war die dritte und letzte Probe:

Der Prinz trabte mit seinem Schneeflöckchen eines Morgens durch einen hohen Bergwald, da ward er eines gewaltigen Reiters gewahr, der auf einem weißen Hengst ritt und so hoch war, dass sein Haupt über die Spitzen der Eichen und Buchen ragte. Er hielt eine Lanze, die einem Mastbaum gleich in den Lüften schwankte, und fällte diese fürchterliche Wehr, als er des Prinzen ansichtig ward. Dieser Riese – denn das war er – hatte ein hässliches und verrunzeltes altes Weib hinter sich auf, das ihn mit ihren dürren Armen umklammert hielt. Er führte sie wider Willen mit sich kraft eines Gelübdes, das er getan hatte, und dachte sie auf den ersten Besten, den er treffen würde, abzuladen. Als er also den Prinzen Bisbiglio erblickte, rief er mit lauter Stimme, dass alle Berge und Klüfte widerhallten, als hätten hundert Donnerwetter zugleich die himmlischen Kartaunen gelöst: »Halt, mein Knäblein! Ich habe hier etwas für dich. Du bist jung und kannst einen Schatz gebrauchen, der meinen Jahren schon beschwerlich wird. Nimm diese Dame hintenauf und schwöre mir, dass du sie ritterlich halten und einen jeden, der dir begegnet zum Kampf auf Leben und Tod fordern willst, wenn er nicht bekennen will, dass sie die allerschönste Prinzessin sei, die je die Sonne beschienen hat. Auf diese Bedingung lass ich dich hier frei vorüberreiten, sonst wird deine Mutter bald einen Toten begraben.«

»Das geschieht nimmer, du Trotziger, solange noch ein

Tropfen Blut in mir warm ist«, rief Bisbiglio, von Zorn entbrannt; »wehre dich, du Prahler! Ich schlage auf dich.« Und mit diesen Worten sprang er aus dem Sattel und ließ sein Ross laufen. Denn er begriff wohl, dass er gegen den Riesen und dessen Koloss von Pferd nicht rennen konnte und dass die Gewandtheit und Geschmeidigkeit gegen die Übermacht helfen musste. Und der Riese, der sich schämte, schlechter zu sein als der Jüngling, sprang auch vom Pferde, und sie warfen beide die Lanzen weg und griffen zu den Schwertern.

Und es entstand nun einer der schönsten und seltensten Kämpfe, die je in einer Rennbahn gesehen worden. Die Erde erzitterte, wann der Riese seinen Fuß bewegte, und Felsen schienen unter jedem seiner Hiebe bersten zu müssen. Leicht wie der geflügelte Wind sprang der Prinz einher, wich und bog sich jedem Streiche und Stoße aus und schlüpfte geschickt unter der Langsamkeit und Schwere des Riesen hin. So hatten sie lange gekämpft, und schon rieselte des Riesen Blut aus mancher Öffnung, aber es waren seichte Wunden. Der Prinz war aber noch ganz und spielte in leichter Beweglichkeit mit seinen leichten Waffen um das Ungeheuer herum. Als der Riese sich nun von seinem eigenen Blute erröten sah, da ergrimmte er in seiner Seele und rief: »Genug! O, schon zu viel! Nicht länger soll diese Mücke mit dem Löwen spielen.« Und er holte einen gewaltigen Hieb aus, wodurch er den Prinzen wie eine Rübe in zwei Stücken zu spalten meinte. Doch der Hieb glitt vom Helm ab, nahm aber den ganzen Schild mit und die Hälfte des Panzers, und der Prinz fühlte die Spitze des Eisens bis an sein Herz dringen. In dieser äußersten Not nahm auch er seine letzten Kräfte zusammen und stieß sein Schwert, so lang es war, in des Riesen Brust, dass das lange Scheusal fluchend und röchelnd hinstürzte.

Man kann sich Schneeflöckchens Angst denken bei diesem fürchterlichen Streit und wie sie in ihrem Fläschchen zitterte und bebte, wenn der Riese in seinen Waffen daher rasselte und sie die Stöße klingen und die Hiebe durch die Luft sausen hörte. Als sie aber die rote Flut den Panzer des Prinzen hinabrieseln sah, da konnte sie es nicht länger aushalten in ihrem Kerker, sprengte das Fläschchen und mischte sich mit dem Blute, das wie ein purpurner Strom am Boden floss. Und o Wunder über alle Wunder! in demselben Augenblicke, wie sie von dem Blute ganz umflossen war, stand die allerschönste Jungfrau da: Schneeflöckchen war wieder ein Mensch geworden.

Der Prinz hatte sich so erschöpft und verblutet, dass er in Ohnmacht hingesunken war. Schneeflöckchen warf sich mit tausend Tränen auf ihn, riss ihm den Panzer auf und trocknete das Blut seiner Wunde mit ihren schönen langen blonden Locken ab; sie beweinte ihn fast schon wie einen Toten. Als sie so über ihm lag und klagte und schluchzte, siehe, da schlug der Prinz die Augen auf und atmete wieder und sah sein allerliebstes süßestes Kind, um welches er nun so manches Jahr in der Welt herumgeritten war. Und es war ihm bei dem Anblicke, als ob neue Kräfte sich durch alle seine Adern gössen und er neu geboren wäre, und er fühlte seine Wunde nicht mehr noch wie das Blut herabrieselte, sondern sah nur das liebliche Schneeflöckchen und küsste und herzte sie. Sie aber schnitt ihr Hemdchen entzwei, wo es ihr um das Herz lag, und legte das auf die Wunde, und das Blut ward gleich gestillt. Die Wunde war wohl tief, aber nicht tödlich, was sie leicht hätte werden können, wenn sie einen Zoll tiefer gedrungen wäre, denn der Riese hatte grade auf sein Herz getroffen.

Dieser aber lag wirklich tot da und sollte nimmer wieder aufstehen. Sie betrachteten nun seine ungeheure Lanze und seine gewaltigen Waffen, die ein gewöhnlicher Mann gar nicht von der Erde aufheben konnte, und ließen ihn da

liegen; das alte garstige Weib aber, um welches der blutige Span entstanden war, ließen sie in Frieden gehen, wohin sie wollte. Der Prinz aber nahm zum Andenken dieses Streits mit dem Riesen nichts weiter mit als den großen weißen Hengst, worauf der Unhold geritten war, und sein Schwert. Als sie das Schwert von der Erde aufnahmen und näher betrachteten, sahen sie ein neues Wunder: die Spitze war zusammengeflossen, wie Eisen geschieht, das in die Kohlenglut gelegt wird, damit es dem Schmiede wieder weich werde. Und als Schneeflöckchen dies sah, funkelten ihr die Äuglein vor Entzücken und die hellen Tränen liefen ihr über die Wangen, und sie drückte den Prinzen mit einer Gewalt an ihre Brust, als wolle sie in eins mit ihm zusammenrinnen, und rief: »O, du allertreueste und an Liebe unüberwindlichste Seele! So ist dein Herzblut so heiß von Liebe, dass das Eisen des Riesen daran geschmolzen ist und nicht hat eindringen können? So habe ich nun dieses warme Herz, wovon mir so oft geträumt hat in bitterer Trauer während meiner traurigen Verwandlung? Nun sehe ich, dass alles erfüllt ist, was meine Stiefmutter, die böse Hexe, einst gemurmelt hat, als sie mich aus dem Fenster fliegen ließ. – Und sie erzählte dem Prinzen nun die Geschichte ihrer Verwandlung und wie jämmerlich sie zwei Winter als Schneeflöckchen habe umherfliegen müssen, bis sie in seiner Hand zum Tropfen geworden sei.
Der Tag, an welchem dieser Kampf mit dem Riesen stattfand, war genau der letzte Tag des fünften Jahres seit dem Tage, wo Schneeflöckchen den verzweifelten Prinzen Bisbiglio in der öden Waldschlucht des Kaukasus gefunden hatte. Und da beide sahen, dass das Schicksal alles mit ihnen erfüllt hatte, und da sic sich herzlich sehnten, die treueste und unvergleichlichste Liebe durch eine Hochzeit zu krönen, so ritten sie nun nicht weiter durch die Welt auf Abenteuer – denn sie hatten ja das allerschönste Aben-

teuer erlebt –, sondern sie nahmen den gradesten Weg nach dem Schlosse, in welchem der alte König von Arabien, des Prinzen Bisbiglio Vater, wohnte. Und sie sind dort glücklich angekommen und der Prinz hat dem Könige alles getreulich erzählt, wie es sich mit ihm begeben hatte. Und der alte Herr hat nun wohl gesehen, wie viel es mit der Weisheit der Erziehung seines Sohns auf sich gehabt hat, aber er hat sich alle seine wunderlichen Abenteuer gern gefallen lassen, da er ihm eine solche Schnur ins Haus gebracht hat; denn Schneeflöckchen war so freundlich und schön, dass sie nicht allein ihm und allen Menschen, sondern allen Engeln im Himmel gefiel.
Und als der alte König sich genug gefreut hatte und die Hochzeit gewesen war, da machten Bisbiglio und Schneeflöckchen sich auf und zogen zu dem alten Könige in Indien. Und Schneeflöckchen erzählte ihm ihre ganze Geschichte, wie die Stiefmutter zur Füchsin geworden war und gesungen hatte: »Schneeflöckchen, flieg hin! Fliege durch die Welt hin! Und wie sie dann ein Schneeflöckchen geworden und aus dem Fenster gelassen wäre und so mehr als sechs traurige Jahre in der Verwandlung habe leben müssen. Und der König, ihr Vater, ist so zornig geworden, dass er die alte Hexe hat an einen Pferdeschweif binden und zu Tode schleifen lassen. Auch hat er nun von ihren hässlichen Töchtern, die sie ihm geboren, nichts mehr wissen wollen, sondern hat sie hoch gen Norden hinauf in die Berglande Indiens geschickt und geringen Männern zu Frauen gegeben. Schneeflöckchen aber ist Königin von Indien geworden nach seinem Tode, und Indien und Arabien sind so ein Königreich geworden. Ein zärtlicheres und treueres Ehepaar ist aber auf der Welt nie gesehen worden als der treue Prinz Bisbiglio und seine süße Prinzessin Schneeflöckchen, so dass sie wegen ihrer Zärtlichkeit und Treue noch bis diesen Tag im ganzen Morgenlande in Fabeln und

Liedern erzählt und gesungen werden. Sie haben auch die allerschönsten und lieblichsten Kinder gehabt, die auch Herzen gehabt haben, sich aller Anmut und Schönheit des Himmels und der Erde zu freuen, und die ihren Eltern an Freundlichkeit und Milde gleich gewesen sind.

Ernst Moritz Arndt

FRÖHLICH SOLL MEIN HERZE SPRINGEN

Fröhlich soll mein Herze springen
Dieser Zeit, da vor Freud'
Alle Engel singen.
Hört, hört, wie mit vollen Choren
Alle Luft laute ruft:
Christus ist geboren!

Heute geht aus seiner Kammer
Gottes Held, der die Welt
Reißt aus allem Jammer.
Gott wird Mensch dir, Mensch, zugute.
Gottes Kind, das verbind't
Sich mit unserm Blute.

Nun, er liegt in seiner Krippen,
Ruft zu sich mich und dich,
Spricht mit süßen Lippen:
Lasset fahr'n, o liebe Brüder,
Was euch quält, was euch fehlt,
Ich bring' alles wieder.

Ei, so kommt und lasst uns laufen!
Stellt euch ein, groß und klein,
Eilt mit großen Haufen!
Liebt den, der vor Liebe brennet;
Schaut den Stern, der uns gern
Licht und Labsal gönnet.

Die ihr schwebt in großen Leiden,
Sehet, hier ist die Tür
Zu den wahren Freuden.
Fasst ihn wohl, er wird euch führen
An den Ort, da hinfort
Euch kein Kreuz wird rühren.

Süßes Heil, lass dich umfangen,
Lass mich dir, meine Zier,
Unverrückt anhangen!
Du bist meines Lebens Leben;
Nun kann ich mich durch dich
Wohl zufrieden geben.

Ich will dich mit Fleiß bewahren,
Ich will dir Leben hier,
Dir will ich abfahren;
Mit dir will ich endlich schweben
Voller Freud', ohne Zeit
Dort im andern Leben.

Paul Gerhardt

Schenken

✲ ✲ ✲

Ich finde das so hübsch in unserer Religion – (Volksbrauch kann ja wohl auch Religion sein?) –, dass das Christkind, welches für die ganze Welt geboren ist und den Erwachsenden, in denen es groß wächst, so viel Freude schenkt, auch jedem Kinde nach Maßgabe kindlicher Fähigkeit so erfreulich zu bescheren pflegt. – Da steht das Beschenkte über den schönen Sachen, vor dem Glanz der blendenden Lichter, mit offenen Augen und Händen, trunken; – da kommen die Alten und mahnen, sich hübsch bei Vater und Mutter zu bedanken; das weiß es nicht anzufangen, es hat keine Zeit, und über Staunen und Freude schläft es bald in süßen Schlaf ein. – So saß ich gestern abend über der Bescherung, die Ihr Brief vor mir ausbreitete, so leuchtete auch er mir nur ein wie ein Weihnachtsbaum voller Lichter und süßer Sachen, mir fiel so vieles ein, und ich wollte die Feder ergreifen, aber ich fand es unmöglich dazu aufzustehn, und über Kampf und Genuss schlief ich ein.
Wenn ich nun die schönen Dinge, die ich gestern zu wissen meinte (wahrscheinlich wie man im Traume etwas als witzig und weise fühlt, worüber man erwacht sich verwundert) heut' morgen nicht mehr zu schreiben weiß: was kann ich dafür? Doch wollte ich meinen Dank nicht länger zurückhalten.

Bettina von Arnim

Es sangen die Chöre

Kein Sternchen mehr funkelt,
tief nächtlich umdunkelt
lag Erde so bang;
rang seufzend mit Klagen
nach leuchtenden Tagen.
Ach, harren ist lang.

Als plötzlich erschlossen,
vom Glanze durchgossen,
der Himmel erglüht,
es sangen die Chöre:
Gott Preis und Gott Ehre!
Erlösung erblüht.

Es sangen die Chöre:
Den Höhen sei Ehre,
dem Vater sei Preis.
Und Frieden hienieden,
ja Frieden, ja Frieden
dem ganzen Erdkreis!

Clemens Brentano

Das Weihnachtsfest

Aus Mathilde

Nun war Weihnachten gekommen. Nun waren allerhand Verkaufsbuden in der Stadt am Markt aufgeschlagen, woran auch Mathilde neugierig und staunend stand. Nun ließ sie nicht locker abends, wenn sie aus der Fabrik entlassen waren, Saleck am Arme festzuhalten, bis er mit ihr durch die Straßen ging, die wie ein Fest-Haus erleuchtet waren, und im Schneeflockenfall selbst Strahlen und Glanz warfen. Nun stand sie und hatte großes, kindliches Staunen in ihren hellen Augen, wenn sie die blitzenden Kleinodien unten im Schaufenster des Juweliers anstarrte, oder vor den zarten Schleierroben stand, die der Konfektionär über Stöcke gezogen und in voller Figur ins Schaufenster gestellt hatte, von allen Seiten beleuchtet und glitzernd wie mit Tau besät. Sie lachte und freute sich, weil ihr auch die Spinnennetze einfielen, die in freier Wiese und am Waldrande gelegen – und »noch tausendmal schöner waren«, sagte sie. Und dann standen sie auch vor dem billigen Laden, und Saleck horchte, ob sich Mathilde nicht irgendwie verraten wollte. Denn er war ganz nur sie in allem. Und er wollte sie jetzt aushorchen, um ihr daheim im Stübel ein Tischchen zu decken. »Hahaha, 'n Sonnenschirm wie den« – es war tiefer Winter. Wie Mathilde grade auf den Sonnenschirm kam, begriff er nicht. Es mochte ihr dünken, dass es besonders wertvolle Leute wären, die Zeit hatten, die Sonne abzuhalten, dass sie nicht die Haut zu sehr brenne. Sie dach-

te wohl auch an den feinen Wagen des Direktors, in dem junge Fräuleins in losen, heiteren Gewändern und mit seidenen, bunten Spitzenschirmen zurückgelehnt aus dem Parktor ausgefahren waren. Einen Sonnenschirm schien sie zu wollen, und Saleck war heimlich glücklich, dass er es wusste. Er nahm sich extra eine Freistunde vom Portier und kaufte ihn heimlich und ließ ihn dann in sein Stübel schicken. Ganz selbstbewusst sagte er: »Wenn ich noch nicht daheim bin, soll ihn die Wirtin in Empfang nehmen.« So ging es einige Male, wenn sie nun ihren Feierabend unter den Schaufensterschimmern in der Stadt umgingen, Schritt um Schritt in der Menge, gar nicht aus dem Staunen kommend, da und dort auch einen kindlichen Freudenruf ausstoßend.
Und heut war der Freitag – vor dem Feste –, der letzte Tag, denn auf Freitag fiel der Heilige Abend. Die Fabrikherren hatten allen einen halben Tag Arbeit geschenkt und hatten schon um Mittag Schluss gemacht. Alles strömte heute aus den Toren heraus mit einem ganz anderen Gesichte. Mein Gott – wie ein heiteres Gefühl doch soviel Glück und Leuchten in die Augen und Wangen der Menschen bringen kann. Man sah fast gar keine Sorge mehr, gar keine Rohheit in jungen Gesichtern, die sonst frech und höhnisch miteinander sich trafen und mit gemeinen Worten nach einander warfen; gar kein Scheelsehen, wenn jetzt Mathilde froh und frei herbeischritt, und keinen Spottblick auf den Huckigen, der neben ihr ging, fast mit kürzeren Schritten. Gar nichts merkte man, dass die Arbeit eintönig und ermüdend gewesen, aus der sie kamen, als wenn alle eingeladen wären, festlich zu sein – und Freund und Bruder wären –, und nichts sich befehdete und beleidigte in ihren Seelen. Selbst der Portier gab allen einen freundlichen Gruß. Die Werkmeister standen schmunzelnd noch im Hof und reichten gar alten Arbeitern die Zigarren zum

Anzünden und riefen sich Glücksworte zu, dass das Fest sollte ein Freudenfest sein. – Und der Herr kam auch und konnte nicht genug den Hut lüften vor jedermann, der vorbeischritt, und wie der Portier ihm zusprang, tat er es auch, als wenn er sagen wollte: »Oh, wie gerne – wie schön ist es« – und hatte ein freundliches Lachen im Gesicht, das jener ebenso erwiderte. Es war wirklich wie Weihnachten. Mathilde war schon am Mittag heimgekommen und hatte Saleck ausdrücklich gesagt, dass er erst gegen Abend kommen dürfte. Sie wollte sich einmal gründlich reinigen. Sich und ihre Sachen ins Reine bringen, wenn nun Feiertage kämen. Und auch das Stübel reinigen, dass sie dann abends bei dem brodelnden Topfe sitzen könnten, und die gewaschene Ofenbank und der weiße Tisch, alles um sie auch reden sollte: Heut ist ein Fest. An weiteres hatte sie nicht gedacht. Dass dann Saleck kommen und ihr alles mögliche bringen würde, »oh, nee, mit keener Silbe!« – Zu wünschen war sie wohl kaum gewöhnt. Wenn sie ein Erstaunen hatte laut werden lassen, war es noch lange kein Wunsch gewesen – gar noch einer, der sich erfüllen sollte. Sie lachte ganz aus dem Grunde im Wesen, wie sie auch aus dem Wesensgrunde weinen konnte. Es war fast ein Leiden ihr Lachen, wie sie Saleck einen Augenblick, ja fast schließlich einen ganz unaushaltbaren Augenblick hinausgeschickt, um ihr Tischchen aufzubauen, worum er Reiser gelegt, und sie dann erstaunt eintrat –: als wenn sie einen Augenblick in ein Paradies hineinsähe, wo alles zu liegen schien, was ihr Herz begehren könnte – ein feiner Schirm sogar, ein Schirm und ein paar ganz feine Schlafschuhe, bunt innerlich und weich, »für Füßchen«, sagte sie ein über das andere Mal ganz ernst. – Und sie lachte, wie sie es anschaute, ohne es zu berühren, ganz erschrocken, fast so krampfhaft auf einmal, dass es ihr wie ein Bleichgewordensein plötzlich einen Strom von Tränen hervorpress-

te, solche Wundertränen, solche Freudentränen. Oh, sie liebte Saleck – sie liebte ihn. Solche Tränen waren ihr nie aus den Augen gesprungen. Und sie stand und starrte und umarmte ihn leise, fast wusste er nicht mehr, ob es im Leide war. Und sie trocknete sich die Tränen schnell und ging weg an den Herd und wagte nichts zu nehmen – bis ihre Bewegung langsam schwand. Dann erst schalt sie ihn leise und war zärtlich und sah alles nacheinander an und begriff noch immer wieder nicht, dass jemand ihr das brachte.
Und wie sie so stumm voreinander saßen, im Glück, kam Frau Weber, reinlich und sorglich gekleidet, und fragte, ob sie nicht hinüberkommen möchten, beide – denn Vater Weber hätte es gern, sie wären im Leben fromm gewesen und wollten heute mit den Jungen Weihnacht feiern. Da erhoben sie sich, so andächtig und feierlich wie nie im Leben. Es war fast ein Zittern in ihrer Brust, dass Mathilde sich hinter Saleck drückte und nicht recht atmen konnte, wie sie eintraten – wo der Alte – ein mächtiges graues Haupt noch voll von Haaren und einem grauen Kranz voll straffer Borsten um Wangen und Kehle, sonst runzlich – aber in seinen Augen auch jene Feierfreude, die in allen rätselhaft durchs ganze Land glänzte – wo der alte Mann, der sich nicht mehr erheben konnte, ihnen entgegenlachte, sie einzuladen.
»Kommen Sie«, sagte er. Mathilde trat ganz schüchtern ein – und Saleck sagte nur steif: »Schön guten Abend – stören wir nicht?«
»Oh«, sagte der Alte lachend – »ich bin fast fünfundachtzig, aber es ist ja Weihnachten – es ist ja Heiliger Abend.«
Und Frau Weber rückte dem Alten die Lampe nahe vors Gesicht, der gleich ein großes Glas vors Auge genommen und ernst ins Bibelbuch hineingesehen – so dass Saleck und Mathilde auch ohne weitere Worte begriffen hatten, worum es sich handelte; und während sie zögernd Platz ge-

nommen, und Frau Weber einen kleinen Lichterbaum entzündete, der auf dem Schube zu strahlen begann, klangen des alten Weber Worte laut und mit zitternder Freude:

»Es begab sich aber zu der Zeit, dass ein Gebot vom Kaiser Augustus ausging, dass alle Welt geschätzet würde. Und diese Schätzung war die allererste, und geschah zu der Zeit, als Cyrenius Landpfleger in Syrien war. Und Jedermann ging, dass er sich schätzen ließe, ein jeglicher in seiner Stadt. Da machte sich auch auf Joseph aus Galiläa, aus der Stadt Nazaret, in das jüdische Land zur Stadt Davids, die da heißt Betlehem, darum, dass er von dem Hause und Geschlechte Davids war, auf dass er sich schätzen ließe mit Maria, seiner Verlobten. Die war schwanger. Und als sie daselbst waren, kam die Zeit, dass sie gebären sollte. Und sie gebar ihren ersten Sohn, und wickelte ihn in Windeln, und legte ihn in eine Krippe, denn sie hatten sonst keinen Raum in der Herberge. Und es waren Hirten in derselben Gegend auf dem Felde bei den Hürden und hielten ihre Nachtwachen bei ihrer Herde. Und siehe, des Herrn Engel trat zu ihnen, und die Klarheit des Herrn leuchtete um sie, und sie fürchteten sich sehr. Und der Engel sprach zu ihnen: Fürchtet euch nicht, siehe, ich verkündige euch große Freude, die allem Volke widerfahren wird; denn euch ist heute ein Heiland geboren, welches ist Christus, der Herr, in der Stadt Davids. Und dies ist das Zeichen für euch, ihr werdet finden ein Kind in Windeln gewickelt und in einer Krippe liegend. Und alsobald war da bei dem Engel die Menge der himmlischen Heerscharen, die lobten Gott, und sprachen: Ehre sei Gott in der Höhe, und Friede auf Erden, und den Menschen ein Wohlgefallen.«

Mathilde bebte. Sie wusste gar nicht, dass sie jemals diese Geschichte gehört hatte – solch ein Wunderbares klang eindringlich darin, solch eine Kraft lag in den Gesichtern, wie da die Hirten schlafen im weiten, einsamen Felde unter ihrer schlafenden Herde. Und aus der Nacht und dem Dunkel ein einziger Strahl herniederbricht zu den wenigen Wächtern, und ein Engel durch die Wolken licht herniedersteigt, der ihnen, den armen Hirten, verkündend sagt: »Fürchtet euch nicht. Ich verkündige euch große Freude.« Und Mathilde war es, als ob sie alles um sich vergessen hätte, und ihre Seele befreit würde von aller Furcht. Eine solche Hoheit umfloss sie aus jenen zitternden Freudenworten, die im Raume klangen, wo nur Frau Weber mit gefalteten Händen saß, wie mit weiten Augen in Licht sehend, und Saleck saß, der jede Silbe hastig von des alten mächtigen Tischlers Lippen sog –, der tief und voll zu reden fortfuhr. Er hatte jetzt die Bibel beiseite geschoben und begann, freie Worte zu machen, die klangen, als wenn sie von weit herkämen und nicht allein aus seinem Munde und Herzen, aus Tausenden und Millionen – durch alle Zeiten der Menschheit hindurch – und er sagte – immer noch, als wenn ein Funkeln Glückes und Staunens und seliger Dank aus seinen Augen und Mund empor ging, obwohl gar kein Lächeln seine Züge umspielte: »Das ist das Wunder, dass Christus ein Christkind ward. – Wie wundersam, dass Christus ein Kind ward, im Stalle geboren, und ein Stern aus der Höhe darüber leuchtete. Die Kindschaft Christi ist das wahre Wunder – und ewig auch daraus die Verheißung, dass wir zu Kindern werden müssen, um zu Gott zurückzukommen, dass ewig Gott zum Kinde wird. Alle Verheißung liegt im Kinde. Die Anbetung des Kindes: welche Schrecken erfassen mich, wenn ich an eine Familie denke, die in den Öden des Lebens hoffnungslos und heimatlos einhergeht, gescheucht und verarmt, zur Herberge in einem Stalle, und die nun anbetend kniet vor einem Kinde, über dem ein Stern aus der Höhe leuchtet. Es ist ein Fluch, wenn wir hart werden, starr werden, und wenn wir nicht immer wieder einmal werden wie die Kinder ...« Und er wiederholte es, und alle empfanden das Wunder, dass wir noch immer an der Krippe stehen, wo ein armes Kind aus der Wiege blickt, die ewige Hoffnung. Und Mathilde begriff es ganz, was sie niemals begriffen. Es durchschauerte sie. Und Saleck dachte an Mathilde und sah, wie sie dasaß, als wenn tausendmal der Himmel geöffnet wäre und Hoffnungen, die sie nie gesehen, sich aufgetan. Ihr Herz war zum Springen. Sie lauschte demütig, und ihr Herz war zum Springen; und sah den Alten an und sog auch wie Saleck seine Worte vom Munde, – bis er schwieg – und alle lange schwiegen. Und »Stille Nacht« erklang es aus den verwelkten Lippen, worein auch wieder die zitternde, hohe Stimme der Alten einfiel –, fromm und zufrieden, dass selbst Saleck ganz erschüttert einzustimmen wagte, und Mathilde bebend sang, ohne noch zu weinen – und dann beide sich demütig, wie vor einem Vater und einer Mutter beugten und dankten, mit fast erstickten Worten.

Auch in Mathildes Träume klang es nach, dass sie im Traume so inbrünstig weinte vor Staunen und Freude, bis sie von ihren Tränen erwachte und – noch immer die Musik der himmlischen Heerscharen und die Verkündigung an die armen, einsamen Hirten im Grunde – froh und jubelnd ins Dunkle, Einsame emporsah. Denn da in der Tiefe auch des Armen leben alle Verkündigungen.

Carl Hauptmann

WEIHNACHTSSPERLINGE

Vor meinem Fenster die kahlen Buchen
sind über und über mit Schnee behangen.
Die Vögel, die da im Sommer sangen,
wo die wohl jetzt ihr Futter suchen?
Im fernen Süden sitzen sie warm
und wissen nichts von Hunger und Harm.

Ihre ärmlichen Vettern, die Spatzen und Krähen,
müssen sich durch den Winter schlagen,
müssen oft mit leerem Magen
vergebens nach einem Frühstück spähen.
Da kommen sie an mein Fensterbrett:
Gesegnete Mahlzeit, wie sitzt du im Fett!

Eine unverschämte Bemerkung!
Aber was will man von Spatzen verlangen,
sind nie in die Anstandsstunde gegangen,
und Not gibt ihrer Frechheit Stärkung.
Und schließlich, hungern ist nicht gesund
und für manches ein Milderungsgrund.

Lass ich's dann gelten und kann mich gar freuen,
wenn meine beiden Mädels leise
– leise ist sonst nicht ihre Weise –
den kleinen Bettlern Brotbröcklein streuen.
Ich belausch sie da gern, es ist ihnen mehr
als ein Spaß, es kommt von Herzen sehr.

Ja, sie geben beide gerne,
gütige Hände sind ihnen eigen,
doch will ich mich nicht im Lob versteigen,
und dass ich mich nicht von der Wahrheit entferne:
untereinander gönnt oft keins
dem andern ein größeres Stück als seins.

Oft sind sie auch selbst wie die Spatzen und Raben,
das Brüderchen ist dann im Bunde der dritte,
da zwitschern sie auch ihr bitte! bitte!,
reißen den Hals auf und wollen was haben.
Sommers und winters, winters zumeist,
und gar um Advent herum werden sie dreist.

Dann fangen sie an zu bitten und betteln:
Papa, zu Weihnacht, du hast mir's versprochen,
ich möchte' einen Herd, so richtig zum Kochen.
Und ich ein Zweirad. Auf Weihnachtswunschzetteln
wachsen die stolzesten Träume sich aus.
Knecht Ruprecht schleppt das schon alles ins Haus.

Und morgens, da steht von den zierlichsten Schuhen
je einer, ganz heimlich hingestellt,
an dem allersichtbarsten Platz der Welt.
Die Schelme können des Nachts kaum ruhen:
Ob wohl der Weihnachtsmann sie entdeckt?
Ob er wohl was in den Schuh uns steckt?

Der Weihnachtsmann! Er muss ja bald kommen.
Schon stapft er durch die beschneiten Felder,
hat vom Rande der weißen Wälder
ein grünes Tännlein mitgenommen.

Von unseren Buchen die Spatzen und Kräh'n
können ihn sicher schon erspähn.

Gewiss, sie haben den guten Alten
schon gesehn. Sie lärmen und kreischen,
als wollten sie doppelte Brocken erheischen.
Und hätten sie Schühlein vom Herrgott erhalten,
ich fände sie morgens alle, ich wett',
eine zierliche Reih' auf dem Fensterbrett.

Das wär' eine Wonne für meine Kleinen!
Die gütigen Hände würden sich regen
und jedem was in sein Schühlein legen,
ein Bröckchen, ein Krümchen, vergäßen nicht einen.
Und ihr rosiges Kindergesicht
strahlte dabei wie ein Weihnachtslicht.

Ich aber will doch morgen sehen
– wir haben ja schon Advent geschrieben –,
ob es beim alten Brauch geblieben
und wohl irgendwo Schühlein stehen.
Rechte Spatzenpantoffeln mögen es sein,
und geht gewiss nicht viel hinein.

Gustav Falke

Alles still

Alles still! Es tanzt den Reigen
Mondenstrahl in Wald und Flur,
Und darüber thront das Schweigen
Und der Winterhimmel nur.

Alles still! Vergeblich lauschet
Man der Krähe heisrem Schrei.
Keiner Fichte Wipfel rauschet,
Und kein Bächlein summt vorbei.

Alles still! Die Dorfes-Hütten
Sind wie Gräber anzusehn,
Die, von Schnee bedeckt, inmitten
Eines weiten Friedhofs stehn.

Alles still! Nichts hör' ich klopfen
Als mein Herze durch die Nacht; –
Heiße Tränen niedertropfen
Auf die kalte Winterpracht.

Theodor Fontane

Der Weihnachtsabend

Am folgenden Morgen, sehr frühe, da die Kinder noch süß und sanft schliefen, waren schon alle Erwachsenen im Hause mit Aufstellung und Ausschmückung des Weihnachtsbaumes beschäftigt. Ein junger schöner Tannenbaum mit dichten grünen Ästen wurde in der Stubenecke zwischen den Fenstern angebracht. Anton öffnete, nachdem die Kutsche abgepackt war, eine große Schachtel, die fast mit allem, was Kinder freuen kann, gefüllt war. Er hängte die kleinen Geschenke – schönes Obst, allerlei buntes Zuckerwerk, niedliche Körbchen voll verzuckerter Mandeln, Kränze von künstlichen Blumen mit rosenfarbenen oder himmelblauen Bändern geziert, nebst allerlei flimmerndem Spielzeuge an den Baumzweigen auf. Er wusste alles sehr malerisch zu ordnen. Nun nahm er auch ein paar Dutzend kleine blecherne Lampen hervor, die mit Wachs eingegossen waren. Er hängte sie vorsichtig, damit sie den Baum schön beleuchten, aber nicht anbrennen konnten, an den Zweigen auf. Als alles fertig war, gingen Katharine und Luise, die Kinder zu wecken. »Sie dürfen aber nicht früher kommen«, sagte Anton, »als bis ich mit dem Anzünden der Lampen fertig bin und bis die Mutter ruft.«
Als die Kinder von den Weihnachtsgeschenken hörten, verging ihnen sogleich aller Schlaf. Man konnte sie nicht schnell genug ankleiden. Endlich rief die Mutter: »Jetzt kommt!« Die Kinder sprangen eilig in die Stube – blieben aber von Glanz und Schimmer geblendet plötzlich stehen. Vor Erstaunen und Entzücken über den unerwarteten Anblick konnten sie anfangs nicht reden. Sie staunten den

wundersam schimmernden Baum mit starren Augen und offenem Munde unverwandt an. Der grüne Glanz der Zweige, die Lichter, die dazwischen wie Sterne schimmerten, die hochrot strahlenden Äpfel, die goldgelben Birnen, die vielen bunten und funkelnden Sachen kamen ihnen wie Zauberei vor. Sie wussten nicht, ob sie wachten oder träumten. Endlich riefen sie höchst entzückt: »O wie schön, o wie herrlich!« Franz sagte: »Einen solchen Baum, der so schön ist und im Winter so vielerlei Früchte trägt, gibt's in unserm ganzen Walde nicht.« – »Ei«, sagte Klara, »solche Bäume wachsen nur im Paradiese oder gar nur im Himmel. Nicht wahr, Mutter, das Christkindlein hat uns den Baum geschickt?« – »So, wie er da ist«, sprach die Mutter, »nun eben nicht. Indes hat doch Christus, der einst als Kind in der Krippe lag und nun im Himmel ist, euch diese Freude beschert. Denn wäre er uns nicht geboren, so wüssten wir nichts von Weihnachtsfreuden und Weihnachtsgeschenken.« – »Nun gut«, sagten die Kinder, »wir wollen ihn schon recht lieb haben und ihm recht folgen. Er ist doch gar so gut, und hat die Kinder gar so lieb. Eine solche Freude, wie er uns macht, hatte noch kein Mensch in der Welt.«

Christoph von Schmid

DER WEG NACH BETLEHEM

Wenn Liebe dir das Herz umspinnt
und Licht durch deine Seele rinnt
und dort die Tränen Freude sind,
dein Weg nach Betlehem beginnt.

Du lässt dich fallen, lässt dich führen,
kannst neue Kräfte in dir spüren.
Der Glaube öffnet Innentüren,
für Betlehem das Feuer schüren.

Die Nacht zu lang, die Spur verweht,
gebeugtes Ich, die Mauer steht,
verlorenes Du, die Hoffnung fleht,
dein Ruf nach Betlehem ergeht.

Wenn Leid den Schicksalsfaden spinnt
– und Dunkel durch die Seele rinnt,
und dort die Tränen leise sind,
dein Weg nach Betlehem beginnt.

Text der Klagemauer am Dom zu Köln

WEIHANCHTEN

✳ ✳ ✳

Weihnacht! – Der muss wahrlich ein Menschenhasser sein, in dessen Brust durch die Wiederkehr des Weihnachtsfestes kein frohes Gefühl, in dessen Seele durch sie keine freundliche Erinnerung geweckt wird. Es gibt Leute, die euch sagen werden, Weihnacht wäre nicht mehr für sie, was es vormals gewesen – bei jedem neuen Christfest hätten sie sich um eine teure Hoffnung, eine schöne Aussicht ärmer als das Jahr zuvor gefunden, und das Neueste erinnere sie nur an ihre verschlimmerte Lage, ihr vermindertes Einkommen – an die Feste, zu denen sie einst angebliche Freunde geladen, und die alte Begegnung, die ihnen jetzt in ihrem Unglück widerfahre.
Hinweg mit so trübseligen Gedanken – wiewohl jeder sie in sich hervorrufen kann an jedem Tag im Jahr, der lange genug die Welt gesehen hat. Erwählt nicht den frohesten der dreihundertfünfundsechzig zu euren schmerzlichen Rückerinnerungen, sondern rückt euren Stuhl näher an das prasselnde Feuer – füllt die Gläser und stimmt den Rundgesang an –, und ist euer Zimmer kleiner, als es vor einem Dutzend Jahren war, und ist euer Glas mit dampfendem Punsch statt mit funkelndem Wein gefüllt, so nehmt die böse Zeit auch für gut, leert es flugs, trällert euer altes Lieblingslied und dankt Gott, dass es nicht noch schlimmer mit euch steht.
Schaut nur die fröhlichen Gesichter eurer am Kamin versammelten Kinder an! Vielleicht ist ein kleiner Stuhl leer – fehlt ein liebes, kleines Haupt, dessen Anblick des Vaters Herz erfreut und der Mutter Stolz erweckte. Lasst das Ver-

gangene hinter euch – denkt nicht daran, dass das liebliche Kind, dessen Gestalt jetzt zu Staub zerfällt, noch vor einem kurzen Jahr mit der Blüte der Gesundheit auf den Wangen und mit Augen, strahlend in kindlicher, ahnungsloser Lust, vor euch saß.

Gedenkt der Segnungen, deren ihr euch jetzt erfreut – deren viele einem jeglichen zuteil werden – nicht eurer vergangenen trüben Schicksale, deren mancherlei einen jeden treffen. Füllt euer Glas abermals mit fröhlichen Mienen und einem zufriedenen Herz. Wir bürgen euch mit unserm Leben dafür, euer Weihnachtsfest wird heiter und euer neues Jahr glücklich sein.

Wer wäre unempfindlich gegen die Ergießung guter und edler Gefühle, jenes Nehmen und Geben von Zärtlichkeit und Liebe, woran diese Zeit des Jahres so reich ist? Eine Familienweihnachtsfeier? Wir kennen nichts Herrlicheres. Schon in dem Namen Weihnacht scheint ein Zauber zu liegen. Kleine Eifersüchteleien und Zerwürfnisse sind vergessen; Mürrische, die sich seit langer Zeit absonderten, werden gesellig; Vater und Sohn oder Bruder und Schwester, die monatelang mit kalten oder gar abgewendeten Blicken aneinander vorübergingen, schließen einander inbrünstig in die Arme; Herzen, die sich nacheinander sehnten, aber durch falschen Stolz getrennt waren, werden wiederum vereinigt, und alles atmet Wohlwollen und liebende Zuneigung. Oh, dass Weihnacht das ganze Jahr hindurch währte und dass die unsere bessere Natur entstellenden Vorurteile und Leidenschaften niemals die trennten, denen sie stets fremd bleiben sollten!

Die Weihnachtsfamiliengesellschaft, die wir im Sinne haben, ist mitnichten eine bloße Versammlung von Verwandten, die verabredet wurde vor ein paar Wochen, nur für dieses Jahr, ohne eine wahrscheinliche Wiederholung im folgenden zu haben; nein, eine jährliche wiederkehrende Vereinigung aller nur nicht gar zu entfernt wohnender junger und alter, reicher und armer Familienmitglieder, der sämtliche Kinder zwei Monate vorher in fiebriger Erwartung entgegensehen. Sonst war die Feier beim Großvater; aber der Großvater und die Großmutter sind zu alt und zu schwach geworden, haben den eigenen Haushalt aufgegeben und ihre Wohnung bei Onkel George genommen. Die Gesellschaft versammelt sich daher stets in Onkel Georges Haus, nur tut die Großmutter noch immer das Beste dazu, und der Großvater lässt es sich nicht nehmen, nach dem entfernten Newgatemarkt zu wandern und den Truthahn zu kaufen, den er sich im Triumph nachtragen lässt; und der Träger muss dann stets außer dem verabredeten Lohn sein Gläschen heben, um Tante George »ein fröhliches Weihnachtsfest und ein glückliches Neujahr« zuzutrinken. Die Großmutter ist in den letzten Tagen äußerst verschwiegen und geheimnisvoll, obwohl Gerüchte umlaufen, dass sie für die Mägde neue Hauben, für die Kinder Bleistifte, Federn und Bücher eingekauft und Tante Georges Bestellung beim Zuckerbäcker noch ihre besondere hinzugefügt habe.

Am Heiligen Abend ist die Großmutter in rosiger Laune; und nachdem sie die Kinder den ganzen Tag mit Rosinenauskernen beschäftigt hat, besteht sie regelmäßig darauf, dass Onkel George in die Küche herunterkommt, den Rock auszieht und ein halbes Stündchen den Pudding rührt, was Onkel George zum lärmenden Entzücken der Kinder und der Dienerschaft auch gutmütig tut, und der Abend schließt dann mit einem großartigen Blindekuhspiel, wobei sich der Großpapa absichtlich sehr bald fangen lässt, um Gelegenheit zu haben, seine Behendigkeit zu zeigen.

Am folgenden Morgen geht das alte Paar mit so vielen von den Kindern, wie der Kirchenstuhl fassen kann, in großem Staat zur Kirche, während Tante George zu Hause

Karaffen abstaubt und Kuchenteller füllt und Onkel George Flaschen in das Speisezimmer trägt und nach Korkenziehern ruft und jedermann in den Weg läuft. – Wenn die Kirchgänger zum Lunch zurückkehren, zieht der Großvater einen kleinen Mistelzweig aus der Tasche und treibt die Knaben an, ihre kleinen Bäschen darunter zu küssen – was sowohl den Knaben als auch dem alten Herrn unsägliches Vergnügen bereitet, aber Großmutters Schicklichkeitsbegriffen einigermaßen zuwider ist. Der Großvater erklärt indes, dass er, als er gerade dreizehn Jahre und drei Monate alt gewesen war, die Großmutter auch unter einem Mistelzweig geküsst habe, worauf die Kinder in die Hände klatschen und samt Onkel und Tante George in ein lautes und herzliches Gelächter ausbrechen, und die Großmutter sagt dann schmunzelnd und mit einem sehr gnädigen Lächeln, der Großvater sei immer ein Hans Leichtfuß gewesen, worüber die Kinder abermals herzlich lachen, und der Großvater herzlicher als irgendeins von ihnen.
Doch das alles ist noch nichts gegen die Lust, wenn sich die Großmutter in einer hohen Haube und einem schieferfarbenen, seidenen Kleid und der Großvater mit einem schön gefalteten Busenstreifen und weißen Halstuch in den Kaminwinkel setzen und Onkel Georges Kinder und die unzähligen kleinen Vettern und Bäschen vor dem Kamin Platz nehmen und sehnsüchtig auf Besucher warten.
Endlich fährt eine Mietskutsche vor, und Onkel George sieht durch das Fenster und ruft: »Das ist Jane!«, worauf die Kinder aus der Tür und holterdipolter die Treppe hinunterstürmen und unter Jubelgeschrei Onkel Robert und Tante Jane, die Wärterin mit dem jüngsten Kind und wer sonst noch mitgekommen ist, die Treppe hinaufbegleiten. Der Großvater nimmt das Kind auf den Arm, und die Großmutter küsst ihre Tochter, und der Tumult hat sich kaum ein wenig gelegt, als abermals Onkel und Tanten mit noch

mehr Vetterchen und Bäschen eintreffen; und die Heranwachsenden unter den Vettern scharmieren mit den heranwachsenden Basen, und die Kleinen tun es ihnen nach, und man hört nichts als ein verwirrtes Durcheinanderreden, Schwatzen, Lachen und Jubilieren.
Nach einiger Zeit hört man während einer augenblicklichen Pause ein zögerndes, schüchternes Klopfen an der Haustür, und von allen Seiten wird gefragt, wer da sei. Und ein paar Kinder, die am Fenster stehen, erwidern mit leiser Stimme: »Die arme Tante Margarete«, worauf Tante George hinausgeht, um die Ankommenden zu empfangen, und die Großmutter sich in die Brust wirft und ziemlich steif zurechtsetzt, denn Margarete heiratete ohne ihre Zustimmung einen armen Mann, und da Armut noch keine genügende Strafe für ihr Vergehen ist, so haben ihre Freundinnen mit ihr gebrochen und ihre nächsten Verwandten den Umgang mit ihr aufgehoben. Doch jetzt ist Weihnacht.
Wie das halbgebildete Eis vor der Morgensonne zerfließt, schmilzt die harte Herzrinde, die im Laufe der Jahre freundlichere und mildere Gefühle nicht durchbrechen ließ, vor der gesegneten Weihnachtsgeisteshelle und Herzenswärme. Es mag leicht geschehen, dass eine Mutter in einem Augenblick der Entrüstung eine ungehorsame Tochter von sich entfernt; aber ganz etwas anderes ist es, sie zu einer Zeit, wo sich alle Herzen dem Wohlwollen und der Heiterkeit öffnen, vom Herd zu verbannen, an dem sie so manches Christfest gesessen hat, als stammelndes Kind, als aufblühendes Mädchen und als rosige Jungfrau. Die Miene der Selbstgerechtigkeit und des kalten Verzeihens, die die alte Dame angenommen hat, steht ihr schlecht, und man sieht leicht, dass sie nur gekünstelt ist, als die Schwester der Mutter die Arme zuführt, die sich bleich und niedergebeugt nähert, nicht infolge ihrer Dürftigkeit, die sie zu ertragen gelernt hat, sondern weil sie das Bewusstsein in

sich trägt, unverdiente Härte und Vernachlässigung zu erfahren. Es tritt augenblicklich Stillschweigen ein. Sie reißt sich plötzlich von der Schwester los und wirft sich schluchzend ihrer Mutter an die Brust. Der Vater ergreift rasch die Hand ihres Gatten. Die anderen Verwandten versammeln sich um sie, sprechen freundliche Glückwünsche aus, und Frohsinn, Herzlichkeit und Einigkeit herrschen wieder wie vorhin.

Das Mittagessen, der Christfestschmaus, ist nun gar eine königliche Lustbarkeit geworden! Nichts Störendes kommt vor, alle sind in bester Laune und bemühen sich, zufrieden und froh zu machen und froh und zufrieden zu sein. Der Großvater erzählt ausführlich, wie es bei seinem Truthahnkauf zugegangen ist, und schweift zu früheren Truthahnkäufen an früheren Christfesten ab, und die Großmutter bestätigt ihn in den geringfügigsten Kleinigkeiten. Onkel George erzählt Geschichten, tranchiert Geflügel, trinkt Wein und scherzt mit den Kindern am Nebentisch, blinzelt den Vettern und Basen zu, die scharmieren oder mit sich scharmieren lassen, und erheitert jedermann durch seine gute Laune und Gastlichkeit, und wenn die stramme Köchin mit einem Riesenpudding, in dem ein Stechpalmzweig steckt, hereinwankt, so beginnt ein Lachen, Jubeln und Händeklatschen, das seinesgleichen nur hat, wenn angezündeter Branntwein in die Fleischpastetchen hineingegossen wird. Und dann der Nachtisch, der Wein und aller Scherz und alle Lust dabei!

Was für prachtvolle Reden gehalten werden, und welche Lieder Tante Margaretes Mann singt, der sich als ein so allerliebster Mann zeigt und so aufmerksam gegen die Großmutter ist! Der Großvater singt nicht nur sein jährliches Lied mit beispiellosem Feuer, sondern stimmt, sobald er, dem jährlichen Brauch gemäß, durch ein allgemeines Dakapo beehrt ist, ein ganz neues an, das außer der Großmutter noch niemand gehört hat; und ein junger Tausendsassa von Vetter, der wegen gewisser arger Unterlassungs- und Begehungssünden bei den alten Leuten in einiger Ungnade steht – er versäumt es, sie zu besuchen, und trinkt allen Vorstellungen zum Trotz Burtoner Ale –, erregt nicht endenwollendes Gelächter durch ein so komisches Lied, wie wohl noch nie eins gesungen worden ist. Und so vergeht der Abend bei fortwährender Herzlichkeit und Heiterkeit und wirkt mehr zur Erweckung verwandtschaftlicher und liebevoller Gefühle und Gesinnungen bei den Versammelten für den Abend sowie für das ganze kommende Jahr als alle Predigten, die jemals geschrieben wurden von allen Geistlichen, die jemals gelebt haben.

Charles Dickens

EINSAM AM HEILIGEN ABEND

Jedesmal wenn Weihnachten kommt, muss ich an Herrn Sörensen denken. Er war der erste Mensch in meinem Leben, der ein einsames Weihnachtsfest feierte, und das habe ich nie vergessen können.
Herr Sörensen war mein Lehrer in der ersten Klasse. Er war gut. Im Winter bröselte er sein ganzes Frühstücksbrot für die hungrigen Spatzen vor dem Fenster zusammen. Und wenn im Sommer die Schwalben ihre Nester unter den Dachvorsprung klebten, zeigte er uns die Vögel, wie sie mit hellen Schreien hin und her flogen. Aber seine Augen blieben immer betrübt.
Im Städtchen sagten sie, Herr Sörensen sei ein wohlhabender Mann. »Nicht wahr, Herr Sörensen hat Geld?« fragte ich einmal meine Mutter. »Ja, man sagt's.« – »Ja ... ich hab' ihn einmal weinen sehen, in der Pause, als ich mein Butterbrot holen wollte ...«
»Herr Sörensen ist vielleicht so betrübt, weil er so allein ist«, sagte meine Mutter. »Hat er denn keine Geschwister?« fragte ich. »Nein – er ist ganz allein auf der Welt ...«
Als dann Weihnachten da war, sandte mich meine Mutter mit Weihnachtsbäckereien zu Herrn Sörensen. Wie gut ich mich daran erinnere. Unser Stubenmädchen ging mit, und wir trugen ein großes Paket, mit rosa Band gebunden, wie die Mutter stets ihre Weihnachtspäckchen schmückte.
Die Treppe von Herrn Sörensen war schneeweiß gefegt. Ich getraute mich kaum einzutreten, so rein war der weiße Boden. Das Stubenmädchen überbrachte die Grüße meiner Mutter. Ich sah mich um. Ein schmaler hoher Spiegel war

da, und rings um ihn, in schmalen Rahmen, lauter schwarzgeschnittene Profile, wie ich sie nie vorher gesehen hatte. Herr Sörensen zog mich ins Zimmer hinein und fragte mich, ob ich mich auf Weihnachten freue. Ich nickte. »Und wo wird Ihr Weihnachtsbaum stehen, Herr Sörensen?« – »Ich? Ich habe keinen, ich bleibe zu Hause.«
Und da schlug mir etwas aufs Herz beim Gedanken an Weihnachten in diesem »Zuhause«. – In dieser Stube mit den schwarzen kleinen Bildern, den schweigenden Büchern und dem alten Sofa, auf dem nie ein Mensch saß – ich fühlte das Trostlose, das Verlassene in dieser einsamen Stube, und ich schlug den Arm vors Gesicht und weinte.
Herr Sörensen zog mich auf seine Knie und drückte sein Gesicht an meines. Er sagte leise: »Du bist ein guter, kleiner Bub.« Und ich drückte mich noch fester an ihn und weinte herzzerbrechend.
Als wir heimkamen, erzählte das Stubenmädchen meiner Mutter, ich hätte gebrüllt.
Aber ich schüttelte den Kopf und sagte: »Nein, ich habe nicht gebrüllt. Ich habe geweint. Und weißt du, ich habe deshalb geweint, weil nie jemand zu Herrn Sörensen kommt. Nicht einmal am Heiligen Abend ...«
Später, als wir in eine andere Stadt zogen, verschwand Herr Sörensen aus meinem Leben. Ich hörte nie mehr etwas von ihm. Aber an jenem Tag, als ich an seiner Schulter weinte, fühlte ich, ohne es zu verstehen, zum ersten Male, dass es Menschen gibt, die einsam sind. Und dass es besonders schwer ist, allein und einsam zu sein an Weihnachten.

Herman Bang

Nussknacker

Nussknacker, du machst ein grimmig Gesicht –
Ich aber, ich fürchte vor dir mich nicht:
Ich weiß, du meinst es gut mit mir,
Drum bring ich meine Nüsse dir.
Ich weiß, du bist ein Meister im Knacken:
Du kannst mit deinen dicken Backen
Gar hübsch die harten Nüsse packen
Und weißt sie vortrefflich aufzuknacken:
Nussknacker, drum bitt ich dich, bitt ich dich,
Hast bessere Zähn als ich, Zähn als ich.
O knacke nur, knacke nur immerzu!
Ich will dir zu Ehren
Die Kerne verzehren.
O knacke nur, knack knack knack! immerzu!
Ei, welch ein braver Kerl bist du!

Heinrich Hoffmann von Fallersleben

DAS WEIHNACHTSLAND

Im letzten Hause des Dorfes, gerade dort, wo schon der große Wald anfängt, wohnte eine arme Witwe mit ihren zwei Kindern Werner und Anna. Das wenige, das in ihrem Garten und auf dem kleinen Ackerstück wuchs, die Milch, dic ihre einzige Ziege gab, und das geringe Geld, das sie durch ihre Arbeit erwarb, reichte gerade hin, um die kleine Familie zu ernähren, und auch die Kinder durften nicht feiern, sondern mussten solche Arbeit leisten, wie sie in ihren Kräften stand. Sie taten das auch willig und gern und betrachteten diese Tätigkeit als ein Vergnügen, zumal da sie dabei den herrlichen Wald nach allen Richtungen durchstreifen konnten. Im Frühling sammelten sie die goldenen Schlüsselblumen und die blauen Anemonen zum Verkauf in der Stadt und später die Maiglöckchen, die mit süßem Duft aus den mit welkem Laub bedeckten Hügelabhängen des Buchenwaldes emporwuchsen. Dann war auch der Waldmeister da mit seinen niedlichen Bäumchen, die gepflückt werden mussten, ehe sich die zierlichen, weißen Blümchen hervortaten, damit seine Kraft und Würze fein in ihm verbleibe. Sie wanden zierliche Kränze daraus, denen noch, wenn sie schon vertrocknet waren, ein süßer Waldesduft entströmte oder banden ihn in kleine Büschel, die die vornehmen Stadtleute in den Wein taten, auf dass ihm die taufrische Würze des jungen Frühlings zuteil werde.
Später schimmerten dann die Erdbeeren rot unter dem niedrigen Kraut hervor, und während nun die Kinder der reicheren Eltern in den Wald liefen und fröhlich an der reichbesetzten Sommertafel schmausten oder höchstens

zur Kurzweil ein Beerensträußlein pflückten, um es der Mutter mitzubringen, saßen Werner und Anna und sammelten fleißig »die guten ins Töpfchen, die schlechten ins Kröpfchen«. Aber sie waren fröhlich dabei und guter Dinge, pflückten um die Wette und sangen dazu.
Noch späterhin wurden auf dem bemoosten Grunde des Tannenwaldes die Heidelbeeren reif und standen unter den großen Bäumen als kleine Zwergenwälder beieinander, indem sie mit ihren dunklen Früchten wie niedliche Pflaumenbäumchen anzusehen waren. Auch diese sammelten sie mit blauen Fingern und fröhlichem Gemüt in ihre Töpfe, und dann ging's ins Moor, wo die Preißelbeeren standen, die so zierliche Blüten wie kleine, rosig angehauchte Porzellanglöckchen und Früchte rot wie Korallen haben und eingemacht über die Maßen gut zu Apfelmus schmecken.
Von der alten Liese, die alle Tage mit einem baufälligen Rösslein und einem Wagen voll Gemüse und dergleichen in die Stadt fuhr und für die Kinder verkaufte, was sie gesammelt hatten, lernten sie noch manches kennen, was die Stadtleute lieben und gern für ein paar Pfennige erwerben. So suchten sie in der Zwischenzeit allerlei zierliche Moose und Flechten, wie sie in trockenen Kiefernwäldern mannigfaltig den Boden bedecken und sich mit sonderlichen und zierlichen Gestaltungen bescheiden hervortun. Da fanden sie solche rot und ästig wie kleine Korallen und andere, die einem Haufen kleiner Tannenbäumchen glichen. Aus wieder anderen wuchsen die Blütenorgane gleich kleinen Trompetchen oder spitzen Kaufmannstüten hervor, während noch wieder andere kleine Keulen emporstreckten, die mit einem Knopf wie von rotem Siegellack geschmückt waren. Solches Moos lieben die Stadtleute auf einem Teller freundlich anzuordnen, damit sich ihr Auge, wenn es müde ist, über die große Wüste von Mauern und Steinsäu-

len zu schweifen, auf einem Stück fröhlichen Waldbodens ausruhen könne.

Unter solchen fleißigen und freudigen Tätigkeiten kam dann der Herbst heran und die Zeit, da die Stürme das trockene Holz von den Bäumen werfen und es günstig ist, die Winterfeuerung einzusammeln, die Zeit, wo sie sich schon zuweilen auf die schönen Winterabende freuten, wenn das Feuer in dem warmen Ofen bullert und sein Widerschein auf dem Fußboden und an den Wänden lustig tanzt, wenn die Bratäpfel im Rohr schmoren und zuweilen nach einem leisen »Paff« lustig aufzischen, und die Mutter bei dem behaglichen Schnurren des Spinnrades ein Märchen erzählt.

Unter solchen Gedanken schleppten sie fröhlich Tag für Tag ihr Bündelchen Holz heim und türmten so allmählich neben der Hütte ein stattliches Gebirge auf. Zuweilen hing auch ein Beutel mit Nüssen an dem Bündel; diese holten sie gelegentlich aus dem großen Nussbusch, wo in manchem Jahre so viele wuchsen, dass, wenn man mit einem Stock an den Strauch schlug, die überreifen Früchte wie ein brauner Regen herabprasselten. Wenn sie davon genug mitgebracht hatten, wurden die Nüsse in einen größeren Beutel getan und in den Rauchfang gehängt, um für Weihnachten aufgehoben zu werden. Weihnachten, das war ein ganz besonderes Wort, und die Augen der Kinder leuchteten heller auf bei seinem Klange. Und doch brachte ihnen dieser festliche Tag so wenig. Ein kleines, winziges Bäumchen mit ein paar Lichtern und Äpfeln und selbstgesuchten Nüssen und zwei Pfefferkuchenmännern, darunter für jedes ein Stück warmes Winterzeug und, wenn's hoch kam, ein einfaches, billiges Spielzeug oder eine neue Schiefertafel, das war alles. Doch von den wenigen, kleinen Lichtern und von dem goldenen Stern an der Spitze des Bäumchens ging ein Leuchten aus, das seinen traulichen Schein durch das ganze Jahr verbreitete und dessen

Abglanz in den Augen der Kinder jedesmal aufleuchtete, wenn das Wort Weihnachten nur genannt wurde.
Als es nun Winter geworden war und sie eines Abends behaglich um den Ofen saßen und die Mutter gerade eine schöne Weihnachtsgeschichte erzählt hatte, sah der kleine Werner eine ganze Weile ganz nachdenklich aus und fragte dann plötzlich: »Mutter, wo wohnt denn der Weihnachtsmann?«
Die Mutter antwortete, indem sie den feinen Faden durch die Finger gleiten ließ und das Spinnrad munter dazu schnurrte: »Der Weihnachtsmann? Hinter dem Walde in den Bergen. Aber niemand weiß den Weg zu ihm; wer ihn sucht, rennt vergebens in der Runde, und die kleinen Vögel in den Bäumen hüpfen von Zweig zu Zweig und lachen ihn aus. In den Bergen hat der Weihnachtsmann seine Gärten, seine Hallen und seine Bergwerke, dort arbeiten seine fleißigen Gesellen Tag und Nacht an lauter schönen Weihnachtsdingen, in den Gärten wachsen die silbernen und goldenen Äpfel und Nüsse und die herrlichsten Marzipanfrüchte, und in den Hallen sind die schönsten Spielsachen der Welt zu Tausenden aufgestapelt.«
Diese Geschichte kam Werner nicht wieder aus dem Sinn, und er dachte es sich herrlich, wenn es ihm gelingen könnte, den Weg nach diesem Wunderlande zu entdecken. Einmal war er bis in die Berge gelangt und war dort lange umhergestreift, allein er hatte nichts gefunden als Täler und Hügel und Bäume wie überall. Die Bäche, die dort liefen, schwatzten und plauderten wie alle Bäche, allein sie verrieten ihr Geheimnis nicht, die Spechte hackten und klopften dort wie anderswo im Walde auch und flogen davon und an den Eichhörnchen, die eilig die Bäume hinaufkletterten, war auch nichts Besonderes zu sehen.
Wenn ihm nur jemand hätte sagen können, wie der Weg in das wunderbare Weihnachtsland zu finden sei, er hät-

te das Abenteuer wohl bestehen wollen. Aber die Leute, die er danach fragte, lachten ihn aus, und als er deshalb der Mutter seine Not klagte, da lachte sie auch und sagte, das solle er sich nur aus dem Sinne schlagen; was sie ihm damals erzählt habe, sei ein Märchen gewesen wie andere auch.
Aber der kleine Werner konnte die Geschichte doch nicht aus seinen Gedanken bringen, obgleich er nun niemand mehr danach fragte. Nur mit der kleinen Anna sprach er zuweilen beim Holzsammeln davon, und beide malten sich schöne Traumbilder aus von den Herrlichkeiten des wunderbaren Weihnachtslandes.

Heinrich Seidel

Es war einmal eine Glocke

Es war einmal eine Glocke,
die machte baum, baum ...
Und es war einmal eine Flocke,
die fiel dazu wie im Traum ...

Die fiel dazu wie im Traum ...
Die sank so leis hernieder,
wie ein Stück Engleingefieder
aus dem silbernen Sternenraum.

Es war einmal eine Glocke,
die machte baum, baum ...
Und dazu fiel eine Flocke,
so leis als wie ein Traum ...

So leis als wie ein Traum ...
Und als vieltausend gefallen leis,
da war die ganze Erde weiß,
als wie vom Englein Flaum.

Da war die ganze Erde weiß,
als wie vom Englein Flaum.

Christian Morgenstern

Weihnachten

Wenn der Tag wird klein,
wenn mit mattem Schein
bleich und kalt die Sonne
niedrig glänzt,
wenn die längste Nacht
trüb und traurig macht
und mit Eis und Schnee die
Welt sich kränzt,

strahlt ein heller Schein
in die Welt hinein,
grüßend Alt und Jung und
Reich und Arm.
Tausend Lichter glühn
aus dem Tannengrün,
und das Fest der Liebe
macht uns warm.

Der das Heil der Welt
in den Händen hält,
segnet uns mit jungem
Hoffnungsschein.
Zu erneutem Lauf
steigt die Sonne auf,
und es wird bald wieder
Frühling sein!

Aus der Winternacht
funkelt Märchenpracht,
die sich in beglückten
Augen malt. –
Darum, wer es kann,
denke mild daran,
dass auch ihm ein dankend
Auge strahlt.

Heinrich Seidel

VOR WEIHNACHTEN 1914

Da kommst du nun, du altes zahmes Fest,
und willst, an mein einstiges Herz gepresst,
getröstet sein. Ich soll dir sagen: du
bist immer noch die Seligkeit von einst
und ich bin wieder dunkles Kleid und tu
die stillen Augen auf, in die du scheinst.
Gewiss, gewiss. Doch damals, da ichs war,
und du mich schön erschrecktest, wenn die Türen
aufsprangen – und dein wunderbar
nicht länger zu verhaltendes Verführen
sich stürzte über mich wie die Gefahr
reißender Freuden: damals selbst, empfand
ich damals dich? Um jeden Gegenstand,
nach dem ich griff, war Schein von deinem Scheine,
doch plötzlich ward aus ihm und meiner Hand
ein neues Ding, das bange, fast gemeine
Ding, das besitzen heißt. Und ich erschrak.
O wie doch alles, eh ich es berührte,
so rein und leicht in meinem Anschaun lag.
Und wenn es auch zum Eigentum verführte,
noch war es keins. Noch haftete ihm nicht
mein Handeln an; mein Missverstehn; mein Wollen
es solle etwas sein, was es nicht war.
Noch war es klar
und klärte mein Gesicht.
Noch fiel es nicht, noch kam es nicht ins Rollen,
noch war es nicht das Ding, das widerspricht.

Rainer Maria Rilke

DIE WEIHNACHTSGLOCKE VON FINKENRODE

… ein Glockenschlag erweckte mich aus meinem stundenlangen Brüten; – die Weihnachtsglocken von Finkenrode! Die Weihnachtsglocken meiner Kindheitszeit!
Ich fuhr mit der Hand über die Stirn und lauschte; unwiderstehlich zog es mich hinaus in die Heilige Nacht.
Ich hatte den Mantel übergeworfen; ich fand mich in der Straße, ohne zu wissen wie.
Alles still und dunkel! Kein Stern am Himmel, – kein Lichtlein auf Erden! Glockenklang, Glockenklang der Heimat!
Ich schritt langsam durch die schweigenden, schneebedeckten Straßen, das Erwachen der Stadt erwartend.
Dort flammt ein Licht auf, dort wieder eins. Sie bewegen sich in den Häusern hin und her durch die Gemächer. Sieh da! Sieh da, ein Weihnachtsbaum im vollen Ganz! Haustüren öffnen sich hier und da, eine Gestalt, in einem Mantel gehüllt, streicht an mir vorüber. In immer hellerem Glanz leuchtet die Stadt Finkenrode.
Ich folge dem Glockenklang durch die Gassen auf den Marktplatz – vor mir strahlt die Kirche des heiligen Martin mit ihren hohen, spitzen, erleuchteten Fenstern; die beiden Türme verlieren sich vollständig in dem Nebel und der Dunkelheit. Ich lehne mich an einen Pfeiler des weit geöffneten Portals und lausche. Hallen einmal einen Augenblick die Glocken über mir aus, so klingt leise, leise das Geläut eines fernen Walddorfes herüber. Noch ist die Kirche menschenleer, die Wände des heiligen Gebäudes entlang schimmern die Totenkränze im Glanz der Kronleuchter. Tannenzweig windet sich an den Pfeilern empor.

Jetzt ist das christliche Volk erwacht und regt sich. Männer und Frauen schreiten durch die Gassen und über den Markt auf die Kirchentüren zu, die Gesangbücher an die Brust gedrückt. Die Kinder führen ihre bunten Weihnachtspuppen mit sich, junge Mädchen entfalten strahlend den neuesten Putz. Zwischen den modernen Hüten und Hauben der Weiber schimmern hier und da die landesüblichen seltsamen Kugelmützen von Gold- und Silberstoff, die Kopfbedeckungen der älteren Bürgersfrauen, hervor. Immer dichter werden die Scharen, die an mir vorüber ziehen. Jeder Kirchgänger führt ein Wachslicht mit sich, welches an einer am Eingang der Kirche hängenden kleinen Lampe angezündet wird. Schon flammen Hunderte von Kerzen, schon braust die Orgel, der Gesang der Menge fällt ein, – weit über die kleine Stadt hin, bis tief hinein in die stillen Berge, wo der Hirsch und der Fuchs verwundert aufhorchen, erklingt die Feier des Christmorgens.

Wilhelm Raabe

Es gibt keinen Neuschnee

Wenn du aufwärts gehst und dich hochaufatmend umsiehst, was du doch für ein Kerl bist, der solche Höhen erklimmen kann, du, ganz allein –: dann entdeckst du immer Spuren im Schnee. Es ist schon einer vor dir dagewesen.
Glaube an Gott. Verzweifle an ihm. Verwirf alle Philosophie. Lass dir vom Arzt einen Magenkrebs ansagen und wisse: es sind nur noch vier Jahre, und dann ist es aus. Glaub an eine Frau. Verzweifle an ihr. Führe ein Leben mit zwei Frauen. Stürze dich in die Welt. Zieh dich von ihr zurück ...
Und alle diese Lebensgefühle hat schon einer vor dir gehabt; so hat schon einer geglaubt, gezweifelt, gelacht, geweint und sich nachdenklich in der Nase gebohrt, genau so. Es ist immer schon einer dagewesen.
Das ändert nichts, ich weiß. Du erlebst es ja zum ersten Mal. Für dich ist es Neuschnee, der da liegt. Es ist aber keiner, und diese Entdeckung ist zuerst sehr schmerzlich. In Polen lebte einmal ein armer Jude, der hatte kein Geld, zu studieren, aber die Mathematik brannte ihm im Gehirn. Er las, was er bekommen konnte, die paar spärlichen Bücher, und er studierte und dachte, dachte für sich weiter. Und erfand eines Tages etwas, er entdeckte es, ein ganz neues System, und er fühlte: ich habe etwas gefunden. Und als er seine kleine Stadt verließ und in die Welt hinauskam, da sah er neue Bücher, und das, was er für sich entdeckt hatte, das gab es bereits: es war die Differentialrechnung. Und da starb er. Die Leute sagen: an der Schwindsucht. Aber er ist nicht an der Schwindsucht gestorben.

Am merkwürdigsten ist das in der Einsamkeit. Dass die Leute im Getümmel ihre Standard-Erlebnisse haben, das willst du ja gern glauben. Aber wenn man so allein ist wie du, wenn man so meditiert, so den Tod einkalkuliert, sich so zurückzieht und so versucht, nach vorn zu sehen –: dann, sollte man meinen, wäre man auf Höhen, die noch keines Menschen Fuß je betreten hat. Und immer sind da Spuren, und immer ist einer dagewesen, und immer ist einer noch höher geklettert, als du es je gekonnt hast, noch viel höher.
Das darf dich nicht entmutigen. Klettere, steige, steige. Aber es gibt keine Spitze. Und es gibt keinen Neuschnee.

Kurt Tucholsky

BRIEF AN DIE MUTTER

Schloss Berg am Irchel, Kanton Zürich, Schweiz,
am 17. Dezember 1920

Meine liebe Mama,

wieder zu unserer gesegneten Stunde das liebevollste Gedächtnis vergangenster Weihnachts-Tage und der Wunsch, es möchten Dir nun, nach so böser Zeit, mit jedem Jahr stillere Feste, friedlichere, und endlich auch wieder solche in einem kleinen, wirklich eigenen Heim vergönnt sein!
Da dies ausgesprochen ist, ist eigentlich alles ausgesprochen, denn nun heißts nicht *lesen*, sondern *in-sich-gehen* und der heiligsten Feierstunde des Jahres die Krippe im eigenen Herzen bereiten, dass sie drin, und der Heiland in ihr, recht innig wieder zur Welt kommen möge!
Was ich Dir wünsche, liebe Mama, ist, dass an diesem weihevollen Abend das Erinnern aller Not, ja das Bewusstsein der nahen Sorge und Unsicherheit des Daseins ganz aufgehalten und gewissermaßen aufgelöst sein möchte in jenem innersten Wissen um die Gnade, der ja keine Zeit zu dicht im Verhängnis und keine Bangheit so verschlossen ist, dass sie nicht zu *ihrer* Zeit – die *nicht* die unsrige ist! – einzutreten und das scheinbar Unüberwindliche mit ihrem milden Sieg zu durchdringen wüsste. Es gibt keinen Moment im langen Jahre, wo man sich ihre immerfort mögliche Erscheinung und dann Allgegenwärtigkeit so lebhaft ins Gemüt zu rufen vermöchte, wie diese über die Jahrhunderte hin unabhängige Winternacht, die durch die unvergleichliche Hinzukunft jenes alle Wesen umwandelnden Kindes die Summe aller

übrigen Erdennächte an Wert mit einem Schlag überwog und übertraf. Mag der leichte Sommer, wo das Dasein um ein Beträchtliches erträglicher und müheloser scheint, wo wir nicht so unmittelbarer Anfeindung aus der Luft und aus der heiter beschäftigten Natur uns zu erwehren haben –, mag der glücklichere Sommer uns mit Tröstungen verwöhnen, – was sind sie alle gegen die unermesslichen Trostschätze dieser außen unscheinbaren, ja armen Nacht, die nach innen zu plötzlich offen steht wie ein Alle umfassendes und wärmendes Herz und die wirklich mit Schlägen ihres glockentönigen Herzens antwortet auf unser Hinein-Horchen in den innersten Gewahrsam!
Alle Verkündigungen der Vor-Zeit reichten nicht hin, *diese* Nacht anzusagen, alle Hymnen, die zu ihrem Preise gesungen worden sind, reichten nicht an die Stille und Spannung heran, in er Hirten und Könige niederknieten –, so wie ja auch wir, keiner von uns, je imstande gewesen ist, während diese Wunder-Nacht ihm geschieht, die Maße seines Erlebens anzugeben.
Es ist so recht das Mysterium von dem knieenden, von dem tief knieenden Menschen: dass er größer sei, seiner geistigen Natur nach, als der stehende! welches in der Nacht gefeiert wird. Der Knieende, der sich ganz ans Knieen gibt, verliert allerdings das Maß seiner Umgebung, selbst aufschauend, wüsste er nicht mehr zu sagen, was groß und was klein ist. Aber ob er gleich in seiner Abgebogenheit kaum die Höhe eines Kindes hat, so ist er, dieser Knieende, doch nicht klein zu nennen. Mit ihm verschiebt sich die Skala, denn er, indem er der eigentümlichen Schwere und Kraft in seinen Knieen folgt, und die Stellung einnimmt, die sich zu ihnen hinbezieht, gehört bereits zu jener Welt, in der Höhe – Tiefe ist, – und wenn schon Höhe unserem Blick und unseren Apparaten un-ermesslich bleibt –: wer ermäße die Tiefe?

Dieses aber ist die Nacht der aufgetanen strahlenden Tiefe –: möge sie Dir, liebe Mama, geweiht und gesegnet sein. Amen.

Für die Sechs-Uhr-Stunde der Weihnacht 1920

René

Rainer Maria Rilke

Eine Weihnachtsgeschichte

»O, du fröhliche, o, du selige, gnadenbringende Weihnachtszeit!«, klang es von frischen Kinderstimmen und einer tiefen, klaren Frauenstimme durch die Räume des Thalbacher Pfarrhauses. Als der letzte Ton verhallt, war's ein paar Augenblicke still in dem gemütlich warmen Wohnzimmer. Aber nicht lange!

»Warten wird nie meine Leidenschaft sein, auch wenn ich Methusalems Alter erreichen sollte!«, hub Karl, der dreizehnjährige Gymnasiast an, der gestern zu den Ferien heimgekommen war.

»Es ist aber doch so notwendig, dass man warten lernt«, erwiderte Lenchen mit weiser Miene; »wer diese köstliche Kunst nicht verstände, sagte die Mutter neulich, der käme ihr vor, wie ein Mensch, der ein Buch lesen wolle, ohne das ABC gründlich gelernt zu haben. Man würde eben nicht fertig im Leben ohne das Warten.«

Johanna und Elsbeth, die beiden neunjährigen Zwillinge, rückten dicht zu der Tante heran, die strickend in der Sofaecke sitzt, und Johanna bittet: »Ach, erzähle uns doch etwas! Auch mir will der Nachmittag schon endlos erscheinen!«

»Und hätten wir nur«, fährt Elsbeth fort, »unsere Weihnachtsbesuche bei den Kranken nicht schon mittags gemacht, da wäre jetzt die Zeit, bis der Vater zur Bescherung ruft, schön ausgefüllt. Ach ja, erzähle, bitte, bitte!«

»Nun, erzählen will ich wohl, Kinder«, sprach die Tante, indem ihre lieben Augen mit einem ihnen sonst fremden, träumerischen Ausdruck in die frühe Dämmerung hinaus-

schauten. »Ihr müsst aber heute mit ein paar Erlebnissen aus meinem eigenen Leben fürlieb nehmen – die Erlebnisse eines Weihnachtstages vor langen, langen Jahren! An Gedenktagen, wie Christkindchens Geburtstag, meinem eigenen und den Geburts- und Sterbetagen meiner Lieben, da wandern meine Gedanken zurück in vergangene Zeiten und vorwärts zu jenem großen Freuden- und Vereinigungstage, aber bei gelesenen und gehörten Geschichten wollen sie nicht gern weilen! Heut sind‚s neunzehn Jahre, seit ich mich mit Onkel Richard verlobte, den ihr beiden Älteren ja noch gut gekannt habt. Vor acht Jahren bin ich Witwe geworden!«
»O, dann ist‚s also eine wirkliche Liebesgeschichte!« meinte Karl, – ließ das Knäuel von Elsbeths Strickzeug, mit dem er sich eine Weile beschäftigt, achtlos fallen und setzte sich in lauschende Stellung. »Nun ja, eine Liebesgeschichte ist‚s«, sagte die Tante, indem ein fast jugendliches Erröten über ihre feinen Züge flog. »Vor allem aber preist sie die Liebe und Freundlichkeit des Herrn, der die Menschenherzen lenkt wie Wasserbäche.« Eben jetzt meldete sich der kleine fast vierjährige Paul, der ziemlich lange ruhig in der Zimmerecke mit einem defekten Schaukelpferd beschäftigt gewesen, und verlangte »etwas sehr Schönes zum Spielen, etwas, das nicht verrissen oder verbrochen wäre«. Als man seine Wünsche erfüllt hatte, hub die Tante also an: »Ich war Lehrerin an einem Mädchenpensionat in London. Die Tage waren mühevoll und schwer. Die Arbeit wollte fast zu viel werden für Körper und Geist. Und was das Schwerste war in meiner dortigen Stellung – der Herr und sein Wort bildeten nicht den Mittelpunkt der Erziehung und des Unterrichts! Man beschäftigte sich zu viel mit Äußerlichkeiten, mit Nebendingen! Die zum Teil schon erwachsenen Mädchen wurden vollgestopft mit allerhand Kenntnissen und Wissenschaften, vor allem mit Zeichnen,

Malen, Musik, Französisch und Italienisch. Von dem einen aber, was Not tut, wurde ihnen wenig gesagt, und das wenige in trockener, mechanischer Weise, ohne Lebenskraft und Lebenswärme. Die Vorsteherin, eine wohlwollende, feingebildete Frau, war allerdings kirchlich gesinnt, aber von einer Gebets- und Lebensgemeinschaft mit dem Herrn schien sie nichts zu wissen. Ich dagegen wollte ihm ja so gern angehören, doch wurde mir's schwer, bei dem unruhevollen, oberflächlichen Leben still und unverrückt mich an ihn zu halten.

Das Weihnachtsfest war herangekommen. Die Pensionärinnen reisten für die Ferien ins Elternhaus. Mir war es als eine besondere Vergünstigung gestattet, während derselben in der Anstalt zu bleiben. Die Vorsteherin hatte für den ersten Weihnachtstag die Einladung einer befreundeten Familie in Syddenham, einer der zahllosen Vorstädte Londons, angenommen und gedachte schon am 24. früh dorthin aufzubrechen, obgleich dem lieben heiligen Abend nicht sein Recht ward. Nach der kirchlichen nimmt bei der häuslichen Feier das Mittagessen am ersten Festtage entschieden den Hauptrang ein. Bei demselben dürfen in den einigermaßen wohlhabenden Ständen weder der Truthahn noch der Plumpudding fehlen.

Ich hatte zwar auch Bekannte in London – eine Familie, an die ich einen Empfehlungsbrief gebracht, und die mich seither häufig in ihr liebes, frommes, gastliches Haus aufgenommen. Es war die Familie des Bankiers Pfeiffer. Vater und Sohn waren im Geschäft tätig; die Mutter waltete – eine echte, deutsche Hausfrau – still und umsichtig im Hause, suchte aber auch außerhalb desselben Armut und Elend zu lindern, soviel sie vermochte. Eine Einladung aber zum Weihnachtsfest, auf die ich eigentlich sehnlich gehofft, war nicht erfolgt. Dachten sie meiner nicht in ihrer Feststimmung?

Der 24. brach trübe und neblig an. Schnee war nicht gefallen. Ich las in meinem Stübchen am offenen Fenster und zeichnete. Ein gutes Feuer brannte im Kamin. Ich fühlte mich unaussprechlich einsam! Wollte denn kein Weihnachtsglanz für mich leuchten, keine Weihnachtsfreude mein Herz erwärmen? Da klopfte es. Die Vorsteherin trat ein und fragte, ob ich nicht Lust hätte, sie bis Syddenham zu begleiten? Von Brixton, wo unser Pensionat lag, konnten wir's in wenigen Minuten mit der Bahn erreichen. Sie schlug mir vor, ein paar Stunden in den Syddenham-Kristallpalast zu gehen, den ich oft und gern zu besuchen pflegte. Nun, für den Weihnachtstag hätte ich mir allerdings eine andere Freude gewünscht, aber ich willigte ein, da Miss Salmon meine Begleitung zu wünschen schien.
Es ist ein herrliches Gebäude, dieser Kristallpalast! So vollendet und groß steht er da – mehr wie eine Schöpfung aus der Märchenwelt als ein mühevolles Machwerk von Menschenhänden. Zu einer früheren Londoner Industrie-Ausstellung erbaut – ganz aus Glas ausgeführt, nur das Gerippe von Eisen – ist er jetzt zu einer Art Museum umgestaltet.
Langsam schlenderte ich durch die weiten Hallen. – Hier die schönsten einheimischen und ausländischen Gewächse, zwischen denen schillernde, prachtvoll gefärbte sowohl, als auch sangreiche Vögel umherflattern. Gruppen von ausgestopften Tieren (Dromedare, Gazellen usw.) und Menschen aus allen Zonen, denen man's wahrlich nicht ansieht, dass sie nur aus Holz gearbeitet sind, so natürlich sind ihre Stellungen, so ausdrucksvoll ihre Gesichter. Für ein paar Augenblicke glaubt sich der Beschauer in ferne Länder versetzt, die sein Fuß nie betrat.
Dort einzelne Gestalten und Gruppen aus Marmor. Weiterhin die Bildergalerie. Dann führt mich mein Weg in die Tropen. Riesige Wasserbassins, auf denen sich Lo-

tosblumen schaukeln. Auf dem Grunde des klaren Wassers schaut man die reichen Schätze, die der Mensch aus der Meerestiefe hervorgeholt. – Stolze Palmen, Bananen, schattige Bosketts aus Lorbeer, Zypressen, Orangen. Glänzende Blumen des Südens, zwischen denen ganze Scharen Kanarienvögel und schimmernde Kolibris sich tummeln. Ich ruhte ein paar Augenblicke auf einer der Moosbänke, dem Plätschern der Springbrunnen und den weichen Klängen der Musik lauschend, die aus dem Dunkel des Buschwerks ertönte, ohne dass man die Urheber derselben sah. Aber bald erhob ich mich wieder und trat in die großen, hochgewölbten Hallen des Bazars. Ein Laden neben dem andern! Und welche Überraschung. In der Mitte des Bazars erhob sich ein Riesentannenbaum, weihnachtlich geschmückt, der, wie mir einer der umstehenden Diener erklärte, am Abend für die vielen Deutschen, die sich dann hier einfinden, angezündet werden sollte. Ein deutscher Weihnachtsbaum im fremden Lande! Sollte ich bis zum Abend im Palast bleiben und mich den Heimatlosen zugesellen? War ich doch einsam und heimatlos wie nur einer! Meine guten Eltern ruhten längst auf dem Friedhof; eure Mutter, meine einzige Schwester, war als Erzieherin in einem Pfarrhause – nähere Verwandte hatte ich nicht, die wenigen Freunde schienen mich vergessen zu haben!
Ich wollte die Frage noch nicht entscheiden. Vielleicht wär's besser, ich bliebe daheim in meinem Stübchen! So sinnend schritt ich weiter in andere Räume, in die sich niemand der Schaulustigen verirrt hatte. Meine Gedanken stiegen bis an den Thron des Königs aller Könige, des Herrn aller Herren und flehte um Frieden, um Liebe, um volles Genüge, um Weihnachtssegen. Aber wundert euch nicht, Kinder, wenn ich erzähle, dass eure alte Tante dabei bitterlich geweint hat! Ich war ja dazumal noch ein armes, junges Ding, und schon so einsam und verlassen im

Leben zu stehen, wollte mir gar nicht behagen! Wenn ich auch die Gnadennähe meines Herrn spürte, so ist doch mein Herz gleich dem anderer Menschenkinder verzagt und trotzig von Jugend auf. Aber wohl dem, der zum Herrn geht mit seinem Schmerz, welcher Art er auch sein mag, und bei ihm Hilfe sucht! Er erhört unsere Bitten, schon ehe wir es aussprechen! wie es Jes 65,24 heißt: ›Und soll geschehen, ehe sie rufen, will ich hören.‹ Seine liebe Hand trocknet nur gerne die Tränen seiner Menschenkinder und schenkt ihnen, wonach ihr Herz sich sehnt.

›Wusste ich doch, wo ich meine kleine Freundin zu suche habe! Gott zum Gruß!‹, ertönte in meiner nächsten Nähe die herzliche, kräftige Stimme des Herrn Pfeiffer – und neben ihm stand sein Sohn, und auch aus seinem männlichen ernsten, aber freundlichen Antlitz leuchtete mir ein warmes Willkommen entgegen. Der Vater berichtete, dass sie mich schon in meiner Wohnung gesucht hätten, um mich für die ganze Dauer der Weihnachtsferien zu sich zu holen. Seine Frau habe früher schreiben wollen, es aber im Drang der Festvorbereitungen versäumt. Wir müssten nun allerdings erst im Pensionat einkehren, meine Sachen holen und der Haushälterin von meinem Fortgehen Mitteilung machen. ›Und nun‹, fuhr er fort, ›erwartet mich hier, ich habe im Lesezimmer noch mit einem Freunde zu sprechen, bin aber bald wieder bei euch.‹

›Ich möchte es schon einmal besuchen‹, sprach Richard, indem er sich in den stillen Hallen umschaute, ›jenes Land mit seinen Zedern- und Palmenhainen, seinen endlosen Wüsten und seiner üppigen Fruchtbarkeit, seinen mächtigen Katarakten, seinen stillen Stromtälern, seinen Pyramiden und seinen Mumien! Nicht nur allein!‹ – Ich begegnete seinem Auge, das fragend auf mir ruhte. Er ergriff meine Hand und sagte, dass er mich lieb habe, und ob ich sein Weib werden und mit ihm nicht etwa nur eine Reise nach Ägypten, sondern die ganze Lebensreise zusammen machen wolle. Das war euer Onkel Richard, Kinder, und durch ihn hat der liebe Gott meine Armut reich und mein Leben köstlich gemacht.

An jenem Abend standen wir als glückliches Brautpaar unter dem Christbaum. Als wir am andern Morgen zur Kirche gingen, klang's in meinem Herzen: ›O, du fröhliche, o du selige, gnadenbringende Weihnachtszeit!‹«

Die Mutter, die leise eingetreten war, hat schon ein Weilchen neben der Tante gestanden. »Es ist alles bereit!«, sagt sie und nickt den Kindern freundlich zu. Der Vater tritt jetzt ein und liest die Weihnachtsbotschaft, durch die ein Jahr nach dem andern und ein Jahrhundert nach dem andern den Menschenkindern große Freude bereitet wird. Dann stimmt die ganze Familie den Lobgesang an: »Vom Himmel hoch, da komm ich her!« Die Tante begleitet auf dem Klavier. Und das Glück der Jahre, die vorüber sind – und die Weihnachtsfreude der Gegenwart – und die Hoffnung auf den Tag, wo der Weihnachtssegen: »Ehre sei Gott in der Höhe, Friede auf Erden und den Menschen ein Wohlgefallen!«, erst in seine volle Kraft treten wird – das alles hat ihr noch immer schönes Antlitz mit hellem Schimmer übergossen. Während der zwei letzten Verse ist der Vater leise hinausgegangen. Nun öffnet sich die Tür des andern Zimmers:

Weihnachtsglanz! Weihnachtsfreude! Weihnachtsjubel!

Dora Schlatter

Der Weihnachtsgang der Friderun

Die Sonne schien leidlich warm und die Bäume trugen ihren Winterschmuck, die Reifkristalle, als Ivo nach längerer Zeit wieder einmal am Hoftor des Richters hielt. Verwundert sah er an dem Nebenhause, welches längs der Straße lag, einen Holzschild mit großem schwarzen Kreuze und eine neue Tür, welche nach dem Dorfplatz führte. Noch befremdlicher war ihm der Ton einer Geige, die aus dem stillen Hofe klang. An der Tür des Wohnhauses drängten sich Knechte und Mägde, und in ihrer Mitte sprang eine vermummte Gestalt in einem umgewendeten Pelzrock mit einer roten Kappe, an welcher zwei große Ohren und lange Loden von Werg befestigt waren. Das Ungetüm hob bisweilen die Beine zum Sprunge, begleitete sich aber selbst die wilden Bewegungen durch wohlklingendes Saitenspiel. Als Ivo herantrat, wichen die Zuschauer zurück, der Vermummte begrüßte ihn durch lächerliche Verbeugungen und eine Magd des Hofes redete ihn gewichtig an: »Meine Herrin Friderun findet ihr heute nicht, sie ist zur lichten Himmelsfrau geworden und bereitet sich, die Dorfkinder zu besuchen!«

In der Mitte des Hausflurs stand Friderun, ein weißer Mantel, mit glänzenden Sternen verziert, wallte bis zum Boden, die Fülle des langen blonden Haares hing gelöst über den Mantel und umgab ihr Haupt und Leib wie ein goldener Schleier. In solcher Hoheit stand das Mädchen, dass Ivo sich unwillkürlich bekreuzigte und rief: »Sei gegrüßt, Maria, du Stern des Meeres.« Auch Friderun empfing seinen Gruß anders als sonst, denn sie gedachte in frommem Sinne, dass sie sich zu halten habe, wie einer Himmelsherrin gebührt, deshalb neigte sie sich mit gefalteten Händen ein wenig gegen ihn, nur dass sie dabei errötete. Doch sogleich fiel ihr aufs Herz, dass er, der vor ihr stand, ein Gast des Hofes war, und sie fügte vertraulicher hinzu: »Der Richter wurde gefordert und ritt mit seinem Knecht über Land, und mir ist's zugeteilt, den Kindern im Dorfe zu erscheinen. Sonst ging ich in größerem Zuge, aber die Könige habe ich dies Jahr gebeten, wegzubleiben, weil einer von ihnen fehlt.« Der Gast erriet an dem Zucken ihres Mundes, dass Berthold der Fehlende war. »Auch die Narren und Wichtelmänner sind zu Hause geblieben, weil manchem die Lustigkeit mangelte, doch Ruprecht der Geiger ist da, die Frau erscheint heut nur bei der Freundschaft des Hofes und wo in den armen Hütten kleine Kinder sind. Deshalb zürnt nicht, wenn Ihr niemanden am Herde findet.«

»Gestattet Ihr's, so folge ich Euch«, bat Ivo.

Aber Friderun versetzte: »Die Frau muss allein gehen, nur unter den Leuten, welche sich an der Schwelle drängen, dürft Ihr stehen.«

Sie gebot dem Haufen an der Tür: »Tretet näher, ihr Mädchen, und hebt eure Last, denn die Kleinen harren und sehnen sich.« Als zwei handfeste Mägde die gefüllten Säcke, welche am Herd lehnten, gefasst hatten, neigte die Jungfrau das Haupt und die Männer zogen die Mützen; sie sprach leise ein Ave Maria, dann winkte sie zum Aufbruche; der Kobold Ruprecht begann kräftig auf der Geige zu streichen und der Zug setzte sich in Bewegung. »Schweig still in den Dorfgassen, nur in den Höfen darfst du springen und spielen«, gebot Friderun am Tore. So schritt sie mit ihrem Gefolge hinaus in den Schnee, auch der fremde Bruder vom deutschen Orden trat aus dem Vorderhause und folgte mit entblößtem Haupt. Als er neben Ivo dahinging, begann dieser: »Wie ich sehe, habt Ihr hier eine Heimat

gefunden.« »Gutes brachte uns Euer Geleit«, antwortete der Fremde, »der Richter hat die Bruderschaft begabt mit dem Vorderhause und mit einer Wiese für zwei Rosse.«
Sobald der Zug in einen Hof trat, empfing ihn der Wirt fröhlich an der Hausschwelle, Ruprecht sprang, nachdem er sich der Geige entledigt hatte, zuerst in die Stube, sagte lustige Reime her und frug, ob die Kinder säuberlich waren und ob sie züchtig ihren Eltern dienten. Und die er als unordentlich erkannte, bedrohte er mit Gefängnis in seinem schwarzen Sack, so dass über Gute und Böse ein heilsamer Schrecken kam. Dann erst trat die Jungfrau ein und mahnte durch einen alten Spruch jedermann zum Fleiß im Stall und am Rocken. Endlich lud sie die Kinder zu sich, und wenn diese mit gefalteten Händen herumstanden, teilte sie ihnen zu, was ihr die Mägde aus den Säcken reichten, am häufigsten süßes Pfeffergebäck, zu dem die Bienen ihres Gartens den Honig geliefert hatten. Ivo gedachte, dass auch ihm seine Mutter als lichte Himmelsherrin erschienen war und Geschenke gebracht hatte, und sah in dem Haufen der anderen von der Schwelle zu, ohne dass jemand auf ihn achtete.
So kamen sie auch in eine niedrige Hütte; der Span, welcher am Herde steckte, warf sein flackerndes Licht auf eine Stätte der Armut, der Hausherr fehlte, die Wirtin lag krank in dürftigem Bett, fünf Kinder kauerten in der Ecke und erwarteten mit stieren Blicken die vornehmen Gäste. Da winkte Friderun dem Kobold, sich seiner Sprünge zu enthalten, sie trat an das Bett, sprach leise den frommen Gruß und auf dem Schemel sitzend hielt sie die Hände, welche die Kranke ihr entgegenstreckte. Die Kinder schnellten eins nach dem andern aus ihrer Ecke auf und kamen langsam mit stockendem Schritt näher zu der vornehmen Frau, nur das kleinste stand fern und hielt bedenklich den Finger im Munde. Plötzlich rannte es mit ausgebreiteten Armen

auf die Jungfrau zu und umschlang ihre Knie. Da lachte Friderun ihm entgegen und hob es in ihren Schoß, und das Kind wand sich zu ihr hinauf und versuchte die Arme um ihren Hals zu schlingen. Im Nu war auch den anderen Kindern das Bangen geschwunden, sie schmiegten sich von allen Seiten an die Sitzende, umfassten ihre Knie und tauchten unter ihrem Mantel empor, so dass das Antlitz der Jungfrau mit seinem wallenden Haar ganz umgeben war von den helllockigen Kinderköpfen. Sie winkte ihren Begleiterinnen und teilte reichlich aus, während die kranke Frau den Segen des Himmels auf sie herab betete. Kobold Ruprecht, welcher still an der Tür stand, vergaß ebenfalls seine Bosheit und teilte dem Herrn Ivo mit: »Hier ist die Not am größten, aber die Jungfrau kehrt jeden Tag zweimal ein, bringt Speise und Trank und erhält die Zucht. Wundert Euch nicht, dass sie die Kinder so herzlich küsst, denn sie selber hat sie heut wie alle Tage gewaschen.« Als Ivo näher trat und eine Spende auf das Bett der Kranken legte, wandte Friderun sich ihm zu und ihr Auge ruhte wie verklärt auf ihm. Mit schnellen Schritten verließ er den Raum.
Am Abend saß er in seiner Halle an dem großen Kamin, in welchem die Holzklötze brannten; der Wintersturm fuhr um das Haus und stieß zuweilen in den Schlot, dass der Rauch in das Zimmer schlug. In tiefen Gedanken starrte Ivo auf die züngelnde Flamme und auf die glühenden Kohlen. In dem Feuer sah er den hellen Mantel der Jungfrau Maria wallen und viele blondhaarige Kinderköpfe um sie herum, welche sehnsüchtig zu ihr aufblicken.

Gustav Freytag

CHRISTNACHT IM EIS

Es war am Heiligen Abend in dem Tale von Gschaid. Da sagte die Schustersfrau zu ihren Kindern: »Weil ein so angenehmer Tag ist, weil es so lange nicht geregnet hat und die Wege fest sind, und weil es auch der Vater gestern unter der Bedingung erlaubt hat, wenn der heutige Tag dazu geeignet ist, so dürft ihr zur Großmutter nach Millsdorf gehen.«

Die Schustersfrau zog ihre Kinder vorsorglich an. Als sie dieses Geschäft vollendet hatte, sagte sie: »Konrad, gib mir wohl acht: weil ich dir das Mädchen mitgehen lasse, so müsst ihr beizeiten fortgehen und an keinem Platz stehen bleiben und wenn ihr bei der Großmutter gegessen habt, so müsst ihr gleich wieder umkehren und nach Hause gehen; denn die Tage sind jetzt sehr kurz und die Sonne geht gar bald unter.«

Die Kinder gingen schleunigst längs des Dorfplatzes hinab und dann durch die Häusergasse und endlich zwischen den Planken der Obstgärten in das Freie hinaus. Als sie in die höheren Wälder hinaufgekommen waren, zeigten sich die langen Furchen des Fahrweges nicht mehr weich, wie es unten im Tale der Fall gewesen war, sondern sie waren fest, und zwar nicht aus Trockenheit, sondern, wie die Kinder sich bald überzeugten, weil sie gefroren waren.

Nach einer Stunde wichen die dunklen Wälder zu beiden Seiten zurück, dünnstehende Bäume, teils einzelne Eichen, teils Birken und Gebüschgruppen empfingen sie, geleiteten sie weiter, und nach kurzem liefen sie auf den Wiesen in das Millsdorfer Tal hinab.

Die Großmutter hatte sie kommen sehen, war ihnen entgegengegangen, nahm Sanna bei den erfrorenen Händchen und führte sie in die Stube. Sie nahm ihnen die wärmenden Kleider ab, ließ in dem Ofen nachlegen und fragte sie, wie es ihnen im Herübergehen gegangen sei.
Danach kümmerte sie sich um das Essen, sorgte, dass es früher bereitet wurde als gewöhnlich und richtete selber den Kindern kleine Leckerbissen zusammen, von denen sie wusste, dass sie eine Freude damit erregen würde. Die Kinder bekamen an dem Tische aufgedeckt wie große Personen und aßen nun mit Großvater und Großmutter. Nach dem Essen streichelte sie Sannas unterdessen sehr rot gewordene Wangen.
Hierauf streckte sie das Kalbfellränzchen des Knaben voll und steckte ihm noch allerlei in die Taschen. Auch in die Täschchen von Sanna tat sie allerlei Dinge. Sie gab jedem ein Stück Brot, es auf dem Wege zu verzehren, und in dem Ränzchen, sagte sie, seien noch zwei Weißbrote, wenn etwa der Hunger zu groß würde. »Grüßet Vater und Mutter und sagt, sie sollen recht glückliche Feiertage haben.« Die Großmutter küsste beide Kinder auf die Wangen und schob sie durch die Tür hinaus.
Als sie auf die Anhöhen gingen, wo zerstreute Bäume und Gebüschgruppen standen, fielen äußerst langsam einzelne Schneeflocken. Die Kinder gingen freudiger fort, und Sanna war recht froh, wenn sie mit dem dunklen Ärmel ihres Röckchens eine der fallenden Flocken auffangen konnte, und wenn diese recht lange auf dem Ärmel nicht zerfloss. Die Schneeflocken fielen allmählich reichlicher, so dass der ganze Boden schon weiß war, dass der Wald sich grau zu bestäuben anfing und dass auf dem Hute und den Kleidern des Knaben sowie auf denen des Mädchens der Schnee lag.

»Schneit es denn jetzt bei dem Vater zu Hause auch?«, fragte Sanna.
»Freilich«, antwortete der Knabe, »es wird auch kälter, und du wirst sehen, dass morgen der ganze Teich zugefroren ist.«
Die Freude der Kinder war sehr groß. Sie traten auf den weichen Flaum, suchten mit dem Fuße absichtlich solche Stellen, wo er dichter zu liegen schien, um dorthin zu treten.
Die Flocken fielen stets dichter, und nach kurzer Zeit brauchten sie nicht mehr den Schnee aufzusuchen, um in ihm zu waten; denn er lag schon so dicht, dass sie ihn überall weich unter den Sohlen empfanden und dass er sich bereits um ihre Schuhe zu legen begann.
Die Kinder gingen jetzt mitten auf dem Wege, sie furchten den Schnee mit ihren Füßlein und gingen langsamer, weil das Gehen beschwerlich wurde. Der Knabe zog seine Jacke empor an dem Halse zusammen, damit ihm nicht der Schnee in den Nacken falle, und er setzte den Hut tiefer in das Haupt, dass er geschützter sei. Er zog auch seinem Schwesterlein das Tuch, das ihm die Mutter um die Schulter gegeben hatte, besser zusammen und zog es ihm mehr vorwärts in die Stirne, dass es ein Dach bilde.
Der Schneefall wurde nach und nach so dicht, dass auch nicht mehr die nächsten Bäume zu erkennen waren, sondern dass sie wie neblige Säcke in der Luft standen.
»Wir gehen immer auf dem Wege fort«, sagte der Knabe, »der Weg geht zwischen den Bäumen, dann wird er abwärts gehen, und wenn er aus den Bäumen hinausgeht, dann sind wir schon auf den Wiesen von Gschaid, und dann haben wir nicht mehr weit nach Hause.«
»Ja, Konrad«, sagte das Mädchen.
Sie gingen auf ihrem aufwärts führenden Wege fort. Die

hinter ihnen liegenden Fußstapfen waren jetzt nicht mehr lange sichtbar; denn die ungemeine Fülle des herabfallenden Schnees deckte sie bald zu, dass sie verschwanden. Nach langer Zeit war noch immer die Höhe nicht erreicht, von wo der Weg gegen die Gschaider Seite sich hinunterwenden musste. Schließlich kamen die Kinder in eine Gegend, in welcher keine Bäume standen.

»Ich sehe keine Bäume mehr«, sagte Sanna.

»Vielleicht ist nur der Weg so breit, dass wir sie wegen des Schneiens nicht sehen können«, antwortete der Knabe.

»Ja, Konrad«, sagte das Mädchen.

Nach einer Weile blieb der Knabe stehen und sagte: »Ich sehe selber keine Bäume mehr, wir müssen aus dem Walde gekommen sein, auch geht der Weg immer bergan. Wir wollen ein wenig stehen bleiben und herumgehen, vielleicht sehen wir etwas.«

Aber sie sahen nichts.

»Weißt du, Sanna«, sagte der Knabe, »wir sind auf dem dürren Grase, wo wir oft im Sommer saßen. Wir werden da gleich rechts hinabgehen.«

»Ja, Konrad!«

Er nahm das Mädchen bei der Hand, und so gingen sie jetzt fort. Das Mädchen schaute mit den willigen Äuglein in das ringsum herrschende Grau und folgte ihm gerne. Aber wie sie gingen, so konnten sie nicht mehr erkennen, ob sie über den Berg hinabkamen oder nicht. Sie waren gleich rechts nach abwärts gebogen, allein sie kamen wieder in Richtungen, die bergan führten.

»Warte, Sanna«, sagte der Knabe, »wir wollen ein wenig stehen bleiben und horchen, ob wir nicht etwas hören können, was sich im Tale meldet, sei es nun ein Hund oder eine Glocke oder die Mühle oder sei es ein Ruf, der sich hören lässt; dann werden wir wissen, wohin wir zu gehen haben.«

Sie blieben nun stehen, aber sie hörten nichts. Nachdem sie lange gewartet hatten, gingen sie wieder fort.
»Es tut auch nichts, Sanna«, sagte der Knabe, »sei nur nicht verzagt, folge mir, ich werde dich doch noch hinüberführen. – Wenn nur das Schneien aufhörte!«
Sie war nicht verzagt, sondern hob die Füßchen, so gut es gehen wollte, und folgte ihm.
Sie merkten bald, dass ihr Fuß, wo er tiefer durch den jungen Schnee einsank, nicht erdigen Boden unter sich empfand, sondern etwas anderes, das wie älterer, gefrorener Schnee war; aber sie gingen immer fort und sie liefen mit Hast und Ausdauer. Wenn sie stehen blieben, war alles still, unermesslich still; wenn sie gingen, hörten sie das Rascheln ihrer Füße, sonst nichts; denn die Hüllen des Himmels sanken ohne Laut hernieder. Sie selber waren so bedeckt, dass sie sich von dem allgemeinen Weiß nicht hervorhoben und sich, wenn sie um ein paar Schritte getrennt worden wären, nicht mehr gesehen hätten.
Schließlich gelangten sie wieder zu Gegenständen. Es waren riesenhaft große, sehr durcheinander liegende Trümmer, die mit Schnee bedeckt waren, der überall in die Klüfte hineinrieselte, und an die sie sich fast anstießen, ehe sie sie sahen. Sie gingen ganz hinzu, die Dinge anzublicken.
Es war Eis – lauter Eis.
Es lagen Platten da, die mit Schnee bedeckt waren, an deren Seitenwänden aber das glatte, grünliche Eis sichtbar war. In einigen waren Höhlen eingefressen, durch die man mit einem Arme durchfahren konnte, mit einem Kopfe, mit einem Körper, mit einem ganzen großen Wagen voll Heu. Alle diese Stücke waren zusammen- oder emporgedrängt und starrten, so dass sie oft Dächer bildeten oder Überhänge, über deren Ränder sich der Schnee herüberlegte und herabgriff wie lange, weiße Tatzen.
»Wir sind jetzt bis zum Eis gekommen«, sagte der Knabe,

»wir sind auf dem Berge, Sanna, weißt du, den man von unserem Garten aus im Sonnenscheine so weiß sieht.«
»Erinnerst du dich noch, wie wir oft nachmittags im Garten saßen, wie es recht schön war und die Sonne vom Himmel schien? Da sahen wir auch den Berg.«
»Ja, Konrad, ich erinnere mich.«
»Wir werden jetzt da noch hinübergehen und dann von dem Eise abwärts laufen«, sagte Konrad.
»Ja«, sagte Sanna und klammerte sich an ihn.
Sie schlugen vom Eis eine Richtung durch den Schnee abwärts ein, die sie in das Tal führen sollte. Aber sie kamen nicht weit hinab. Ein neuer Strom von Eis, gleichsam ein riesenhaft aufgetürmter und aufgewölbter Wall lag quer durch den weichen Schnee und griff mit Armen rechts und links herum. Mit dem Starkmute der Unwissenheit kletterten sie in das Eis hinein, um dessen vorgeschobenen Strom zu überschreiten und dann jenseits weiter hinabzukommen. Sie schoben sich in die Zwischenräume hinein, sie nahmen die Hände zu Hilfe, krochen, wo sie nicht gehen konnten, und arbeiteten sich mit ihren leichten Körpern hinauf, bis sie die Seite des Walles überwunden hatten und oben waren. Jenseits wollten sie wieder hinabklettern.
Aber es gab kein Jenseits.
Soweit die Augen der Kinder reichen konnten, war lauter Eis. Es standen Spitzen und Unebenheiten und Schollen empor wie lauter furchtbares, überschneites Eis. Statt ein Wall zu sein, über den man hinübergehen könnte und der dann wieder von Schnee abgelöst wurde, wie sie sich unten dachten, stiegen aus der Wölbung neue Wände von Eis empor, geborsten und geklüftet, mit unzähligen, blauen, geschlängelten Linien versehen, und hinter ihnen waren wieder solche Wände und hinter diesen wieder solche, bis der Schneefall das Weitere mit seinem Grau verdeckte.

Nicht weit von dem Standorte der Kinder standen mehrere mit den Köpfen aneinandergelehnt, und über sie lagen breite gelagerte Blöcke wie ein Dach. Es war ein Häuschen, das gebildet war, das gegen vorne offen, rückwärts und an den Seiten aber geschützt war. Im Innern war es trocken, da der steilrechte Schneefall keine einzige Flocke hineingetragen hatte. Die Kinder waren recht froh, dass sie nicht mehr im Eis waren und auf ihrer Erde standen. Aber es war auch endlich finster geworden.
»Sanna«, sagte der Knabe, »wir können nicht mehr hinabgehen, weil es Nacht geworden ist und weil wir fallen oder gar in eine Grube geraten könnten. Wir werden da unter die Steine hineingehen, wo es so trocken und so warm ist, und da werden wir warten. Die Sonne geht bald wieder auf, dann laufen wir hinunter. Weine nicht, ich bitte dich recht schön, weine nicht, ich gebe dir alle Dinge zu essen, welche uns die Großmutter mitgegeben hat.«
Sanna war nicht gar so untröstlich, dass sie heute nicht mehr über den Berg hinabgingen und nach Hause liefen, wie er etwa glauben mochte; denn die unermessliche Anstrengung, von der die Kinder nicht einmal gewusst hatten, wie groß sie gewesen sei, ließ ihnen das Sitzen süß erscheinen.
Jetzt machte sich aber auch der Hunger geltend. Beide nahmen fast zu gleicher Zeit ihre Brote aus den Taschen und aßen sie. Sie aßen auch die Dinge – kleine Stückchen Kuchen, Mandeln und Nüsse und andere Kleinigkeiten –, die die Großmutter ihnen in die Tasche gesteckt hatte.
»Sanna, jetzt müssen wir aber auch den Schnee von unseren Kleidern tun«, sagte der Knabe, »dass wir nicht nass werden.«
»Ja, Konrad«, erwiderte Sanna.
Die Kinder gingen aus ihrem Häuschen, und zuerst reinigte Konrad das Schwesterlein vom Schnee. Dann entledigte er

auch sich, so gut es ging, des auf ihm liegenden Schnees. Der Schneefall hatte zu dieser Stunde ganz aufgehört. Die Kinder spürten keine Flocke. Sie gingen wieder in die Steinhütte und setzten sich nieder.

In allen Tälern bekamen die Kinder in dieser Stunde die Geschenke des Heiligen Christ: nur die zwei saßen oben am Rande des Eises, und die vorzüglichsten Geschenke, die sie heute hätten bekommen sollen, lagen in versiegelten Päckchen in der Kalbfelltasche im Hintergrund der Höhle.

Die Schneewolken waren ringsum hinter die Berge hinabgesunken, und ein ganz dunkelblaues, fast schwarzes Gewölbe spannte sich um die Kinder voll von dichten, brennenden Sternen, und mitten durch diese Sterne war ein schimmerndes, breites, milchiges Band gewoben, das sie wohl auch unten im Tale, aber nie so deutlich gesehen hatten. Der Mond war nirgends am Himmel zu erblicken, vielleicht war er schon früher mit der Sonne untergegangen oder er war noch nicht erschienen.

Als eine lange Zeit vergangen war, sagte der Knabe: »Sanna, du musst nicht schlafen; denn du weißt, wie der Vater gesagt hat, wenn man im Gebirge schläft, muss man erfrieren, so wie der alte Eschenjäger auch geschlafen hat und vier Monate tot auf dem Steine gesessen ist, ohne dass jemand gewusst hatte, wo er sei.«

»Nein, ich werde nicht schlafen«, sagte das Mädchen matt.

Es war nun Mitternacht gekommen. In diesem Augenblick wurde mit allen Glocken geläutet, es läuteten die Glocken in Millsdorf, es läuteten die Glocken in Gschaid, und hinter dem Berge war noch ein Kirchlein mit drei hellen klingenden Glocken, die läuteten. Nur zu den Kindern herauf kam kein Laut, hier wurde nichts vernommen; denn hier war nichts zu verkündigen.

In der ungeheuren Stille, die herrschte, in der Stille, in der sich kein Schneespitzchen zu rühren schien, hörten die Kinder dreimal das Krachen des Eises. Was das Starrste scheint und doch das Regsamste und Lebendigste ist, der Gletscher, hatte die Töne hervorgebracht. Dreimal hörten sie hinter sich den Schall, der entsetzlich war, als ob die Erde entzweigesprungen wäre, der sich nach allen Richtungen im Eise verbreitete.

Die Kinder blieben mit offenen Augen sitzen und schauten in die Sterne hinaus.

Endlich, nachdem die Sterne lange allein geschienen hatten und nie ein Stückchen Mond an dem Himmel zu erblicken gewesen war, geschah etwas anderes. Es fing der Himmel an, heller zu werden, langsam heller, aber doch zu erkennen; es wurde seine Farbe sichtbar, die bleichsten Sterne erloschen und die andern standen nicht mehr so dicht.

»Sanna, der Tag bricht an«, sagte der Knabe.

»Ja, Konrad«, sagte das Mädchen.

»Wenn es nur noch ein bisschen heller wird, dann gehen wir aus der Höhle und laufen über den Berg hinunter.«

Es wurde heller, am ganzen Himmel war kein Stern mehr sichtbar, und alles stand in der Morgendämmerung da.

»Jetzt gehen wir«, sagte der Knabe.

»Ja, wir gehen«, antwortete Sanna.

Die Kinder standen auf und versuchten ihre müden Glieder. Obwohl sie nicht geschlafen hatten, waren sie doch durch den Morgen gestärkt.

In diesem Augenblick ging die Sonne auf.

Eine riesengroße, blutrote Scheibe erhob sich an dem Schneesaume des Himmels, und in dem Augenblick errötete der Schnee um die Kinder, als wäre er mit Millionen Rosen überstreut worden.

»Sanna, wir werden jetzt da weiter vorwärts gehen, bis wir

an den Rand des Berges kommen und hinuntersehen«, sagte der Knabe.
Sie blieben öfter stehen, um zu horchen; aber sie vernahmen nichts, nicht den geringsten Laut. Zu sehen war auch nichts als der Schnee, der helle, weiße Schnee.
Endlich war es dem Knaben, als sähe er auf einem fernen, schiefen Schneefeld ein hüpfendes Feuer. Es tauchte auf, es tauchte nieder. Jetzt sahen sie es, jetzt sahen sie es nicht. Sie blieben stehen und blickten unverwandt auf jene Gegend hin. Das Feuer hüpfte immerfort, und es schien, als ob es näher käme; denn sie sahen es größer und sahen das Hüpfen deutlicher. Nach einer Weile vernahmen sie in der stillen, blauen Luft schwach, sehr schwach etwas wie einen langen anhaltenden Ton aus einem Hirtenhorne. Wie aus Instinkt schrien beide Kinder laut. Nach einer Zeit hörten sie den Ton wieder. Sie schrien wieder und blieben auf der nämlichen Stelle stehen. Das Feuer näherte sich auch. Der Ton wurde zum dritten Male vernommen und dieses Mal deutlicher. Die Kinder antworteten wieder durch lautes Schreien. Nach einer geraumen Zeit erkannten sie auch das Feuer wieder. Es war kein Feuer, es war eine rote Fahne, die geschwungen wurde. Zugleich ertönte das Hirtenhorn näher und die Kinder antworteten.
»Sanna«, rief der Knabe, »da kommen Leute aus Gschaid, ich kenne die Fahne, es ist die rote Fahne, welche der fremde Herr damals dem Herrn Pfarrer geschenkt hat. Du warst noch ein kleines Kind.«
»Ja, Konrad.«
Endlich sahen sie über den Schneeabhang gegen sich her mehrere Männer mit ihren Stöcken herabfahren, die die Fahne in ihrer Mitte hatten. Da sie näher kamen, erkannten sie diese. Es war der Hirt Philipp mit dem Horne, seine beiden Söhne, dann der junge Eschenjäger und mehrere Bewohner von Gschaid.

»Gebenedeit sei Gott«, schrie Philipp, »da seid ihr ja. Der ganze Berg ist voll Leute. Laufe doch einer gleich in die Sideralpe hinab und läute die Glocke, dass die dort hören, dass wir sie gefunden haben!«

Adalbert Stifter

DURCH NEBEL ZUR KLARHEIT

»Die Nachtigall mit süßem Schall
Singt alles gleich vom Blatt«, –
so tönte eine helle Knabenstimme aus der Scheunentür, und wahrlich, sie klang wie ein Glöcklein in dem hohen Raum.

»Mach' doch, dass der Franz nicht immer singt, ich hör's nicht gern«, brummte drin in der Stube der alte Vater, der bleich und matt auf dem Ofentritt saß und bedenklich an seinen dick umwickelten Beinen, in denen der Rheumatismus ihn plagte, nieder blickte. Vergebens hatte er sich an den warmen Ort geflüchtet, in der Hoffnung, hier die Schmerzen zu lindern; sie blieben so heftig wie zuvor. Es war draußen auch schon so feuchtkalt, und der graue Nebel hing schwer vor den Fenstern. Der Vater war sonst gleichmäßiger in der Stimmung gewesen, aber seit der Rheumatismus ihn zwang, in der Stube zu sitzen, während draußen noch die Herbstarbeit zu tun war – seitdem sah es in seinem Innern aus wie ein hässlicher, grauer Nebeltag. Dass er gerade jetzt krank werden sollte, und dass die Buben nun ganz allein schalten mussten, das wurmte im Herzen des alten Mannes, der sein Leben lang gesund und tätig gewesen war. Zwar kannte er den lieben Gott und hatte in seinem Hause fleißig in Gottes Wort gelesen, er galt auch weit im Lande für einen frommen Mann; aber der Nebel war gekommen und hatte ihm das Licht verdunkelt, dass er nicht mehr durchsah. Er verstand den lieben Gott durchaus nicht und dachte, er wolle jetzt nur ein wenig das Gesicht von ihm wegnehmen, vielleicht tue es ihm dann leid, dass er ihn so plage, und dann nehme er das Übel weg, und alles sei wieder gut. Es ist nicht immer leicht, in den bösen Tagen dem lieben Gott frei und offen ins Auge zu schauen.

Die Mutter hatte viel zu tragen; es tat ihr weh, dass niemand seine Sache recht machen konnte, und dass vor allem der Franz manch scharfes Wort zu hören bekam. Darum ging sie heute still hinaus und sagte: »Franz, sing' nicht so laut, der Vater mag's nicht gern!«

»Ja, du hast ja erst vorhin gesagt: ›Rechne nicht immer, das ist nicht gut‹; was soll ich denn tun?« Die Mutter lachte. »Ist's nicht genug am Rüben schnätzeln, muss der Mund durchaus etwas mittun? Nun, dann versuch's, still zu singen, weißt du – einwärts, nicht auswärts!«

Der Franz hackte mit seinem Messer auf und ab, so dass die gelben Scheiben der großen Rüben nur so umherflogen. Und jetzt kam es ihm wieder in den Sinn: »Ein Gesangbuch kostet eine Mark; wenn ich mein Kaninchen verkaufen könnte um eine Mark zwanzig Pfennige, so blieben mir noch zwanzig Pfennige übrig. Wenn ich nur wüsste, wo ich es verkaufen könnte!« Franz hackte fürchterlich drauf los, und der Ausdruck seines Gesichts wurde ein wenig verzweifelter, je mehr er daran dachte, wie notwendig er ein Gesangbuch haben sollte für die Schule, die im Winter wieder regelmäßig gehalten wurde. Aber der Vater wollte ihm das Geld dazu nicht geben. Das Gesangbuch fraß ihm am Herzen wie ein nagender Wurm. Plötzlich erhellte sich sein Gesicht, fröhliche Hoffnung strahlte aus seinen blauen, gutherzigen Augen, und mit erneuter Behändigkeit hackte er seine Rüben entzwei.

Die Zeit des Nachtessens kam. Der Vater saß so stramm

als möglich mit bei Tisch und löffelte mit aus der großen Schüssel dampfenden Milchbreies. Heiner und Jörg klapperten tapfer mit. Da tönte plötzlich Franzens Stimme über die Löffelmusik: »Mutter, nicht wahr, es ist bald Martini?« »Ja, in acht Tagen«, lautete die kurze Antwort. »Dann ist mein Geburtstag; könntest du mir nicht dann ein Gesangbuch schenken? Ich möchte auch Geburtstag feiern wie andere. Mutter, warum feiert man meinen Geburtstag nicht?« Die Stimme des Knaben ward immer dringlicher und bittender, je mehr er die Blicke der Brüder groß und verwundert auf sich ruhen fühlte. Er schwieg, und es entstand eine Stille. Als die Mutter endlich den Mund öffnen wollte, ertönte schon Vaters Stimme scharf und strenge: »Was, deinen Geburtstag sollte man feiern? Nein, den feiern wir nicht, dazu haben wir keine Ursache!« Franz schaute ganz erschrocken auf. Hatte er etwas Böses gesagt? Warum machen die Buben so sonderbare Gesichter? Und warum tönte des Vaters Stimme so ernst? Sein kleines Herz krampfte sich ängstlich zusammen. Er hatte keine Ahnung, dass er mit seiner Frage einen wunden Punkt des Hauses, über den seit Jahren die Decke des Schweigens lag, berührt hatte. Vater und Mutter waren eigentlich nicht Vater und Mutter für ihn; man hatte ihn nur in dem Glauben erzogen. Der eigene Vater war weit fortgegangen nach Amerika, die Mutter diente in einer großen Stadt. Sie durfte zu den Eltern nicht mehr kommen. Ihren Jungen wollten sie aufziehen wie einen eigenen; das arme Würmlein dauerte sie als es eines Tages schmal und bleich vor ihrer Tür lag; aber erst wenn er erwachsen sein würde, sollte er erfahren, wo seine Mutter sei. Und nun sollte der Vater seinen Geburtstag feiern, den Tag, der ihm Tränen und Weh gekostet, der ihm die Tochter für immer vom Herzen gerissen! Als die Mutter den Tisch abdeckte und Franz trübselig an ihr vorbeischlich, strich sie ihm liebkosend über den blonden Krauskopf und sagte: »Nimm dir's nicht so zu Herzen, was der Vater sagte. Er meint's nicht böse. Die Schmerzen machen ihn mürrisch!«

Martini war ungefeiert vorübergegangen. Das Kaninchen hatte sich nicht verkaufen lassen, deshalb war auch kein Gesangbuch gekauft worden, und die Sehnsucht danach war in dem kleinen Herzen immer noch brennend geblieben. Aber Franz schwieg und sang nur aus dem Herzen, so oft er allein war. Seiner Stimme zuzuhören, war für jedes Ohr eine Freude, und die Mutter dachte oft im stillen: »So singen sie gewiss im Himmel.«

Der Vater war immer noch krank, ja, er wurde täglich kränker. Nur noch stundenweise stand er aus dem Bett auf und saß auf der warmen Ofenbank. Wenn er mit der Mutter allein war, ward er leicht wehmütig und sprach dann vom Sterben. Der Nebel hing immer noch vor dem Fenster und vor dem Herzen, das alte Vertrauen zu Gott war noch nicht recht wiedergekommen.

Es war vier Tage vor Weihnachten, da stellte sich Franz neben die Mutter an den Herd auf dem die Holzscheide knackten und sagte: »Du, Mutter, alle Leute feiern Christkindleins Geburtstag, das können wir wohl auch, nicht? Das ist doch wert zu feiern?« Ganz herausfordernd schauten die blauen Augen die Mutter an.

Diese hatte das Gespräch von damals längst vergessen, wusste also nicht, worauf der Junge anspielte, und sagte deshalb harmlos: »Gewiss ist das Christkind es wert, dass man es feiert. Wir alle sind ja so froh, dass es kam. Aber, ob wir's nun feiern, weiß ich nicht recht. Weißt, der Vater ist gar krank!« »Ja – aber«, erwiderte Franz, der diesmal die Schlacht nicht gleich verlieren wollte, »alle Menschen feiern das Christkindlein. Der Lehrer sagt, es sei gekommen für die Reichen und für die Armen; da ist es gewiss auch für die Kranken gekommen! Meinst du nicht? Ach, Mutter, lass mich aus dem Walde ein Bäumlein holen! Du sollst gewiss keine Mühe damit haben; nur ein paar Kerzenstümpfchen musst du mir schenken. Bitte, erlaub' mir's!«

Die Mutter schaute tief in das bittende Gesicht des Jungen und sagte: »Ja.« Sie wusste, wie schwer man ein Kinderherz betrübt, wenn man immer »nein« sagt, und Franz musste das Wort oft genug hören. Auch sehnte sich ihr eigen Herz so sehr nach einem Strahl der warmen, treuen Gottesliebe, dass es sich kindlich an die Hoffnung festklammerte, er komme wirklich und gewiss in der Feier der seligen, stillen Christnacht. Sie schaute ganz dankbar und hoffnungsvoll dem fröhlichen Jungen nach, der eifrig mit einer rostigen Axt davonrannte, um den Gedanken so schnell als möglich in die Tat umzusetzen.

Es ist kalte, sternklare Christnacht vom Kirchturm zu Bleikendorf tönen die Glocken herüber, hell, froh, feierlich. Der alte Vater sitzt auf seinem gewohnten Platz ganz allein in der leeren Wohnstube, die von der kleinen Öllampe mühselig erleuchtet wird. Er hört die Glockenklänge durch die Luft schweben, eigen schlagen sie an sein altes Herz und pochen: Mach' auf dem Klang, tu' auf dem Ton, wir feiern Christnacht! Ach, wenn er doch recht feiern könnte! So viele Jahre hat er's froh getan und hat stets dem Herrn Jesus danken können, dass er sein schönes Himmelreich verlassen habe, um den alten sündigen Jörg selig zu machen. Aber heute kann er's nicht. Er hat all die vielen Wochen den Nebel stehen lassen zwischen ihm und dem Herrgott und hat in seinem Herzen gemurrt: »Wenn du mir so böse Schmerzen schickst, dass es in den Gliedern zwickt und zwackt und mir nicht Ruhe lässt im Bett und nicht ruhe auf dem Stuhl, so will ich jetzt grad' auch nicht mehr viel an dich denken.« So hat er sich durchgeschlagen durch die bösen Schmerzenstage und Nächte, und weil er mit dem lieben Gott in Feindschaft gelegen, hat ihm niemand geholfen sein Leid zu tragen, und darob ist sein Herz schier erlegen. Jetzt aber sehnt es sich nach dem Gottestrost und dem Vaterherzen; er hätte gern die Arme ausgestreckt, aber es braucht immer lange Zeit, bis ein trotziges Menschenherz sich beugt. Die Glocken tönen immer weiter: »Tu' auf die Tür!« »Warum sie mich wohl so lange allein lassen?«, dachte der Vater und blickte sehnsüchtig nach der Tür. Siehe, da öffnete sie sich langsam und sachte, und herein schiebt sich ein Lichterbäumchen, breitästig und strahlend, und schickt seinen fröhlichen, jauchzenden Glanz in die einsame Stube und auf den stillen Mann am Ofen. Ängstlich schielt Franz hinter den Ästen hervor, ob der Vater keinen Protest erhebe gegen das herzige Bäumlein; als aber alles still bleibt, stellt er es auf den Tisch, und auf einen Wink der Mutter, die ihm ebenso ängstlich gefolgt war, hebt er zu singen an, erst leise, dann immer lauter und jubelnder:

Lobt Gott, ihr Christen, allzu gleich
in seinem höchsten Thron,
der heut schließt auf sein Himmelreich
und schenkt uns seinen Sohn.
Er kommt aus seines Vaters Schoß
und wird ein Kindlein klein,
er liegt dort elend, nackt und bloß
in einem Krippelein.
Er wird ein Knecht und ich ein Herr,
das mag ein Wechsel sein!
Wie könnte doch wohl freundlicher
dein Herz, o Jesu, sein!

Dem alten Vater schimmerte es vor dem Blick. Der Nebel zerriss, und plötzlich strömte es wie eitel Klarheit in sein Herz. »Also geliebt!«, zuckte es durch seine Seele. Er

ließ sein Taschentuch fallen, und als Franz hinlief und es aufhob, strich der Vater über seinen Krauskopf und sagte: »Das hast du gut gemacht!«
Als sich Franz umdrehte, sah er plötzlich die großen Brüder hinter dem Tisch sitzen; sie starrten mit großen, glänzenden Augen in die Lichter, und unter dem Bäumlein – da lag etwas, – Franz kannte es gleich – da lag ein schönes, neues Gesangbuch. »Mutter, jetzt kommt's, jetzt an Christkinds Geburtstag!« Wie der Blitz hatte er das Buch erfasst und drückte es laut jubelnd an sein Herz. »Dank, Mutter, Dank!« rief er und wollte sie umarmen. Sie aber wehrte und sagte: »Ich weiß nichts davon. Ich glaube, das Christkind hat's selbst gebracht. Oder weiß der Jörg etwas davon?« Dieser aber knurrte etwas Unverständliches.
Freilich wusste der Jörg davon. Franz hatte wohl sein Bäumlein in der dunkelsten Ecke des Heubodens versteckt; aber so gut gelang's doch nicht, dass nicht der findige Bruder es entdeckt und Zweck und Ziel gewittert hätte. Es ist aber auch kein Bruderherz so hart, wie's manchmal scheint. Gestern hatte er beim Buchbinder in Bleikendorf ein neues, schönes Gesangbuch gekauft, um die alte Sehnsucht zu stillen.
Franzens Freude war auch eine reiche Belohnung für die Liebestat, und gleich wurde es aufgeschlagen und weiter gesungen – Lied um Lied dem Christkind zu Ehren, dass sie heute zu fröhlichen Kindern eines hellen, seligen Gottesreichs gemacht hatte.
Dem Christabend folgt die Silvesternacht. Wieder ist's Abend, und der Vater sitzt auf der Ofenbank; aber sein Auge blickt so freundlich, und sein Mund spricht so milde Worte wie seit Wochen nie. Der Riss im Nebel ist geblieben, und der Strahl von der Gottesklarheit hat ihm geholfen, die Schmerzen zu tragen und geduldig zu bleiben. Er hat noch mehr gewirkt als das.

Eine Frauengestalt sitzt neben ihm; man könnte sie für die Mutter halten, so ähnlich ist sie; aber sie ist zwanzig Jahre jünger. Heute ist sie gekommen und hat lange mit dem Vater gesprochen und viel dazu geweint. Jetzt lächelt sie freundlich. Sie haben Franz gesagt, das sei seine Mutter. Er begreift nicht, wie das so plötzlich sein soll, und beguckt sie von der Seite. Eins aber gefällt ihm an ihr. Sie hat dem Vater eine wollene Decke ums Knie gelegt, und nun sieht er so behaglich und umsorgt aus und sagt, es tut ihm wohl.
Als es in der Stube ganz still ist, sagt der Vater: »Franz, sing' eines von den Liedern der letzten Tage. Ich muss dich nun noch oft hören, damit es mir nicht fremd ist, wenn ich bald die Engel droben singen hör'. Bald ist's soweit!«
Der Mutter wollten die Tränen kommen. Franz aber hebt zu singen an, dass es tönt wie ein feines, reines Glöcklein, das das Schwinden des Jahres begleitet:

»Zuletzt müsst ihr doch haben recht,
ihr seid nun worden Gott's Geschlecht;
des danket Gott in Ewigkeit,
geduldig, fröhlich, allezeit!«

Dann war's stille im kleinen Kreise, stille über den gefalteten Händen des Alten; aber es war die Stille eines friedlichen Herzens, das versöhnt ruhte in dem Willen Gottes.

Dora Schlatter

WIE DER ALTE CHRISTIAN WEIHNACHEN FEIERTE

»Kind,« sagte am Vortage des Weihnachtsfestes meine gute Mutter zu mir, »Kind, geh, bring' dem alten Christian seine Kuchenstolle und dieses Paket. Sag', ich ließ' ihn schön grüßen, und er möchte das Fest und das neue Jahr gesund und ruhig verleben. Diesmal wär' zuviel Arbeit, ich könnt' nicht selber abkommen.«
Ich blickte etwas erstaunt und beunruhigt von meinem Buche auf. Ich kannte den mürrischen alten Waldhüter recht gut; wie oft hatte ich mich als kleines Mädchen vor seinem großen rostigen Schnurrbart gefürchtet, wenn er uns beim Beerensuchen auf verbotenen Plätzen überraschte und uns mit seinem Brummbass aufschreckte und davonjagte.
Jetzt freilich hatten wir ihn nicht mehr zu fürchten, denn er war schon seit zwei Jahren pensioniert. Nach dem Tode des alten Försters, dem er sehr ergeben war, hatte auch er um seine Entlassung gebeten. Das Reißen in den Füßen sei zu arg, meinte er, er könne nicht mehr stundenlang im Walde umherlaufen; und mein Vater, der Arzt im Städtchen war, hatte ihm das gewünschte Attest ausgesellt.
Seitdem hatten wir einen neuen Förster und einen neuen Waldhüter, und beide nahmen es nicht so genau mit uns Kindern. Der alte Christian Merkenthin aber zog zur Witwe Klemm draußen in der Vorstadt, die dem Walde am nächsten lag, und ließ sich selten blicken. Zu ihm sollte ich nun gehen.
Meine Mutter, der meine Unruhe nicht entgangen war, lächelte: »Geh' nur, Kind, er ist in seiner Stube anders, als du ihn sonst kennst, und du bist schon groß und verstän-

dig genug, um deine Freude an dem prächtigen alten Manne zu haben.«

Ich nahm meinen Mut zusammen, als ich die gute Mutter so reden hörte, klappte mein Buch zu, langte Hut und Mantel vom Riegel und machte mich gehbereit.

»Wenn du dem Christian ein wenig Gesellschaft leisten willst, kannst du das gerne tun«, sagte meine Mutter noch, indem sie mir sogleich die Pakete in den Arm legte, »um sechseinhalb Uhr wird beschert, da musst du wieder hier sein.«

Ich nickte still, sagte ihr Lebewohl und ging mit leiser Neugier im Herzen und etwas Bangigkeit die Hauptstraße der Stadt hinunter. Ich beschleunigte meine Schritte und war bald aus der Häuserreihe heraus.

Die Wiesen, die sich bis zum Waldrande ausbreiteten, lagen im tiefen Schnee, und auf den kahlen Ästen der Kirschbäume, die die Chaussee begrenzten, hockten und flatterten hunderte von Krähen, die wohl vergebens nach Futter suchten. An den beiden verschneiten Kornmühlen vorbei, die leise im Winde knarrten, kam ich mit rotgefrorener Nase und steifen Fingern endlich bei dem Häuschen der Witwe Klemm an, wo mich ein kleiner schwarzer Spitz mit wütendem Gebell ansprang. Die Frau des Hauses, die auf sein Kläffen herauskam, rief ihn zurück und maß mit großen Augen den unerwarteten Besuch. Auf meine Bitte führte sie mich jedoch bereitwillig die steile Holztreppe hinan auf den kleinen mit frischem Sand bestreuten Flur, wo sie an einer der Türen klopfte. Ohne lange das Herein abzuwarten, öffnete sie, steckte den Kopf in die Spalte und meldete: »Eine kleine Jungfer wünscht Euch zu sprechen, Herr Merkenthin«, worauf sie die Tür weit aufsperrte und mit einem schnellen neugierigen Blicke verschwand.

Dichter Tabaksqualm umfing mich, als ich zögernd näher trat und die Tür hinter mir zuzog; und zuerst sah ich weiter

nichts als die mir wohlbekannte, aufrechte Gestalt mit der Jagdjoppe und den hohen Wasserstiefeln, die er, wie ich sah, auch im Hause trug. Auf sein knurriges, doch nicht gerade unfreundliches: »Na, was bringst denn du?«, kam ich mutig näher und legte meine Pakete auf den Tisch.
»Das schickt Euch Mutter, Herr Merkenthin, und Ihr möchtet es nicht übelnehmen, wenn sie diesmal nicht selber käme, es wäre zuviel im Hause zu tun.« Der Alte hatte unterdessen die Stolle ausgewickelt und die Strickjacke und die Strümpfe mit kritischen Blicken gemustert. Die Besichtigung schien zu seiner Zufriedenheit ausgefallen zu sein, denn er legte alles wie zärtlich unter den kleinen Tannenbaum, der auf einer weißen Serviette auf der Kommode stand, versenkte sich in Betrachtung seiner Schätze oder hing sonst seinen Gedanken nach; jedenfalls schien er meine kleine Anwesenheit ganz vergessen zu haben.
Meine Augen hatten sich indessen an den Rauch gewöhnt, und ich ließ sie nun in dem kleinen Zimmer umherwandern. Die Wand, an der ich lehnte, wurde fast ganz von einem großen schwarzen Ledersofa ausgefüllt, das mit seinem eingesunkenen Sitz und seinen breiten Armlehnen gewiss von Urgroßmutters Zeiten herstammte. Neben mir, auf einer der Lehnen, lag eine große graue Katze zusammengerollt und schlief. Ich streichelte ihr dickes Fell, da erhob sie sich langsam, machte einen Buckel und gab mir deutlich zu verstehen, dass sie noch mehr gestreichelt sein wollte. In demselben Augenblick flatterte etwas über mir, und als ich hochsah, kam ein größerer Vogel und setzte sich auf meine Schulter.
Der alte Christian drehte sich um und brummte: »Magst du Tiere leiden, kleine Doktorn?« Ich nickte eifrig und stand ganz still, um den kleinen Gast auf der Schulter nicht zu verscheuchen. Des Alten Stimme wurde jetzt etwas sanfter: »Ich mag eigentlich keine Vögel im Zimmer; was in

den Wald gehört, soll im Walde bleiben, aber der Bengel will nicht wieder fort, trotzdem der gebrochene Flügel lange auskuriert ist. Es ist ein Star und ein kluger Vogel«, fügte er hinzu, und ich sah, wie seine Augen liebevoll nach dem Tierchen hinblickten.

»Verträgt er sich denn mit der Katze?«, fragte ich. »O, mein Peter weiß schon, wieweit er gehen darf«, knurrte der Alte, »und allein lass ich die beiden nicht, einer von ihnen spaziert in die Küche, wenn ich fortgehe; aber nun setz' dich doch auf das Sofa, du hast einen weiten Weg gehabt in der Kälte, ich will dir was Warmes zu trinken holen.«

Er verschwand durch die Tür, und ich streichelte abwechselnd den Vogel, der ruhig auf meiner Schulter blieb, und die Katze, die sich wohlig an meinem Ärmel rieb. Eine geschnitzte Wanduhr tickte laut, und über mich kam ein warmes Gefühl von Heimlichkeit und Weihnachtsfreude. Die Tannenzweige, die hinter dem kleinen Spiegel über der Kommode steckten, und das mit weißen Lichtern geschmückte Bäumchen verbreiteten einen lieben Duft, selbst der Tabaksqualm kam mir nun recht gemütlich vor. Christian kam mit einem Glase Grog aus der Küche; legte einen Pfefferkuchen auf ein vergoldetes Tellerchen, das er aus der obersten Kommodenschublade nahm, und reichte mir beides. Der alte Mann sah recht hilflos und ungeschickt dabei aus, aber mir gefiel es, und mein junges Herz fing an, den bärbeißigen Geber zu verstehen und zu lieben, wie nur Kinder lieben können, schnell und unmittelbar. Ich wollte ihm eigentlich sagen, dass uns solche Getränke verboten seien, fürchtete aber ihn zu kränken und schwieg. Tapfer trank ich die scharfe heiße Brühe, im stillen hoffend, dass meine Eltern es mir verzeihen würden. War ich doch damals schon zwölf oder dreizehn Jahre alt, und begriff, dass Recht und Unrecht nicht so leicht zu sondern sind wie Äpfel und Nüsse, und dass man sein Herz so erziehen muss, dass es ohne große Mühe das kleinere Unrecht und das größere Recht herausfühlt.

Der alte Christian sah befriedigt zu, wie ich schluckweise trank und meinen Pfefferkuchen mit der Katze und dem Star teilte. Plötzlich sagte er: »Hast du Zeit, eine Stunde mit mir in den Wald zu gehen? Du kannst mir tragen helfen.« Ich nickte und sah ihn erwartungsvoll an. »Nun ja«, fuhr er fort, als er meine fragenden Augen sah, »nun ja, die Kreatur soll doch auch wissen, dass Weihnachten ist.« Damit nahm er den Starmatz von meiner Schulter, ging in die Küche, und ich hörte an seinem Zureden, dass er den Vogel in seinen Bauer sperrte.

Mir brannten die Backen vor Freude; ich ahnte wohl, was der alte Waldhüter, der sein halbes Leben in Gemeinschaft mit den Tieren des Waldes zugebracht hatte, tun wollte, und ich war glücklich, dieser seltsamen Bescherung beiwohnen zu dürfen. War ich doch von klein auf daran gewöhnt, auch die Tiere als Gottesgeschöpfe zu betrachten, sie zu schonen und zu lieben, wie ein erwachsener Bruder seine unmündigen Geschwister schonen und lieben soll.

Als der alte Christian gleich darauf mit seiner Pelzmütze, den Wasserstiefeln und einem Sack über der Schulter wieder in die Wohnstube trat, glich er ganz und gar dem Weihnachtsmann aus den Märchen, und ich ließ mir wie im Traum den vollgepackten Henkelkorb über den Arm hängen. Er nahm noch einen Spaten und mehrere Tannenzweige mit und schritt mir voran und die Treppe hinab. »Adieu, Frau Klemm,« rief er durch die halboffene Küchentür seiner Wirtin zu, »In ein bis zwei Stunden bin ich wieder da.« – »Gut, Herr Merkenthin«, klang es zurück, und ich ging und öffnete die Haustür. Der Spitz ließ uns mit leisem Knurren passieren. »Die Menschen sind auch misstrauisch, warum sollte es das Viehzeug nicht sein«, sagte mein Begleiter, »ihm kommt noch mehr Übles zu als

unsereinem«, und damit schritten wir der ungefähr eine Viertelstunde entfernten Schonung zu.
Die Sonne neigte sich schon tief nach Westen und stand wie eine blutrote Scheibe am Himmel; ein kühler Wind strich über die Felder. Wir mussten am Ortskirchhof vorbei, und mein Blick streifte die in tiefen Schnee gebetteten Gräber. Nie war ich bisher im Winter hierhergekommen; ich kannte den Kirchhof nur voller Grün und Blumen, und eine Ahnung von der Feierlichkeit alles Gewesenen streifte meine junge Seele.
Der alte Christian war stehengeblieben. »Warte ein paar Minuten«, sagte er, »ich bin gleich wieder hier.« Damit stellte er den Sack neben mich, nahm den Spaten und die grünen Zweige und verschwand hinter der eisernen Pforte. Ich sah ihm nach. Ein Schwarm Krähen flog bei seinem Eintritt in die Höhe, und ich verfolgte mit meinen Blicken die Vögel, wie sie krächzend dem Walde zuflogen.
Ob die Tiere auch etwas vom Tode wussten? ...
Aus dem Hause des Totengräbers, der ein Stück weiter die Straße hinauf wohnte, klang plötzlich doppelstimmig: »O, du fröhliche, o, du selige, gnadenbringende Weihnachtszeit«, und mein bewegliches Kinderherz streifte mit einem Lächeln die kleine Wehmut ab und wurde wieder hell und weihnachtsfröhlich, als gäbe es keine Kirchhöfe und keine hungrigen Krähen mehr auf der Welt.
Jetzt kam auch der alte Christian zurück, aber ohne die grünen Zweige. »Hab' meiner guten Frau und der kleinen Käte da drin bloß sagen wollen, dass ich am Weihnachtsabend an sie denke«, brummte er, nahm, ohne mich weiter anzusehen, seinen Sack auf und ging etwas schneller als vorher dem Walde zu.
Ich ließ ihn vorausgehen und horchte auf den Klang des Weihnachtsliedes, der noch eine ganze Weile mit uns mitging; mir war, als wäre ich in der Kirche. Ich hätte dem

alten Manne, der seine liebsten Menschen hatte begraben müssen und nun allein unter dem Weihnachtsbaum stehen würde, so herzlich gern etwas Liebes gesagt; aber ich wusste nicht, wie ich das beginnen sollte, und so ging ich schweigend hinter ihm her. Unvermutet kam mir da meine liebe Mutter in den Sinn; ich begriff, warum sie gerade dem alten Christian heut eine Herzensfreude bereiten wollte, und eine große Dankbarkeit überkam mich, ein neues schönes Gefühl von Liebe und Erkenntnis.
Der Wald, der sich jetzt vor uns ausbreitete, kam mir in seiner weißen Einsamkeit fast schöner vor als im Sommer. Der Wind hatte sich gelegt, wir hörten nur den weichen Ton unserer Schritte und dann und wann ein leises Knacken im Holze, das von dürren Ästen herrührte, denen die Schneelast zu schwer geworden war.
Christian blieb stehen: »Nun wollen wir unsere Weihnachtstische herrichten«, sagte er, nahm seinen großen Sack von den Schultern und band ihn auf. Was da nicht alles zum Vorschein kam! Hammer und Zange, Bindfaden und Nägel, Messer und Schere; und wozu er wohl alle die Strohmatten und zugespitzten Stäbe brauchen würde, die er aus den Tiefen des Sackes hervorholte. Meine Neugierde sollte bald gestillt werden, denn ich musste meinen Korb hinsetzen und ihm bei seiner wunderlichen Arbeit behilflich sein.
Da, wo dichtes Astwerk den Schnee abgefangen hatte, so dass der Boden nur wenig damit bedeckt war, bauten wir unsere Speisekammern. Zwei Ecken einer Matte banden wir etwa meterhoch an einem Baumstamm fest, während die beiden anderen Ecken auf zwei in der Nähe eingebohrten Pfählen befestigt wurden.
So entstand ein gedeckter kleiner Raum, der den hungrigen Tieren gut zugängig war. Wir säuberten ihn vollends vom Schnee, und nun kam auch mein Korb und sein In-

halt an die Reihe. »Hier am Waldrand hält sich Meister Lampe gern auf«, sagte der alte Christian; dabei langte er Kohlblätter und Rüben aus dem Korbe, um sie dem Häschen aufzubauen, um ihm etwas seinen Winterhunger zu stillen. »Es ist ein Jammer, wie viel gutes unnütz auf dem Kehrrichthaufen verkommt«, fügte er hinzu, »wo doch so viel dankbares kleines Gesindel in der Welt umherläuft, ja, ja, der Mensch denkt kaum an seinesgleichen, wie sollte er der Kreatur gedenken.« Ich nickte ernsthaft und nachdenklich, und dann gingen wir weiter.

Alle fünfhundert Schritte etwa schufen wir ein neues Tischlein-deck-dich. Aber nicht bloß für die Hasen, auch für die Vögel wurde liebevoll gesorgt. Futterkästen mit allerlei Samen, Sonnenblumen- und Kürbiskernen wurden in Ast und Strauch untergebracht; Talgklöße und Speckschwarten, ja ein paar ganze Gänsegerippe und Bratenkeulen mussten sich die Bäume aufbinden lassen. »Die sind für die Meisen und Spechte, auch für die Rotkehlchen und das andere kleine Viehzeug, denen der Flug übers Meer zu weit ist«, meinte der Christian; »hoffentlich naschen ihnen die Krähen und Dohlen nicht das Beste weg. Aber die wollen doch auch leben«, fügte er leise hinzu, »auch dem Bösesten knurrt der Magen, ja, wenn der Hunger nicht wäre, wenn der Hunger nicht wäre!«

So stapften wir weiter durch den dichten Schnee, und während unser Gepäck immer leichter wurde, wurden unsere Herzen immer heller und weihnachtsfreudiger, und ich weiß nicht, wie es kam, plötzlich war mir das schöne Lied auf den Lippen, und ich sang es leise vor mich hin:

»Es ist ein Reis entsprungen aus einer Wurzel zart ...«

Der Alte hörte andächtig zu, und als es zu Ende war, wiederholte er: »Mitten im kalten Winter – ja, mitten im kalten Winter, da blüht's oft drinnen am besten auf, aber das wirst du nicht verstehen, kleine Doktorn.«

Nein, ich verstand es damals noch nicht, jedoch ich fühlte, dass der alte Christian was Liebes damit meinte, und fasste nach seiner alten runzligen Hand.
Das Schönste vom Tage sollten wir aber noch erleben. In einer Lichtung stand plötzlich ein großer Hirsch vor uns, und mehrere junge Hirsche und Hirschkühe kamen hinter ihm her. Er hob den Kopf mit dem schönen Geweih und sah uns klug und furchtlos an. Auf das leise Pfeifen des Alten kam er zutraulich näher und das ganze Rudel mit ihm. Wir warfen ihnen Brot und Kartoffeln zu, die sie sogleich verzehrten, ja, der große Hirsch wurde so dreist, dass er aus meiner ausgestreckten Hand ein Stück Brot nahm, und ihr könnt euch gewiss denken, wie sehr ich mich darüber freute.
»Es ist Schonzeit, da weiß die Kreatur, dass sie was riskieren kann«, brummte der Alte; aber auch aus seinen umbuschten grauen Augen zuckte die Freude über das hübsche Bild.
Das schrille Geläute eines Schlittens, der auf der nahen Landstraße daherkam, ließ unsere lieben Gäste jäh auffahren und die Flucht ergreifen. Ich sah ihnen bedauernd nach. »Sie finden schon wieder her, kleine Doktorn«, sagte Christian, »hier ist seit vielen Jahren ihr Futterplatz.«
Nun sah ich erst, dass etwa hundert Schritte von uns ein kleines festes Strohdach auf Pfählen aufgerichtet war, und dass noch geringe Futterreste verstreut umherlagen. Mein Begleiter nahm aus dem Korbe reichlich Rosskastanien, Eicheln, getrocknete Lupinen und das noch übrige Brot und baute es dem Wilde als Weihnachtsgabe auf. »Kommen die Rehe auch hierher?«, fragte ich und hoffte im stillen auch diese hübschen Tiere nahbei sehen zu dürfen. »Nein, denen müssen wir woanders bescheren«, meinte der Alte, »die haben eine feine Nase und lieben den Hirschgeruch nicht. Und wählerisch ist die Bande auch«, fügte er hinzu,

»wenn sie nichts Grünes mehr finden, fressen sie höchstens ein bisschen Korn und feines Heu, na, sie sollen auch ihr Teilchen kriegen. Aber aus der Hand werden sie dir wohl kaum fressen, du kleine Hexe, es ist ein furchtsamer Chor; komm, ich weiß die Stellen, wo sie gern äsen, sie sollen heute auch was extra Leckeres haben.«
Wir gingen noch etwas tiefer in den Wald und fanden bald an einer ziemlich versteckten kleinen Lichtung Spuren von Rehwild und einen ähnlichen Futterplatz wie zuvor. Hier legten wir Korn und Heu nieder und verhielten uns eine Weile mäuschenstill; die kleinen Gäste wollten sich aber nicht blicken lassen.
»Morgen früh werden sie die Bescherung schon finden«, schmunzelte der Alte und band noch den Rest unserer Vorräte für die Vögel in die Bäume.
Es war auch mittlerweile Zeit geworden, an den Heimweg zu denken.
Die Sonne war lange untergegangen, und nur der Schnee leuchtete uns aus dem Dickicht hinaus. Es war empfindlich kalt geworden, ich schlug den Mantelkragen hoch und steckte die fast erstarrten Hände in die Ärmel.
»Komm nur, kleine Doktorn,« tröstete mich mein Begleiter, »der Schneiderwirt wohnt nicht weit von hier, der hat einen feinen Schlitten, und hastenichtgesehn sind wir zu Hause, das wäre doch noch ein Extra-Weihnachtsspaß, wie?« Und damit zog er mich frierende kleine Person durch das Gewirr der Stämme auf nur ihm bekannten Pfaden vorwärts, und bald waren wir auf der Landstraße. Hier grüßte uns schon von weitem das grüne Licht einer Laterne, die zum Wirtshaus zum Bären gehörte. Peter Holtzen, ein früherer Schneider, hauste darin, und man nannte ihn in der ganzen Gegend den Schneiderwirt.
Wir traten mit Behagen in die warme Wirtsstube, und die gute Mutter Holtzen zog mir gleich die nassen Schuhe und

Strümpfe aus und hing sie über die Messinghaken, die in den riesigen grünen Kachelofen eingeschraubt waren. Meine nackten Füße steckte sie in warme Pantoffeln, brachte mir eine Tasse heiße Milch, und nach ein paar Minuten wusste ich nichts mehr von Frost und Kälte.

Der alte Christian trank ein Glas Warmbier, rauchte dazu sein Pfeifchen und plauderte mit Peter, dem Schneiderwirt, über die Schlachten bei Wörth und Sedan, und wie kalt es in diesem Winter gewesen war; und ich hörte den beiden alten Soldaten mit Interesse zu.

»Bist 'ne wackre Dirn«, sagte der alte Christian zu mir, als wir eine halbe Stunde später in dem hübschen Wirtsschlitten unter lustigem Geläute nach Hause fuhren, »bist 'ne wackre Dirn, kleine Doktorn, ich ließ das Vater und Mutter extra bestellen und viele Grüße und schönen Dank dazu.« Damit sprang er vor seiner Tür aus dem Schlitten, winkte noch mal mit der Pfeife, und der Kutscher fuhr weiter meinem elterlichen Hause zu.

Ich lief die Treppe hinauf und fiel meiner Mutter um den Hals. Mein Herz war zu voll; erst nach und nach konnte ich von allem erzählen. Aber nie zuvor hatten mir die Lichter am Tannenbaum so hell gestrahlt, und nie zuvor hatte ich Eltern und Geschwister so lieb gehabt wie an diesem Weihnachtsabend!

Zwischen dem alten Christian und mir entspann sich seit jenem Tage eine wirkliche Freundschaft, die bis zum Tode des alten Mannes dauerte. Oft saß ich an freien Nachmittagen in seinem Stübchen, las ihm die Zeitung vor oder beschäftigte mich mit seinen Haustieren, für die ich meist diesen oder jenen Leckerbissen bereit hielt.

Am Tage vor Weihnachten aber gingen wir regelmäßig in den Wald, um die Tiere zu füttern, und ich sammelte schon Wochen vorher für unsere Lieblinge.

Manch ein echtes und kluges Wort ist damals aus dem

Munde des alten Christian in meine Seele geglitten und hat dort eigene Weihnachtskerzen angezündet, die hell und lieblich auf meinen Lebensweg leuchteten.

Paula Dehmel

Der Geiger

Ein junger Musiker war an mich empfohlen, er war Geiger bei einer Kapelle. Es war nur wenige Wochen vor Weihnachten, als er nach Riga gekommen war. Er stand vor mir, noch fast ein Knabe, es war sein erster Ausflug in die Welt. Freunde von mir, die sich für seine Ausbildung interessierten, schrieben, dass ich mich seiner annehmen sollte. Es war ein schönes, dunkles Knabengesicht, in das ich schaute, als er vor mir stand, mit wunderbaren Augen, die mich halb trotzig, halb ängstlich ansahen. Halb trotzig, halb ängstlich war auch sein ganzes Wesen. Er wollte so gern den Künstler markieren, der seinen hohen Flug beginnt. Aber hinter der wallenden Künstlermähne und den etwas flotten Worten fühlte ich ein ängstlich schlagendes Knabenherz. Es war etwas an ihm, das einem Lust machte, ihn an die Hand zu fassen, sachte mit mütterlicher Hand über seine Künstlermähne zu streichen und ihm ganz einfach zu sagen: »Komm nur, du sollst bei mir ein Stück Heimat finden.«

Er kam fast täglich zu mir, denn sein Leben bedrückte und beängstigte ihn. Es war so viel Unreifes in ihm, soviel Ahnungslosigkeit von dem, worauf es im Leben ankam. Er war noch wie ein großes Kind. In den ersten Tagen vertraute er mir sofort eine unglückliche »Lebensliebe« an, die ihn aus Deutschland in die Fremde getrieben hatte, und an der er zugrunde zu gehen schwor. Als ich es wagte, die Sache nicht gar zu tragisch zu nehmen, war er beleidigt und kam tagelang nicht zu mir, und es dauerte lange, bis ich ihn versöhnt hatte. Und nun kam Weihnachten heran. Er hatte den ganzen Tag frei und kam schon früh am Morgen zu mir. Ich übergab ihm den Schmuck des Weihnachtsbaumes, er half beim Backen in der Küche. Bei all den Vorbereitungen hatte er bald sein stolzes Künstlertum vergessen, das er sonst wie einen Mantel umgehängt hatte. Mit glühendem Eifer lief er durch die Zimmer, ließ sich noch auf letzte vergessene Besorgung schicken, kam mit hochroten Wangen und erfrorenen Händen wieder heim, lief immer hinter mir drein, um mir zu versichern, es sei ein wunderschöner Tag.

Meine alte Tante, die bei mir lebte, war ganz beglückt über das helle, frohe Knabenlachen, das durch die Zimmer klang. Als wir um den Mittagstisch saßen, erklärte ich, bis halb sechs müssten die Vorbereitungen beendet sein, denn dann ziehen wir alle in die Kirche zum Festgottesdienst. »Ich gehe nicht in die Kirche«, sagte er wichtig, indem er den Kopf zurückwarf, »ich halte nichts davon, außerdem bin ich katholisch, ich mag nicht die lutherischen Gottesdienste.«

»Haben Sie schon einen mitgemacht?«, fragte ich, »kennen Sie unsere Festgottesdienste?« Er schlug verlegen die Augen nieder. »Nein«, sagte er ein wenig kleinlaut. »Nun, dann probieren Sie es doch einmal«, meinte ich freundlich. Um halb sechs stand er fertig gerüstet vor mir. »Wenn Sie mich mitnehmen«, sagte er leise, »möchte ich wohl gern in die Kirche mit Ihnen.«

Als wir in unserem alten Dom standen, den die Gemeinde dicht gedrängt Kopf an Kopf füllte, wurde es still. Es war ein liturgischer Gottesdienst; wunderbarer Chorgesang klang durch den Raum. Dazwischen verlas der Pastor die Weihnachtsgeschichte, und wir sangen Weihnachtslieder. Auf dem Altar standen die riesengroßen Tannenbäume voll Lichterglanz. Ich streifte heimlich meinen Nachbarn mit den Blicken, er hatte sich ganz vergessen, sich, seinen

Katholizismus, seinen Widerspruch und seinen Trotz. Versunken stand er neben mir, mit dem Blick auf die Weihnachtsbäume, verloren in der Weihe der Stunde, mit einem wunderschönen Ausdruck in seinen großen, strahlenden Augen. Als zum Schluss der Chorgesang leise erklang: »Stille Nacht, heilige Nacht!«, da sah ich, wie seine Lippen bebten. Ich hatte einen großen Strauß Frühlingsblumen bei mir, der zu einer Kranken gebracht werden sollte. Wir gingen zusammen bis vor die Tür der Kranken, dann bat ich ihn, hineinzugehen und ihr den Strauß zu bringen. »Aber geben Sie ihn selbst in ihre Hände«, sagte ich. Es dauerte lange, bis er wieder zu mir trat. »Nun?«, fragte ich. Er konnte zuerst nicht reden. »Ich war bei der Kranken«, sagte er endlich bewegt, »und gab ihr den Strauß. Sie hat mich gar nicht gefragt, wer ich sei, von wo ich käme, sie hat sich nur gefreut.« Schweigend wanderten wir durch die verschneiten Straßen meiner Wohnung zu. Heller Lichterglanz schien auf unserem Wege, und in den Häusern zündete man schon die Weihnachtsbäume an. Mein Gefährte schwieg. »Welch ein merkwürdiger Tag«, sagte er plötzlich, »mir ist's, als ob es wirklich Frieden auf Erden wäre.«

Und nun kam auch bei uns die Stunde des Bescherens. Meine alte Tante und mein Schützling waren »die Kinder«, die hinter der Tür harren mussten, bis das Zeichen zum Herankommen erklang. Und dann öffnete sich die Tür und wir sangen: »Vom Himmel hoch, da komm ich her!«, und unser Junge bekam seine Geschenke, die ihn in einen Freudenrausch versetzten. Nach dem Abendessen saßen wir im Weihnachtszimmer, es duftete nach Tannen, nach Wachs und all den Frühlingsblumen, die das Zimmer füllten. Da ging ihm das Herz auf, und er erzählte von »zu Hause«, ein trostloses, ödes Bild entwarf er uns. Streit zwischen den Eltern, keine Liebe, kein Verstehen; im erbitterten Kampf ums Dasein war in ihrem Hause alle Liebe erloschen und mit der Liebe die Freude. Wir hörten still zu, als sich so Bild auf Bild vor unseren Augen entrollte von seinem Leben, in dem die Sonne gefehlt hatte und dessen Alltag von keinem Glanz durchstrahlt war. Nun schwieg er. »Armes Kind!«, sagte ich unwillkürlich, das Schweigen brechend. Da bückte er sich tief und barg sein Gesicht aufschluchzend in seine Hände. Es war ganz still im Zimmer. Man hörte nur das Knistern eines brennenden kleinen Tannenzweiges, der einem Lichtlein zu nahe gekommen war, und das Schluchzen, das aus seiner jungen Seele brach. Dann ließ er die Hände herabsinken und hob sein tränenüberströmtes Gesicht empor. »Ich habe noch nie ein Weihnachtsfest gehabt«, sagte er, »jetzt weiß ich es, dieses war mein erstes Weihnachtsfest.«

Monika Hunnius

DER ALLERERSTE WEIHNACHTSBAUM

Der Weihnachtsmann ging durch den Wald. Er war ärgerlich. Sein weißer Spitz, der sonst immer lustig bellend vor ihm herlief, merkte das und schlich hinter seinem Herrn mit eingezogener Rute her.
Er hatte nämlich nicht mehr die rechte Freude an seiner Tätigkeit. Es war alle Jahre dasselbe. Es war kein Schwung in der Sache. Spielzeug und Esswaren, das war auf die Dauer nichts. Die Kinder freuten sich wohl darüber, aber quieken sollten sie und jubeln und singen, so wollte er es, das taten sie aber nur selten.
Den ganzen Dezembermonat hatte der Weihnachtsmann schon darüber nachgegrübelt, was er wohl Neues erfinden könne, um einmal wieder eine rechte Weihnachtsfreude in die Kinderwelt zu bringen, eine Weihnachtsfreude, an der auch die Großen teilnehmen würden. Kostbarkeiten durften es auch nicht sein, denn er hatte soundsoviel auszugeben und mehr nicht.
So stapfte er denn auch durch den verschneiten Wald, bis er auf dem Kreuzweg war. Dort wollte er das Christkindchen treffen. Mit dem beriet er sich nämlich immer über die Verteilung der Gaben. Schon von weitem sah er, dass das Christkindchen da war, denn ein heller Schein war dort. Das Christkindchen hatte ein langes weißes Pelzkleidchen an und lachte über das ganze Gesicht. Denn um es herum lagen große Bündel Kleeheu und Bohnenstiegen und Espen- und Weidenzweige, und daran taten sich die hungrigen Hirsche und Rehe und Hasen gütlich. Sogar für die Sauen gab es etwas: Kastanien, Eicheln und Rüben.

Der Weihnachtsmann nahm seinen Wolkenschieber ab und bot dem Christkindchen die Tageszeit. »Na, Alterchen, wie geht's?«, fragte das Christkind. »Hast wohl schlechte Laune?« Damit hakte es den Alten unter und ging mit ihm. Hinter ihnen trabte der kleine Spitz, aber er sah gar nicht mehr betrübt aus und hielt seinen Schwanz kühn in die Luft.

»Ja«, sagte der Weihnachtsmann, »die ganze Sache macht mir so recht keinen Spaß mehr. Liegt es am Alter oder an sonst was, ich weiß nicht. Das mit den Pfefferkuchen und den Äpfeln und Nüssen, das ist nichts mehr. Das essen sie auf, und dann ist das Fest vorbei. Man müsste etwas Neues erfinden, etwas, das nicht zum Essen und nicht zum Spielen ist, aber wobei alt und jung singt und lacht und fröhlich wird.«

Das Christkindchen nickte und machte ein nachdenkliches Gesicht; dann sagte es: »Da hast du recht, Alter, mir ist das auch schon aufgefallen. Ich habe daran auch schon gedacht, aber das ist nicht so leicht.«

»Das ist es ja gerade«, knurrte der Weihnachtsmann, »ich bin zu alt und zu dumm dazu. Ich habe schon richtiges Kopfweh vom vielen Nachdenken, und es fällt mir doch nichts Vernünftiges ein. Wenn es so weitergeht, schläft allmählich die ganze Sache ein, und es wird ein Fest wie alle anderen, von dem die Menschen dann weiter nichts haben als Faulenzen, Essen und Trinken.«

Nachdenklich gingen beide durch den weißen Winterwald, der Weihnachtsmann mit brummigem, das Christkindchen mit nachdenklichem Gesicht. Es war so still im Wald, kein Zweig rührte sich, nur wenn die Eule sich auf einen Ast setzte, fiel ein Stück Schneebehang mit halblautem Ton herab. So kamen die beiden, den Spitz hinter sich, aus dem hohen Holz auf einen alten Kahlschlag, auf dem große und kleine Tannen standen. Das sah wunderschön aus.

Der Mond schien hell und klar, alle Sterne leuchteten, der Schnee sah aus wie Silber, und die Tannen standen darin, schwarz und weiß, dass es eine Pracht war. Eine fünf Fuß hohe Tanne, die allein im Vordergrund stand, sah besonders reizend aus. Sie war regelmäßig gewachsen, hatte auf jedem Zweig einen Schneestreifen, an den Zweigspitzen kleine Eiszapfen, und glitzerte nur so im Mondenschein.
Das Christkindchen ließ den Arm des Weihnachtsmannes los, stieß den Alten an, zeigte auf die Tanne und sagte: »Ist das nicht wunderhübsch?«
»Ja«, sagte der Alte, »aber was hilft mir das?«
»Gib ein paar Äpfel her«, sagte das Christkindchen, »ich habe einen Gedanken.«
Der Weihnachtsmann machte ein dummes Gesicht, denn er konnte es sich nicht recht vorstellen, dass das Christkind bei der Kälte Appetit auf die eiskalten Äpfel hatte. Er hatte zwar noch einen guten alten Schnaps, aber den mochte er dem Christkindchen nicht anbieten.
Er machte sein Tragband ab, stellte seine riesige Kiepe in den Schnee, kramte darin herum und langte ein paar recht schöne Äpfel heraus. Dann fasste er in die Tasche, holte sein Messer heraus, wetzte es an einem Buchenstamm und reichte es dem Christkindchen.
»Sieh, wie schlau du bist«, sagte das Christkindchen. »Nun schneid mal etwas Bindfaden in zwei Finger lange Stücke, und mach mir kleine Pflöckchen.«
Dem Alten kam das alles etwas ulkig vor, aber er sagte nichts und tat, was das Christkind ihm sagte. Als er die Bindfadenenden und die Pflöckchen fertig hatte, nahm das Christkind einen Apfel, steckte ein Pflöckchen hinein, band den Faden daran und hängte den an einen Ast.
»So«, sagte es dann, »nun müssen auch an die anderen welche, und dabei kannst du helfen, aber vorsichtig, dass kein Schnee abfällt!«

Der Alte half, obgleich er nicht wusste, warum. Aber es machte ihm schließlich Spaß, und als die ganze kleine Tanne voll von rotbäckigen Äpfeln hing, da trat er fünf Schritte zurück, lachte und sagte; »Kieck, wie niedlich das aussieht! Aber was hat das alles für'n Zweck?«

»Braucht denn alles gleich einen Zweck zu haben?« lachte das Christkind. »Pass auf, das wird noch schöner. Nun gib mal Nüsse her!«

Der Alte krabbelte aus seiner Kiepe Walnüsse heraus und gab sie dem Christkindchen. Das steckte in jedes ein Hölzchen, machte einen Faden daran, rieb immer eine Nuss an der goldenen Oberseite seiner Flügel, dann war die Nuss golden, und die nächste an der silbernen Unterseite seiner Flügel, dann hatte es eine silberne Nuss und hängte sie zwischen die Äpfel.

»Was sagst nun, Alterchen?« fragte es dann. »Ist das nicht allerliebst?«

»Ja«, sagte der, »aber ich weiß immer noch nicht ...«

»Komm schon!«, lachte das Christkindchen. »Hast du Lichter?«

»Lichter nicht«, meinte der Weihnachtsmann, »aber 'nen Wachsstock!«

»Das ist fein«, sagte das Christkind, nahm den Wachsstock, zerschnitt ihn und drehte erst ein Stück um den Mitteltrieb des Bäumchens und die anderen Stücke um die Zweigenden, bog sie hübsch gerade und sagte dann: »Feuerzeug hast du doch?«

»Gewiss«, sagte der Alte, holte Stein, Stahl und Schwammdose heraus, pinkte Feuer aus dem Stein, ließ den Zunder in der Schwammdose zum Glimmen kommen und steckte daran ein paar Schwefelspäne an. Die gab er dem Christkindchen. Das nahm einen hell brennenden Schwefelspan und steckte damit erst das oberste Licht an, dann das nächste davon rechts, dann das gegenüberliegende. Und

rund um das Bäumchen gehend, brachte es so ein Licht nach dem andern zum Brennen.
Da stand nun das Bäumchen im Schnee; aus seinem halbverschneiten, dunklen Gezweig sahen die roten Backen der Äpfel, die Gold- und Silbernüsse blitzten und funkelten, und die gelben Wachskerzen brannten feierlich. Das Christkindchen lachte über das ganze rosige Gesicht und patschte in die Hände, der alte Weihnachtsmann sah gar nicht mehr so brummig aus, und der kleine Spitz sprang hin und her und bellte.
Als die Lichter ein wenig heruntergebrannt waren, wehte das Christkindchen mit seinen goldsilbernen Flügeln, und da gingen die Lichter aus. Es sagte dem Weihnachtsmann, er solle das Bäumchen vorsichtig absägen. Das tat der, und dann gingen beide den Berg hinab und nahmen das bunte Bäumchen mit.
Als sie in den Ort kamen, schlief schon alles. Beim kleinsten Hause machten die beiden halt. Das Christkindchen machte leise die Tür auf und trat ein; der Weihnachtsmann ging hinterher. In der Stube stand ein dreibeiniger Schemel mit einer durchlochten Platte. Den stellten sie auf den Tisch und steckten den Baum hinein. Der Weihnachtsmann legte dann noch allerlei schöne Dinge, Spielzeug, Kuchen, Äpfel und Nüsse unter den Baum, und dann verließen beide das Haus so leise, wie sie es betreten hatten.
Als der Mann, dem das Häuschen gehörte, am andern Morgen erwachte und den bunten Baum sah, da staunte er und wusste nicht, was er dazu sagen sollte. Als er aber an dem Türpfosten, den des Christkinds Flügel gestreift hatte, Gold- und Silberflimmer hängen sah, da wusste er Bescheid. Er steckte die Lichter an dem Bäumchen an und weckte Frau und Kinder. Das war eine Freude in dem kleinen Haus wie an keinem Weihnachtstag. Keines von den Kindern sah nach dem Spielzeug, nach dem Kuchen und

den Äpfeln, sie sahen nur alle nach dem Lichterbaum. Sie fassten sich an den Händen, tanzten um den Baum und sangen alle Weihnachtslieder, die sie wussten, und selbst das Kleinste, das noch auf dem Arm getragen wurde, krähte, was es krähen konnte.
Als es helllichter Tag geworden war, da kamen die Freunde und Verwandten des Bergmanns, sahen sich das Bäumchen an, freuten sich darüber und gingen gleich in den Wald, um sich für ihre Kinder auch ein Weihnachtsbäumchen zu holen. Die anderen Leute, die das sahen, machten es nach, jeder holte sich einen Tannenbaum und putzte ihn an, der eine so, der andere so, aber Lichter, Äpfel und Nüsse hängten sie alle daran.
Als es dann Abend wurde, brannte im ganzen Dorf Haus bei Haus ein Weihnachtsbaum, überall hörte man Weihnachtslieder und das Jubeln und Lachen der Kinder.
Von da aus ist der Weihnachtsbaum über ganz Deutschland gewandert und von da über die ganze Erde. Weil aber der erste Weihnachtsbaum am Morgen brannte, so wird in manchen Gegenden den Kindern morgens beschert.

Hermann Löns

FRÄULEIN SUSANNES WEIHNACHTSABEND

Fräulein Susette, wie sie sich lieber nennt, Susanne, spazierte am Weihnachtsabend munter in ihrem Zimmer hin und her. Sie hatte viele Leute beschenkt, versetzte sich nun im Geiste zu dem und jenem der angenehm Überraschten und befand sich da sehr behaglich. Ihre zu kleinen, aber flinken und geschickten Hände schlugen gleichsam den Takt zu der Freudenmusik in ihrem Innern, indem sie die beinernen Nadeln der Stickerei rasch und gleichmäßig klappern ließen.

Anderen Vergnügen machen, ist ein Vergnügen für jeden natürlich gearteten Menschen, dachte sie, für mich aber, die so spät dazu kam, ein berauschendes Glück. Wenn einem die Eltern missraten sind, wenn man ein langes Dasein der freudlosen Pflichterfüllung, der Unterwürfigkeit und Entbehrung hinter sich hat und erwacht eines Morgens selbständig, frei, wohlhabend, gar nicht mehr jung, aber mit einem ungehobenen Schatz an Heiterkeit im Herzen, ist das nicht zum Übermütigwerden? Fräulein Susanne wurde denn auch übermütig und machte ausschweifenden Gebrauch von ihrer Unabhängigkeit und von ihrem Reichtum.

Sie hatte viele Jahre mit ihrer begüterten, aber vom Geizteufel besessenen Großmutter in einer armen Leuten abgemieteten Dachkammer gelebt. Wie gelebt! Als geduldige und misshandelte Magd. Dennoch vergoss sie am Sterbebette ihrer Tyrannin ehrliche Tränen.

Nach dem Tode der alten Frau befand sich Susanne, deren einziges Enkelkind, an der Spitze eines nach Begriffen großen Vermögens. Die Erbin bezog nun eine hübsche, aus drei Zimmern und einer Küche bestehende Wohnung im vierten Stock eines stattlichen Hauses in der Götterweihergasse. Sie nahm ein Dienstmädchen auf, ging oft spazieren und stieg, wenn sie müde wurde, in einen Stellwagen, ohne weiteres – wie eine Prinzessin.

Der Luxus jedoch, den sie am maßlosesten betrieb, war der Verschenkluxus. Ihm ergab sie sich immer, besonders aber um die gebenedeite Weihnachtszeit. Ein solcher Christabend, an dem Susanne auf und ab pendelte, in ihrer guten Stube – sorgfältig vermeidend, den Rand des kleinen, unter dem Tische liegenden Teppichs zu betreten, um ihn nicht abzunutzen, und an alle die Menschen dachte, denen sie eine Freude bereitet hatte, ein solcher Christabend ... niemand vermag seine stillen Entzückungen zu schildern. Susanne wusste nur eins: sich von den Hochgefühlen, die sie jetzt beseelen, immerwährend beseelt denken, und sie hat eine Vorstellung dessen, was himmlische Seligkeit ist. Auf einmal blieb das Fräulein stehen und horchte. Durch die Wand, aus der Wohnung nebenan, war das Gekreische jubelnder Stimmen herübergedrungen. Haha, die Kunzelkinder! Nur zu! Dieser Jubel macht ihr ein Vergnügen, denn sie ist dessen Urheberin. Sie hat den Christbaum gekauft und geschmückt, der jetzt solchen Beifallssturm erweckt. Ohne sie hätten die Nachbarn einen traurigen Weihnachtsabend gehabt. Sie war kürzlich dem Haupte der Familie, dem Herrn Kürschnermeister Kunzel, und seinem ältesten Sprössling, dem siebenjährigen Toni, auf der Treppe begegnet und hatte zu dem Kinde gesagt: »Nun, Toni, freust du dich auf den Christbaum?« – worauf der Junge seine kleinen, tiefliegenden Augen gesenkt, die Unterlippe vorgeschoben und etwas Unverständliches gemurmelt, der Kürschnermeister jedoch mit einer weit ausholenden Schwenkung des Hutes und ehrfürchtiger Verbeugung geantwortet hatte: »Ach nein, gnädigstes Fräulein, heuer hält sich das Christkinderl bei uns nicht auf ... Es wird ... es hat ...« Er stockte, fuhr langsam mit seiner breiten Hand über den Kopf und setzte verlegen hinzu: »Es muss sparen ... auf eine neue Wiege – mit Zubehör ... die alte tut's durchaus nicht mehr ...«

Mein Gott, das sechste, und ich habe schon das vierte und das fünfte aus der Taufe gehoben! Sagte Susanne zu sich selbst, und zu Herrn Kunzel sagte sie nichts, sondern ging stumm und unaufhaltsam ihrer Wege, was sie später sehr bereute. Wenn man auch keineswegs gesonnen ist, bei Nummer sechs Taufpatenstelle zu vertreten, läuft man doch nicht mit unanständiger Eile davon, weil einem dessen bevorstehende Ankunft angezeigt wird.

Das Schlimme, ja das Abscheuliche dabei ist, dass Susanne um die Gunst, die sie eben in Gedanken verweigerte – nicht gebeten worden ist, sie vielmehr selbst angeboten und sogar nach der Geburt von Nummer fünf aufgedrungen, als sie gehört hatte: die Kürschnersleute finden keine Taufpatin für ihre Jüngste.

Wie überrascht waren sie gewesen, da Susanne im Augenblick der größten Verlegenheit als rettender Engel erschien, aber auch, wie ehrlich beschämt! Der Mann ganz rot, und die Frau ganz blass, hatten zuerst an das großmütige Anerbieten kaum glauben können. Sie hatten einander bestürzt angesehen und gemurmelt: »Nein, Mutter, das wäre zuviel ... Nein, Vater, das gibt's nicht ...«

Und einmal wieder hatte Susanne, was »zuviel« ist und »was es nicht gibt«, getan und einmal wieder in den auserlesensten Hochgefühlen geschwelgt und sich in eine neue Gelegenheit zu fortwährenden Opfern hineingestürzt mit Mucius Scävolaischer Begeisterung.

Das war der wirkliche Sachverhalt, bei dem sich die Noblesse des braven Ehepaares so deutlich geoffenbart und aus dem Susanne so wenig gelernt hatte, dass sie entfloh wie vor einer Gefahr, vor der Aussicht auf ein neues Kunzelchen.

»Welche Abgründe im Menschenherzen, sogar in einem ganz leidlichen!«, klagte sie. »Stille, schwarze Wässerchen, verborgene Miserabilitätsadern in einem scheinbar gesunden Organismus.«

Susanne hatte viel gelitten durch die Erinnerung an ihr schnödes Benehmen gegen Herrn Kunzel, und das Gejauchze seiner Kinder, das sie jetzt vernahm, wirkte unsagbar heilend auf ihre Seelenwunden. Gar lebhaft und innig regte sich in dem Fräulein der Wunsch, ein bisschen hinüberzugehen zu den guten Leutchen, um persönlich an ihrer Freude teilzuhaben.

Aber der Respekt der Einsamen vor der Familie, die man an einem Tage, wie dem heutigen, in ihrem friedlichen Beisammensein nicht stören darf, hielt sie davon ab, und so fuhr sie fort, ihre Besuche vergnügt in Gedanken abzustatten.

Sie flog in die Brigittenau zu ihrer Wäscherin und von da zu dem Buchbinder Hasse in Lerchenfeld und von Lerchenfeld in die Kumpfgasse zur alten Blumenresel, zu lauter wackeren, schwer ringenden Menschen, die heute aufatmen – Susanne hat sie von ihren drückenden Sorgen befreit. Von der Kumpfgasse begibt sich das Fräulein nach der Freyung, sie tut es ein wenig zögernd.

Ach – es kann nicht anders sein! Wenn sie von Leuten kommt, die sich eine Ehre aus ihr machen – jetzt naht sie einer Wohnung, die auch nur im Geiste zu betreten eitel Ehre für sie ist, denn in dieser Wohnung residiert ihr Vetter Josef, der Herr Hofrat. Ein Pracht- und Mustermensch, der Vetter Hofrat, angebetet von seinen Untergebenen, hochgeschätzt von seinen Vorgesetzten, ein Beamter mit großer Zukunft. Und was für ein Ehemann! Die Ritterlich-

keit, die Liebe selbst. Verehrter Josef! Ja, was für ein Ehemann! Was für ein Vater und – Susanne darf sagen – was für ein Vetter!
Musterhaft schon von jeher, hatte Josef aus reinem Pflichtgefühl die Großtante manchmal in ihrer Dachkammer besucht und auf Susanne einen Eindruck gemacht, dessen Tiefe sie erst ermaß, als sie hörte: der Vetter heiratet ein schönes, sehr reiches Fräulein.
Sie erschrak tödlich über diese Nachricht und dann über ihr Erschrecken. Hatte sie denn auf ihn gehofft, den Hohen, Einzigen? Niemals! Mit Seelenstärke überwand sie ihren unberechtigten Schmerz; sie begeisterte sich sogar für die Frau ihres Herrn Vetters und fuhr fort, ihn zu bewundern. Seine glänzende Heirat machte ihn nicht hochmütig, er blieb immer gleich huldvoll gegen die arme Susanne.
In ihren schwersten Tagen – nie wird sie es ihm vergessen –, wenn sie ihn auf der Straße traf und wegen ihres in der Auflösung begriffenen Fähnchens und ihres ärmlichen, alten Umhängetuches vor Beschämung am liebsten zu einem Schatten auf dem Trottoir zerflossen wäre – hatte er sie nie verleugnet. Im Gegenteil, er hatte sie immer ganz freundlich gegrüßt mit zwei Fingern der schwedisch behandschuhten Rechten, die er eigens zu diesem Zwecke, sogar im Winter, aus der Tasche des kostbaren Paletots gezogen; manchmal auch »Gu'n Morgen, Sette!« dazu gesagt ...
»Gu'n Morgen, Sette!« Wie lange, wie süß hatte es immer in ihr nachgehallt und sie mit einem Klange umschmeichelt, für den sie nur eine richtige Bezeichnung fand: einem balsamischen Klange.
Jetzt, zu Geld und Gut gekommen, zeigte Susanne sich dankbar, indem sie jede Gelegenheit ergriff, ihrem Vetter oder einem der Seinen eine Aufmerksamkeit zu erweisen, und mit den Christgeschenken trieb sie es großmütiger

von Jahr zu Jahr. Ihr Budget wurde dadurch sehr beschwert – aber ihre Seele bekam Flügel.

Und – noch mehr ...

Mit den Wonnen des heutigen Tages erschöpfte das Glück sich noch nicht. Es brachte eine Fortsetzung – einen unaussprechlich lieben Besuch. Morgen, Susanne darf darauf rechnen, nach der heiligen Messe, wird der Vetter weihrauchduftend erscheinen, in Begleitung seiner imponierend schönen Frau, seines lieben fünfzehnjährigen Sohnes und seiner kleinen Tochter. Sein mächtiges, glattrasiertes Gesicht wird von dem Lichte würdevollen Wohlwollens erhellt sein, und er wird sagen: »Wirklich, Sette, zuviel, wir bitten ...«

Die schöne Base jedoch wird ihm ins Wort fallen – spöttisch lachend, wie sie pflegt, wahrscheinlich, weil es ihr so reizend steht: »Nein, wie die gute Sette nur jedesmal errät, was wir uns am meisten wünschen! Wie sie das nur anfängt, die gute Susette!«

Eine große Verwirrung wird sich des Fräuleins bemächtigen. Sollte die Kammerjungfer das geheime Einverständnis, in dem sie sich befinden, verraten haben? Aber nein, das wäre zu schlecht, solche Schlechtigkeit kann nicht vorkommen in der Nähe dieser Menschen. Damit wird sie sich trösten; es werden noch einige Reden gewechselt werden, dann wird Josef aufstehen und sprechen: »Wir sind auch gekommen, um dir glückliche Feiertage und ein glückliches neues Jahr zu wünschen, Sette. Kinder, gratuliert der Tante!«

Die wohlerzogenen, artigen Kinder werden sogleich die Absicht an den Tag legen, ihr die Hände zu küssen, was sie natürlich nicht zugeben wird. Und die schöne Cousine wird – abermals mit ihrem reizend spöttischen Lächeln, ihre Wange der Wange Susannens bis auf einen Zentimeter nähern und dabei die Luft küssen... Und dann werden sie gehen, und Susanne wird sie bis an die Haustür begleiten, ins Zimmer zurückeilen, die Arme ausbreiten und rufen: »Sie waren da! Sie waren da!« Und Rosi, die verdienstvolle Magd, wird ihre Zustimmung kundgeben: »No jo. Dos sind holt Herrschoften. Do hobn's Fräulein auch amol an B'such von Herrschoften kriegt und nit immer nur von so Leut, die wos wolln. No jo!«

Ach, der Vorgenuss, und der Nachgenuss, das sind die rechten. Der Augenblick selbst hat etwas Überwältigendes … Schon das gewisse Würgen im Halse, das sich einstellt, wenn um zwölf die Glocke ertönt …

Hilf, Gott! Just als sie es denkt, da läutet's. Was bedeutet das? Wem kann es nur einfallen, daherzukommen am Weihnachtsabend? Rosi erwartet allerdings ihre Schwestern, aber die klingeln nicht, die klopfen.

Etwas Unheimliches ist's zum Glücke nicht, das Fräulein hört ihre Dienerin auf dem Gange sehr heiter sprechen, und nun tritt die schmunzelnd ein und sagt:

»Eine Visit soll ich anmelden. No, Tonerl, is g'fällig?«

Es ist gefällig; der Angerufene, Toni Kunzel, erscheint. Mit ernster, geschäftsmäßiger Miene, den großen, lichtblonden Kopf vorgebeugt, kommt er daher, nähert sich dem Tische und legt drei Pakete von verschiedener Größe auf ihn hin. Zu grüßen hat er vergessen vor lauter Wichtigkeit. Er wickelt das Mitgebrachte schweigend aus den vielen, nicht eben blanken Papieren, in die es eingehüllt ist, knüllt jedes extra zusammen und steckt es in die rückwärtige Tasche seines grünen Jäckchens, das zuletzt wegragt wie ein Pfauenschwanz.

Nach und nach sind zum Vorschein gekommen: eine vergoldete Nuss, ein roter Apfel und ein lebzeltener Husar, mit einem von kleinen Zähnen etwas angenagten Federbusch. Toni legt alles schön nebeneinander, ändert die Reihenfolge einigemal, bis sie ihm recht ist und der Husar

zuerst und die Nuss zuletzt kommt. Dann fährt er mit dem Rücken der Hand an dieser Darbringung, sie gleichsam unterstreichend, vorbei und sagt: »So, Fräul'n. Nimm Sie sich das. Weil heute Christabend is. Dass Sie auch was hat ...« Und sieht sie dabei so kapabel und überlegen an, aus unsagbar treuherzigen und unschuldigen Augen, und wartet siegessicher auf die Äußerung des Beifalls, den seine Großmut erwecken muss.
»O du, Toni!«, will Susanne ausrufen, aber mitten im Satz kippt ihre Stimme um; es schießt ihr heiß in die Augen, und ihr Näschen rötet sich. Sie nimmt den edlen Spender beim Kopf und drückt einen Kuss auf seinen Scheitel, und Toni offenbar ungemein geschmeichelt und gerührt, packt ihre kleine Rechte und küsst sie zärtlich. Dann lässt er noch eine Anpreisung und Gebrauchsanweisung seiner Gaben folgen: »'s alles gut. Alles vom Christkindel. Sie kann alles essen, auch die Nuss. Aber schad wär's halt.«
Damit empfiehlt er sich.
Das Fräulein ist wieder allein. Süße, schöner denn je belebte Einsamkeit! »O du, Toni!« und »Nein, das Kind!« sagt sie unzähligmal. Da hat sie nun die erste Christbescherung erhalten in ihrem ganzen Leben, und das macht ihr einen Eindruck ... sie wird ganz töricht, als sie sich Rechenschaft von ihm geben will ... Es ist ein himmelblauer Eindruck, meint sie und lacht und strickt dazu. Himmelblau mit goldenen Sternchen, und stellenweise, wo er durchsichtig wird, guckt ein wehmütig grauer Hintergrund heraus. Musik ist auch dabei, die Sternchen klingen. Ein wenig verrückt diese Idee – sei's darum! Nach einem außerordentlichen Ereignis hat man eben andre als Werkeltagsgedanken – und was fährt Susannen nicht alles durch den Kopf! Viel angenehmer Unsinn, an den sie beileibe nicht glaubt, den sie sich aber doch vorspiegeln lässt von Dame Phantasie, weil die heute so gut bei Laune ist. Wenn

ein Kind das Herzensbedürfnis empfand, dich zu beschenken, spricht die alte, ewig junge Faslerin, warum sollten nicht auch Erwachsene es empfingen? Warte nur, was heute noch alles kommt!
Susanne überlegt: Was sollte kommen? Wer sollte mir etwas schenken? Der es tun könnte, der Vetter, ein Familienvater, hat andere Sorgen – und meine übrigen Bekannten sind arme Leute.
Das macht nichts, auch die können geben. Die Blumenresel zum Beispiel, die gerade jetzt, dank deiner Verwendung, dreißig Jubiläumssträuße in der Singerstraße abzuliefern hat, könnte wohl im Vorübergehen eine schöne, frische Rose für dich abgeben. Sie brauchte sich deiner nur zu erinnern, wie der kleine Toni sich deiner erinnert hat … Und der Buchbinder Hasse in Lerchenfeld, für den du den Mietzins erlegtest und der aus Abschnitzeln so allerliebste Notizbüchelchen macht. Ein Dutzend davon hast du ihm abgenommen und gleich verschenkt bis auf eines, das du, kindische, alte Person, gar zu gern selbst behalten hättest, das rehbraune mit dem vierblättrigen Klee. Du überwandest diese Regung des Geizes, denn Rosi lechzte ja förmlich nach dem Büchlein, im Interesse ihres Liebhabers, ohne Zweifel. Wenn nun dem guten Hasse einfiele, was dem Kunzel-Toni eingefallen ist, dass auch du am Christabend etwas haben sollst, wenn der Meister ein solches Büchlein brächte oder schickte durch die Post … Es wäre noch Zeit, eben schlägt's sieben, da kommt der Briefträger ins Haus …
Kling! Kling! O Tag der Wunder! Werden Hirngespinste zu Erlebnissen?
Es hat wieder geläutet: Rosi geht die Haustür öffnen und schreit so laut auf, dass man's deutlich bis ins Zimmer hört: »Jo, wos denn? No, so wos!« Und schon wirbelt sie herein, und ihr auf dem Fuße folgt ein Kommissionär, des-

sen Gesicht gerötet und dessen Gang etwas schwankend ist. Er trägt ein mit winzigen Kerzen bestecktes, mit dem feinsten Konfekt behangenes Christbäumchen.
Susanne starrt und starrt und bringt keine Silbe über die Lippen.
Um so beredter ist Rose, die spricht ohne Aufhören: »Von der Freyung Nummer sechzehn is er geschickt, sogt er. No jo, vom Herrn Vetter, und i sog's holt – die Herrschoften … 's is lang nix kommen, ober wenn emol wos kommt, kommt wos rechts. Do stellen S' es her auf'n Tisch, 's Christbäumerl.«
Merkwürdigerweise zögert der Kommissionär, er sieht sowohl Rosi wie Susanne betroffen an und sagt, er habe den Auftrag, das Präsent dem Fräulein persönlich zu übergeben. Die Versicherung Rosis, das Fräulein stehe vor ihm, will ihm nicht einleuchten. Fräulein Rainer mit einem A sei ihm gesagt worden.
»Reiner mit E«, berichtigt Susanne, und er wiederholt: »Mit E?« und stellt das Bäumchen auf den Tisch, um in seiner Tasche nach dem Adresszettel zu suchen, den ihm sein Auftraggeber eingehändigt hat.
Rosis Geduld jedoch ist erschöpft. Sie nimmt den Mann bei den Schultern und schiebt ihn mit kräftigen Armen aus dem Zimmer. Der Angetrunkene sucht Widerstand zu leisten, es ist aber vergeblich.
»Gib ihm einen Gulden!«, ruft Susanne ihrer Dienerin nach, und das kommt mit einem Jauchzen heraus, glückseliger als das der Kunzelkinder.
Die Jugend ist die Zeit der Freude, sagen die Leute. Irrtum! Irrtum! Alt muss man sein und eine Freude kaum noch erwartet haben, um sie zu begrüßen, wenn sie erscheint, wie Frühlingsodem an einem Wintertag.
Unwillkürlich hat Susanne vor dem Bäumchen die Hände gefaltet. Ich lasse einen Glassturz darüber machen, be-

schließt sie, an meinem Sterbebette soll es stehen. Mein letzter Blick soll darauf fallen und Gott danken, dass er seine Menschen so gut gegen mich sein ließ.
Wie Susanne das Bäumchen immer aufmerksamer betrachtet, entdeckt sie halb verborgen im Moose, das den zierlichen Stamm umgibt, ein Päckchen in schneeweißem Papier. Sie entfaltet es: sein Inhalt besteht in einem mit rosafarbigem Atlas überzogenem Etui. Auf dem Deckel ist ein Papierstreifen angesteckt, der eine in der mikroskopischen Schrift des Vetters ausgeführte Widmung trägt. Sie lautet: »Es zeigt Dir dieser Stein hier, was immer ist ohne Dir: Dein Seppel.«
Ohne »Dir« und – »Seppel«! O verehrter Josef! Nun, ein Scherz, aber, Susanne kann sich nicht helfen, er hat etwas Verletzendes für sie, und geradezu von Schwindel wird sie ergriffen, als sie das Etui öffnet und ... Gott! Was blickt und blitzt ihr entgegen in allen Farben des Regenbogens? Ein wundervoll gefasster Solitär ...
Wahrlich, das übersteigt das Maß, innerhalb dessen eine freudige Überraschung noch angenehm ist, das geht in das Gebiet des beunruhigend Unbegreiflichen über.
Am liebsten würde Susanne die Widmung von dem Etui herabnehmen und dieses, sorgfältig verpackt, sogleich mit einigen dankend ablehnenden Zeilen an den Vetter zurückschicken. Doch fürchtet sie, ihn dadurch zu verletzen, und beschließt, die delikate Angelegenheit morgen mündlich abzumachen. Halb im Scherz, halb im Ernst wird sie den Vetter fragen, ob er sie für eine Person hält, die man ohne weiteres grausam beschämen darf. Und den Solitär an das Herz legen, an dem er seine Heimstätte zu suchen und zu finden hat, das Herz der Gemahlin.
Susanne hat sich in Gedanken alles zurechtgelegt, aber schlafen wird sie heute kaum. Die Sorge um den wertvollen Schmuckgegenstand, den sie gegen ihren Willen in Ver-

wahrung hat, wird ihr die Ruhe rauben. Noch ist sie unentschieden, in welchem ihrer Schränke sie ihn bergen soll, als derbe Schritte das Nahen Rosis anzeigen und Susanne nichts übrigbleibt, als das Päckchen einstweilen wieder im Moose zu verstecken. Mit einem brennenden Wachsstock in der Hand tritt die Magd ein, ist sehr unwirsch und brummt: »Nit zum Wegbringen der Mensch. Betrunken wie a Kanon am Heiligen Obend. Steht noch auf der Steig'n und studiert sei schmierige Adress. Nummer fünf heißt's, sogt er. Nummer drei heißt's, sog i, kennen S' nit lesen?«
»Nummer fünf?«, fragt das Fräulein beunruhigt. »Lieb Rosi, wenn es wirklich fünf hieße und nicht drei?«
Ihr Bedenken wird mit einer Überlegenheit belächelt, die ihr wohltut; dabei zündet die Magd Kerzlein um Kerzlein an. Das reichgeputzte Bäumchen erstrahlt in magischem Glanze, und dieser Glanz dringt in alle Seelentiefen Susannens und leuchtet jeden Zweifel, jede leise auftauchende Sorge hinaus.
Sie ist völlig verzückt. Ihr gutes, kleines Mopsgesicht gewinnt einen Ausdruck rührender reiner Freude, und sie sagt glückselig bewegt: »Mein erster Christbaum, Rosi, mein erster Christbaum, Ro-«
Die zweite Silbe bleibt ihr in der Kehle stecken ... Es hat wieder geläutet, hastig, ja wild. Susannes Augen richten sich erschrocken auf ihre Magd. Die jedoch ist ganz übermütig: »Heute geht's ober zu. Jo, jo! Vielleicht schickt Seine Majestät der Kaiser wos.«
Sie enteilt, um die Tür aufzureißen vor der neuen Überraschung – und eine Überraschung ist's, aber was für eine!
Draußen lässt das Drohen und Fluchen einer rauhen Männerstimme sich vernehmen. Ohne anzuklopfen, ohne die Mütze zu rücken, poltert der Kommissionär ins Zimmer, schimpft fürchterlich, als er die angezündeten Kerzen am Christbaum erblickt, bläst gleich drei, vier auf einmal aus

und fährt Rosi, die ihm auf dem Fuße gefolgt ist, grob an. Er hat es ja gesagt, hinüber auf Nummer fünf gehört das Bäumerl, zur Rainer mit A, und nicht zu einer alten Schachtel mit E. Den Guldenzettel, den sie ihm gespendet hat, wirft er auf den Tisch. Da hat sie, was ihr gehört, und jetzt hofft er nur, dass ihm nichts weggekommen ist, sonst – den Weg zur Polizei kennt er, den braucht ihm niemand zu weisen.

Kurz, nachdem er sich benommen wie in einer Diebeshöhle, nimmt er das Bäumchen unter den Arm, trampelt davon und schlägt hinter sich die Tür zu, dass alles dröhnt.

Susanne ließ sich auf einen Sessel, nicht wie sie sonst pflegte aus Rücksicht für den Überzug, niedergleiten, sondern niederfallen. Rosi stand vor ihr, nahm einen Zipfel der blanken Schürze und steckte ihn in den Gürtel. Ihre Augen funkelten vor Entrüstung, ihre Lippen wurden dick und scharlachrot. Sie kreuzte die nackten Arme und sprach erregt:

»No, dos is aber doch!«

Das Fräulein hat indessen ein stilles Gebet verrichtet: Lieber Gott, gib mir Kraft, vor diesem braven, aber der feinen Politur ermangelnden Mädchen die Würde des Familienlebens meines verirrten Vetters zu wahren. Gib mir Kraft, ich brauche sie; ich glaube, ich habe keinen Puls, und meine Füße sind ganz steif. Wie mir jetzt ist, so dürfte es der Erde sein, wenn sie dereinst in die Eisperiode tritt. Oh, meine Sonne, mein Prachtmenschenexemplar – wie siehst du aus!

»Die Rainer«, nimmt Rosi wieder das Wort, »dos is die Lokalsängerin, wo neulich so viel in der Zeitung g'standen is. Doß die daneben wohnt, weiß freilich die ganze Straß'n. Doß aber der Herr Vetter zu der ihrer Bekonntschaft g'hört, hätt i mer nit denkt. Hot so e scheene Frau und lauft der schiechen Astel nach.«

Susannens Zähne klappern aneinander, die Zunge klebt ihr am Gaumen, doch gelingt es ihr, dank ihrer heroischen Anstrengung, in ziemlich natürlichem Tone zu sagen: »Ja, meine liebe Rosi, die Rainer ist eben eine große Künstlerin.«

»So? Und drum schickt er ihr wos zu Weihnachten, und vielleicht gar hinterm Rücken der gnädigen Frau?«

»Liebe Rosi«, erwidert Susanne zurechtweisend und verleugnet ihre Wahrheitsliebe, um die Familienehre zu schützen, »dieses Geschenk, es wird von ihm und von ihr sein. Es ist so Sitte bei den Herrschaften, dass sie großen Künstlerinnen zu passenden Gelegenheiten Blumen schicken – oder Christbäume.«

»Meinen S' Fräul'n? No jo!«, spricht Rosi mit ihrem gewohnten überlegenen Lächeln und geht, das Abendessen anzurichten, das heute aus Fisch und Gugelhupf besteht. Dazu braut sie einen großen Punsch für sich und ihre Schwestern. Es geschieht ohne Wissen der Gebieterin, die nicht ahnen darf, dass in ihrem Hause Spirituosen, diese Mörder der Intelligenz, genossen werden.

Während der kleine Betrug an ihr verübt wird, bleibt Susanne ihren traurigen Betrachtungen überlassen.

Solitär, wenn er nicht bei Fräulein Rainer ist! Ein Ehegatte und Familienvater? »Ohne Dir ...« Sie sind also auf dem Du-Fuße. »Ohne Dir« – schauderhaft! Wenn er noch gesagt hätte: »Ohne Dich!« Gott wie sinkt man sofort in jeder Hinsicht, wenn man in einer das Gleichgewicht verloren hat.

Tiefbekümmert fragt sich Susanne, ob sie dem ahnungslosen Vetter, hinter dessen tiefstes Geheimnis sie gekommen ist, je wieder unter die Augen wird treten können und gar seiner betrogenen Gattin und seinen armen Kindern, deren Vater, statt für sie zu sparen, Solitäre kauft für Fräulein Rainer.

Zu Tode schämen muss sie sich vor ihnen allen ... sie, die Mitwisserin einer großen Schuld. Es wird ihr aufs Herz fallen, verdammende Stimmen werden ihr zurufen. Mitwisserin! Ach, gar zu gerne hätte sie sich den morgigen Besuch, vor dem sie schaudert, erspart, sich krank melden, sich entschuldigen lassen. Doch nein! Sie hat leider schon gelogen am Heiligen Abend, sie wird nicht wieder lügen am heiligen Tage. Durch! Sagt sie mit Strafford, mitten durch die gehäuften Trümmer ihres schönen Wahngebildes.

Nun sitzt sie da, die Hände im Schoße, wie sie nicht mehr gesessen, seitdem sie Totenwache gehalten hat an der Bahre ihrer Großmutter.

Rosi lässt sich wieder sehen, deckt den Tisch, stellt mit berechtigtem Stolze das Abendbrot auf und wünscht guten Appetit. Sie wird beurlaubt und kehrt zu ihren Schwestern zurück, die eben eingetroffen sind.

In der Küche geht es munter zu. Man schmaust, man plaudert, man findet des Kicherns kein Ende.

Susanne nickt zustimmend mit dem Kopfe, sofort sie Lachen hört: »Freut euch des Lebens, ihr Armen, euch glüht ja noch das Lämpchen des Glaubens an die Menschen«, sagt sie leise und würgt einige Stückchen Fisch hinunter.

Sie tut es nur, um Rosi, wenn die am nächsten Tag fragen sollte: »Hat's g'schmeckt?«, erwidern zu können: »Es war so gut, dass ich nicht alles auf einmal verspeisen wollte und mir etwas aufgehoben habe für heute.« Ach Gott, ja, morgen ist wieder ein Heute und übermorgen auch, und so geht es fort und dürfte noch lange fort gehen, denn Susanne hat eine eiserne Gesundheit. Vor ihr liegt ein weiter, ein einsamer Weg. Die Menschen, denen sie Gutes tut, was ist sie ihnen? Eine unermesslich reiche Person, die einen Teil ihres Überflusses dazu verwendet, sie aus drückender Not zu befreien. Mit der Erinnerung an diese schwindet auch die Erinnerung an die Befreierin.

Stunden verfließen. Im Hause ist alles still geworden. Das Fräulein geht sich überzeugen, ob die Wohnungstür versperrt und verriegelt und die Sicherheitskette vorgelegt ist, Jawohl, so müde und schläfrig Rosi gewesen sein mag, sie hat alles in Ordnung gebracht, ehe sie zur Ruhe ging. Brave Person! Eine brave Dienerin zu haben, ist ein Glück, das ein einzeln stehendes weibliches Wesen nicht hoch genug schätzen kann. Als Susanne in ihrem Schlafzimmer niederkniet zum Abendgebet, dankt sie dem Himmel ganz besonders für diese Gnade; sie betet überhaupt sehr lange, gibt immer wieder einige Vaterunser zu für einen vom rechten Wege weit Abgeirrten.

Endlich legt sie sich zu Bette und will schlafen. Aber der Wille gebietet dem Schlaf nicht, verscheucht ihn im Gegenteil durch energisches Herbeirufen. Schweige denn, Wille, weichet hinweg, Gedanken! Ein tiefer gesunder Schlaf wird Susannen heute schwerlich erquicken, doch vielleicht gelingt es ihr, in einen ihre Traurigkeit abstumpfenden Dusel zu kommen. So dämmert sie in der Finsternis, die rings um sie, die in ihr herrscht, schließt die Augen und rührt sich nicht.

Nach einer Weile, was sieht sie mit ihren geschlossenen Augen? Gerade vor sich das Erglimmen eines schwachen Lichtscheins. Er wird immer heller und geht von einer vergoldeten Nuss aus, die langsam über den Rand des Bettes aufsteigt, wie ein klein winziger Mond. Das Licht, das er verbreitet, ist warm wie das Leben und rosig wie die junge Liebe. Allmählich nimmt er eine noch schönere Färbung an, und darüber braucht man sich nicht zu wundern, denn die Morgenröte ist dazugekommen, eine herrlich strahlende Morgenröte, die das Nahen der Sonne verkündet, und da flammt sie auch schon empor in Gestalt eines feuerfarbigen Apfels. Als Herold, mit etwas defektem Federbusch, sprengt ein gelber Reiter vor ihr her. Er gibt seinem Rosse

die Sporen, ein mächtiger Satz, und da steht er salutierend auf dem Federbett des Fräuleins.
Sie fährt auf, schlägt sich vor die Stirn, hat im Nu Licht gemacht, schlüpft in ihre Pantoffelchen und eilt ins Nebenzimmer.
Da liegt auf dem Tische vergessen ihre Christbescherung, der sichtbare Beweis, dass es doch ein Wesen gibt, das sich ihrer am Heiligen Abend erinnert und das – selbst ein Kind, die Geschenke des Christkindleins mit ihr geteilt hat. Dieses wunderbare Ereignis ist ihr aufgespart worden, ihr, der alten Jungfer, die gar keinen Anspruch machen darf auf die Liebe von Kindern. Kürzlich erst hat sie ein solches Glück erfahren, und statt sich seiner innigst zu freuen, setzt sie sich hin, die undankbare Kröte, und melancholisiert und überlässt sich feigem Selbstbedauern!
Beschämt und reuig, aber mit einer sozusagen wonnegetränkten Seele ergriff Susanne ihren Husaren, ihren Apfel, ihre Nuss und begab sich zurück ins Schlafgemach. Bevor sie ihr Lager wieder aufsuchte, legte sie die Geschenke Tonis auf das Nachtkästchen in derselben Reihenfolge, die er ihnen mit Ordnungssinn und feinem Gefühl für Rangunterschiede angewiesen hatte. Sie blieb hellmunter und überließ sich heiteren Vorstellungen, deren Mittelpunkt Toni bildete. Was für treuherzige Augen er hat, und treuherzig ist er und warmherzig dazu, das sprach sich gar deutlich in seinem Handkuss aus. Welch ein Unterschied zwischen diesem und den Quasi-Handküssen des höflichen Neffen und der zierlichen Nichte. Susanne erinnert sich vieler kleiner Züge, die ihr im Benehmen Tonis angenehm aufgefallen sind; des Ernstes, den sie so oft an ihm bewundert hat, des Buckels voll Sorgen, den er macht, wenn ihm die Obhut über seine jüngeren Geschwister anvertraut wird. Er nimmt seinen Teil der häuslichen Sorgenlast auf seine jungen Schultern. Und brav ist er und verlässlich und hat

noch nie vergessen, einen Auftrag, den das Fräulein ihm gab, zu bestellen.
Zum Pfadfinder und Genie scheint Toni – wohl ihm! – keine Anlage zu haben, aber ein vortrefflicher Mann, geschickt in seinem Fache, ein Muster für seine Standesgenossen, die Vorsehung seiner Gehilfen könnte er werden, wenn er eine tüchtige Erziehung, wenn er Bildung bekäme, die echte, die von innen heraus kommt, den Wert des Menschen erhöht und den Stolz auf seinen Wert verringert.
Wenn er die bekommen könnte? fragt Susanne und ruft auf einmal laut: »Er soll sie bekommen!«
Ein Gedanke über alle Gedanken ist raketenartig in ihr emporgeschossen; sie setzt sich auf in ihrem Bette, sie lacht und weint. Es vergeht eine lange Zeit, bevor die hochgehenden Fluten ihrer Empfindungen sanft und selig verebben. Endlich liegt ihr Kopf wieder auf dem Kissen, sie atmet leicht und wird gut schlafen.
Vorher aber komm noch einmal, Freundin Phantasie, und mal die ihr am morgigen Tage bevorstehenden Ereignisse deutlich aus.
Sie sieht sich, schon um acht Uhr früh, in größter Parade und mit der Spitzencoiffe, federnden Ganges hinüberwandeln zu den Nachbarn Kunzel. Die Bedienerin lässt sie ein, und sie findet die Familie, wie immer zu dieser Stunde an einem Feiertage, um den Frühstückstisch versammelt.
Beim Eintreten des verehrten und unerwarteten Gastes springen alle auf. Sie aber spricht: »Sitzen bleiben! Ich allein stehe, wie sich's gehört für eine Bittende. Lieber Meister, liebe Meisterin, erlauben Sie mir, den Toni zu adoptieren. Er bleibt ihr Sohn und wird auch der meine, und im nächsten Jahre nehme ich als Familienmitglied teil an Ihrem Weihnachtsfeste.«

Marie von Ebner-Eschenbach

Schenken

Schenke groß oder klein, aber immer gediegen.
Wenn die Bedachten die Gaben wiegen,
sei dein Gewissen rein.

Schenke herzlich und frei.
Schenke dabei, was in dir wohnt
an Meinung, Geschmack und Humor,
so dass die eigene Freude zuvor
dich reichlich belohnt.

Schenke mit Geist ohne List.
Sei eingedenk, dass dein Geschenk
du selber bist.

Joachim Ringelnatz

Der Weihnachtsabend

An dem heiligen Abende vor dem Weihnachtsfeste wanderte der arme Anton, ein holder Knabe von acht Jahren, noch durch die schneebedeckte Gegend hin. Der arme Kleine hatte seine blonden Locken, die von der Kälte angeduftet waren, noch mit dem leichten schwarzen Strohhute vom letzten Sommer her bedeckt, und seine beiden Wangen glühten, hochrot von Frost. Er war nach Soldatenart gekleidet und hatte eine niedliche scharlachrote Husarenjacke an. In der Rechten führte er einen dicken Stecken von Schlehdorn, und auf dem Rücken trug er ein kleines Reisebündelein, in dem sich all' sein Hab und Gut befand. Er war aber fröhlich und guter Dinge, und hatte an der schönen weißen Winterlandschaft umer und an den bereiften Hecken und Gesträuchen am Wege seine herzliche Freude. Indes ging die Sonne glutrot unter. Die angedufteten Halme und Zweige umher flimmerten wie mit rötlichen Fünklein bestreut und die Gipfel des nahen Tannenwaldes strahlten im Abendgolde.
Anton dachte das nächste Dorf, das jenseits des Waldes lag, noch leicht zu erreichen, und ging mutig in den dicken, finstern Wald hinein. Er hoffte in dem Dorfe gute Weihnachtsfeiertage zu bekommen; denn er hatte gehört, die Bauern dort seien sehr wohlhabende und gutherzige Leute. Allein, er war noch keine Viertelstunde gegangen, so kam er vom rechten Wege ab und verirrte sich in die wildeste Gegend des rauen, bergigen Waldes. Er musste fast beständig durch tiefen Schnee waten, und einige Male versank er beinahe in Gruben und Schluchten, die unter

dem Schnee versteckt waren. Die Nacht brach ein und es erhob sich ein kalter Wind. Wolken überzogen den Himmel und verdunkelten jedes Sternlein, das durch die schwarzen Tannenäste funkelte. Es war sehr finster und fing auf's neue an heftig zu schneien.
Der arme Knabe fand keine Spur mehr von einem Wege und wusste nicht mehr wo ein und wo aus. Müde vom langen Umherirren vermochte er nicht mehr weiterzugehen. Er blieb stehen, zitterte vor Frost und fing an schmerzlich zu weinen. Er legte sein Wanderbündelein in den Schnee, kniete daneben nieder, nahm seinen Hut ab, erhob seine starren Hände zum Himmel und betete unter heißen Tränen: »Ach, du lieber Vater im Himmel! Ach lass mich doch nicht in diesem wilden Walde, in Nacht und Frost umkommen. Sieh, ich bin ja ein armes Waislein und habe keinen Vater und keine Mutter mehr! Ich habe niemand mehr als dich. Aber du bist ja der Vater aller armen Waisen. O, lass mich nicht erfrieren; erbarme dich deines armen Kindes. Es ist ja heute die Nacht, in der dein lieber Sohn zur Welt geboren wurde. Um seinetwillen höre mich! Ach lass nicht in eben der Nacht, da sich alle Welt über die Geburt des göttlichen Kindes freut, mich armen Knaben hier einsam im Walde sterben.« Er legte sein müdes Haupt auf sein kleines Bündelein und schluchzte und weinte bitterlich!
Aber horch – da erklang es mit einem Male seitwärts von der Höhe herab, lieblich wie Harfentöne, und ein wunderschöner Gesang erhob sich und hallte von den Felsen wider. Dem Knaben war es nicht anders als hörte er die heiligen Engel Gottes singen. Er stand auf, horchte und faltete die Hände. Der Wind hatte sich gelegt, und kein Lüftchen regte sich. Unaussprechlich lieblich erklang der Gesang in der tiefen nächtlichen Stille des Waldes. Jetzt vernahm er deutlich die Worte:

»O sei getrost in jeder Not,
Denn sieh, den liebsten Sohn hat Gott
Zum Heiland dir gegeben!
Auf ihn vertrau' und fasse Mut,
Was schlimm ist, macht er wieder gut;
Er liebt dich wie sein Leben.«

Jetzt war es wieder still; nur klangen noch wie ein leiser Widerhall einige sanfte Harfentöne nach. Dem guten Anton wurde es wunderbar um das Herz. »Ach«, sagte er, »so muss es den Hirten zu Betlehem gewesen sein, als sie in jener heiligen Nacht den himmlischen Gesang vernahmen. Ich will wieder frischen Mut fassen und fröhlich sein. Sicher wohnen gute Menschen in der Nähe, die sich meiner annehmen; denn ich hoffe, dass sie nicht nur so schön singen, wie die Engel, sondern auch so gut und freundlich gesinnt seien wie Engel!« Er nahm sein Bündelein, und ging die Anhöhe hinauf – der Gegend zu, woher er den lieblichen Gesang vernommen hatte. Kaum war er einige Schritte durch das Gebüsch gegangen, so glänzte ihm ein heller Lichtstrahl entgegen, der sogleich wieder verschwand, über eine Weile aber wieder erschien, dann wieder auf einige Augenblicke verschwand, dann wieder heller glänzte und so wechselweise. Anton ging freudig vorwärts und kam an ein Haus, das einsam im Walde stand. Er klopfte zwei-, dreimal an der Haustüre; er hörte wohl mehrere fröhliche Stimmen in dem Hause, aber niemand antwortete ihm. Er versuchte nun die Türe zu öffnen; sie war nur mit der Klinke geschlossen. Er ging hinein, tappte lange in dem dunklen Hausgang umher und suchte die Stubentüre. Endlich fand er sie, machte sie auf – und blieb höchst erstaunt stehen. Ein heller Glanz von mehreren Lichtern strahlte ihm entgegen. Es war ihm nicht anders, als blickte er in das Paradies, ja in den offenen Him-

mel. – In der Ecke der Stube, zwischen den zwei Fenstern, war eine überaus schöne Frühlingslandschaft ganz nach der Natur im Kleinen abgebildet – eine gebirgige Gegend mit hohen bemoosten Felsen, grünenden Tannenwäldern, ländlichen Hütten, weidenden Schafen nebst ihren Hirten und einer kleinen Stadt oben auf dem Berge. Inmitten der Landschaft war aber eine Felsenhöhle – da sah man das Kind Jesu – die heilige Mutter – den ehrwürdigen Joseph – die anbetenden Hirten und oben schwebten die jubelnden Engel. Die ganz Landschaft flimmerte von einem wundersamen Glanze; sie war wie mit unzähligen winzigen kleinen Sternlein besät, so wie etwas Laub und Moos an Bäumen und Felsen schimmern, wenn sie an einem Frühlingsmorgen von reichlichem Tau tröpfeln.
Die Einwohner des Hauses waren um die schöne Vorstellung des Kindes Jesu in der Krippe versammelt. An einer Seite saß der Vater und hatte eine Harfe zwischen den Knien stehen, an der andern Seite saß die Mutter mit dem kleinsten Kinde auf dem Schoße. Zwei liebliche Kinder, ein Knabe und ein Mädchen, standen zwischen den beiden Eltern, blickten andächtig zur Krippe des Heilandes hinauf und erhoben die Hände gleich den frommen Hirten, die vor der Krippe knieten. Jetzt griff der Vater wieder in die Harfe und die Mutter sang mit ihrer lieblichen Engelsstimme noch einmal das Lied, von dem Anton jene Worte gehört hatte. Die zwei Kinder sangen mit ihren zarten, hellen Stimmchen freudig mit, und der Vater begleitete den Gesang mit seiner angenehmen Bassstimme und dem lieblichen Harfenspiel. Sie sangen:

Vor dir, du holdes Himmelskind
Dem Gottes Engel dienstbar sind,
Fall' ich anbetend nieder –
Und freue mit Maria mich,

Und preise mit den Engeln dich,
Und singe Jubellieder!

Du, du bist aller Menschen Heil,
Dich lieben – ist der beste Teil,
Du Liebe ohne Gleichen!
Zwar spricht noch deine Lippe nicht,
Doch sagt dein liebes Angesicht
Dem Armen wie dem Reichen:

»O sei getrost in jeder Not,
Denn sieh', den liebsten Sohn hat Gott
Zum Heiland dir gegeben!
Auf ihn vertrau' und fasse Mut,
Was schlimm ist, macht er wieder gut:
Er liebt dich wie sein Leben.«

»Und kommt ein andres Kind in Not
Vor deiner Tür' sag' nicht: Helf Gott!
Wollst seiner dich erbarmen!
Fühlst du für Gottes Liebe Dank,
Lass liebreich es bei Speis und Trank
An deinem Herd' erwärmen.«

Anton stand noch immer unter der geöffneten Türe und hielt die Türklinke in der einen Hand und Hut und Stecken in der andern. Seine Augen waren beständig auf die schöne Vorstellung der Krippe gerichtet und mit offenem Munde horchte er auf den Gesang und das Harfenspiel. Niemand bemerkte ihn. Jetzt fühlte aber die Mutter die Kälte, die durch die offene Türe in die Stube drang und blickte nach der Türe. »Lieber Gott«, rief sie, »wie kommt das Kind in der finstern Nacht durch den dichten Wald hierher? Armer, armer Knabe – du hast dich gewiss verirrt!«

Alle sahen jetzt nach der Türe. Die zwei Kinder hatten ein herzliches Mitleid mit dem verirrten Knaben, blieben aber etwas scheu stehen, weil er ihnen fremd war. Die Mutter ging mit ihrem Kinde auf dem Arm zu ihm hin und fragte ihn freundlich: »Wo bist du denn her, lieber Kleiner, wie heißt du und wer sind deine Eltern?« »O du lieber Gott«, sagte Anton mit Tränen in den blauen Augen, »ich habe gar keine Heimat mehr. Ich heiße Anton Kroner. Mein Vater ist in dem Kriege umgekommen und meine Mutter ist den letzten Herbst vor Jammer und Elend gestorben. Ich bin hier im Lande ganz fremd und irre in der Welt umher, wie ein verlorenes Lämmlein.« Er fing an zu erzählen, wie er eben jetzt im Walde in so großer Not gewesen, wie er da aber ihren Gesang gehört und so den Weg zu ihrem Hause gefunden habe. Er wollte weiter reden; allein die Stimme versagte ihm; es fror ihn noch allzu sehr. In der warmen Stube fühlte er die Wirkungen der Kälte erst recht. Er zitterte vor Frost und klapperte mit den Zähnen.
»Ach, du armer Anton«, sagte die Mutter, »du kannst ja vor Frost kaum mehr reden, und hungrig und müde musst du auch sein. Leg' dein Bündelein ab und sitz nieder; ich will dir eine warme Suppe geben und was sonst noch von dem Nachtessen übrig ist.«
Die zwei Kinder, Christian und Katharine, nahmen ihm nun voll Mitleid Hut und Stock und das Bündelein ab. Katharine legte das Bündelein auf die Bank, Christian legte den Hut oben darauf und lehnte den Stecken in eine Ecke. Hierauf führten sie ihren kleinen Gast an den Tisch. Die Mutter brachte Suppe und ein großes Stück Festkuchen nebst gekochten Pflaumen. Sie setzte sich an die andere Seite des Tisches und lächelte freundlich, dass Anton es sich so gut schmecken ließ. Die Kinder aber teilten ihm reichlich von ihren Weihnachtsgeschenken mit – schöne rotwangige Äpfel, goldgelbe Birnen und große braune Nüsse. Sogar

das kleine Lieschen auf dem Schoße der Mutter schenkte ihm, auf Zureden der Mutter, das schöne purpurrote Äpfelein, das sie in den kleinen Händchen hielt und mit den zarten Fingerlein kaum umspannen konnte.

Die warme Suppe bekam dem erstarrten Anton sehr gut und die liebliche Stubenwärme tat ihm nunmehr sehr wohl. Er ward wieder munter und fröhlich. »Aber was ihr doch da in der Ecke eurer Stube schönes habt!«, fing er jetzt an. Er hatte schon unter dem Essen beständig nach der Krippe hinübergeblickt. »Das ist ja ein Frühling mitten im Winter!«, sagte er. »So etwas Wunderschönes hab' ich in meinem Leben noch nicht gesehen. Ich muss es doch näher betrachten.« Er sprang hin und die zwei Kinder folgten ihm.

»Weißt du aber auch, was dass alles vorstellt?«, fragte Katharine. »Freilich weiß ich das«, sagte Anton. »Es stellt die Geburt Jesu vor. Was das für ein schönes, liebliches Kindlein ist! Sein Angesicht ist so schön weiß und rot, wie Lilien und Rosen. Und was es für glänzende Äuglein hat, und wie freundlich es lächelt!« – »Das ist aber nicht das rechte Jesuskindlein!«, sagte Katharine. »Jesus ist jetzt kein Kind mehr; er ist schon lange in den Himmel aufgefahren.« »Das weiß ich wohl«, sagte Anton. »Meinst du denn, ich sei ein Heide? Es ist schon bald zweitausend Jahre, dass Jesus als ein Kind in der Krippe lag. Das alles hier ist nur so gemacht, damit wir Kinder uns alles besser vorstellen können. Das da oben ist, glaube ich, die Stadt Betlehem. Nicht so?« Katharine nickte. »Siehst du nun«, sagte Anton, »das ich alles weiß! Ich bin nicht so dumm, als du meinst.«

Die Kinder lachten und machten nun Anton noch auf allerlei Kleinigkeiten aufmerksam, die ihnen aber höchst wichtig vorkamen. »Sieh nur, Anton«, sagte Katharine, »das schöne weiße Schaf hier mit krauser Wolle und die zwei allerliebsten kleinen Schäflein daneben! Sieh, hier herum graset die übrige Herde und dort steht der Hirt und bläst auf der Schalmei. In dem niedlichen roten Hüttchen mit Rädern schläft er zu Nacht.«

»Siehst du auch«, sprach Christian, »wie da aus dem Felsen ein kleines Quellchen, so fein wie ein Silberfädchen, hervorspringt und sich in den hellen See ergießt? Sieh, zwei weiße Schwäne mit schön gebogenen Hälsen schwimmen auf dem See und spiegeln sich in dem ruhigen, silberklaren Wasser.« »Dort«, sagte Katharina, »kommt ein Hirtenmädchen den steilen Weg am Berg herab und trägt ein zugedecktes Körblein auf dem Kopf. Darin werden wohl Äpfel oder Eier sein, die sie zur Krippe trägt.« »Und sieh«, sagte Christian, »dort schiebt Einer auf seinem Schiebkarren einen Sack die hohe Bergschlucht hinauf. Was aber in dem Sacke ist, weiß ich nicht zu sagen.« So unterhielten sich die Kinder höchst angenehm, und kein kleines, streifiges Schnecklein, das an dem Felsen klebte und kein buntes Müschelein am Ufer des Sees blieb unbemerkt. »Nun wohl!«, sagte Anton, »das ist alles sehr schön. Allein das Schönste ist doch die Abbildung des himmlischen Kindes! Das freut mich am meisten. Denn um jenes Kindes willen, das hier abgebildet ist, hat mich der himmlische Vater aus meiner großen Not errettet.«

Christoph von Schmid

Ein besonderes Weihnachtsfest

Die Weihnachtsferien hatten begonnen. Mein Haus, in dem immer viel fröhliche Jugend lebte, war still geworden, denn alles war zu den Weihnachtsferien heimgefahren. Ich war allein zurückgeblieben mit einer Freundin, die mein Leben teilte. Weihnachten stand vor der Tür, und wir waren einsam. Einst war unser Leben wohl anders gewesen. Früher feierten wir Weihnachten im großen, reichen Familienkreis – nun war fast alles tot, was damals zu uns gehört hatte. »Wir wollen trotzdem Weihnachten fröhlich sein«, sagte meine tapfere Freundin, als wir den ersten Abend still und einsam beisammen saßen. »Aber wie feiern wir Weihnachten, damit es ein frohes Fest wird?« »Wir wollen auf die Straße gehen und Arme einladen«, schlug meine Freundin vor, »oder wir erbitten uns irgendwelche Arme aus der Stadtmission.« Wir wandten uns an einen jungen Stadtmissionar aus unserer Verwandtschaft und brachten ihm unser Anliegen vor. Der lachte, als wir ihm sagten, dass wir von den Ärmsten der Armen welche haben wollten, solche, um die sich sonst keiner kümmere. »Ich kann euch alle Sorten von Verbrechern vorschlagen«, sagte er, »Diebe, wegen Einbruchs Bestrafte, Trunkenbolde, ja sogar einen des Mords Verdächtigen hätte ich auf Lager. Aber«, fügte er ernsthaft werdend hinzu, »ich bitte euch dringend, gebt diese Idee auf, es könnte für euch direkt gefährlich werden, wenn ihr fremdes Gesindel ins Haus zieht, sie können sich die Wege zu einem Einbruchdiebstahl gut merken.«

»Man muss an die Menschen glauben«, sagte ich, »dann

erlebt man auch das Gute in ihren Seelen.« Er lächelte ein wenig sarkastisch. »Durch mich bekommt ihr keine Adressen von Spitzbuben«, sagte er, »und ich rate euch, gebt die Sache auf.«
Wir aber dachten gar nicht daran, sie aufzugeben. »Dann holen wir uns die Armen von der Straße«, sagten wir, »wir wollen ein besonderes Weihnachtsfest haben!«
Am anderen Tag machten wir uns auf den Weg und gingen zum Weihnachtsmarkt am Dünakai. Ein seltsames Leben spielte sich in diesen Tagen auf den Straßen und Plätzen an der Düna ab. Einen besonderen Reiz hatte diese Gegend, wenn man aus der Altstadt mit den vornehmen Patrizierhäusern, den alten Kirchen, den schönen alten Bauten auf den Dünakai herauskommt. Europa und Asien, dicht beieinander: die weite Fläche der Düna liegt vor einem, mit den hohen, geschwungenen Brücken, der breite Strom unter seiner Eisdecke still dahinfließend. Kleine Schlittchen, von Schlittschuhläufern geführt, fliegen pfeilschnell auf der Eisfläche hin und her und verbinden dadurch die beiden Ufer der Düna. Offene kleine Holzbuden reihen sich aneinander. Obst, Nüsse, unglaublich primitive Spielsachen, Tonwaren, Holzschnitzereien werden dort feilgeboten. Reihen von Tischen erblickt man mit allen möglichen Waren, von denen die Verkäufer mit schreienden Stimmen die Vorübergehenden zum Kaufen ermuntern; hohe Ständer mit flatternden Tüchern, gestickten Sachen werden umhergetragen; Tische mit riesengroßen Teemaschinen und unappetitlichem Teegebäck werden von Käufern umlagert. Man hört ein Sprachgewirr, russisch, lettisch, deutsch, alles durcheinander. Nun kommen wir an die Reihe der Tannenbäume, die zum Verkauf aufgestellt sind; Scharen von Händlern stürzen sich auf uns und preisen ihre Bäume an. Kleine Jungen, in Lumpen gehüllt, mit Pelzmützen und rotgefrorenen Gesichtern, heften sich mit wildem Geschrei an unsere Fersen

und bieten sich zum Tragen des Weihnachtsbaumes an. Wir gehen die schmalen Gänge zwischen den Tannenbäumen auf und ab, scheuchen mit einem Scheltwort die uns verfolgenden Buben fort, die einfach unerträglich werden mit ihrem Geschrei und ihrer Zudringlichkeit. Erschreckt flattern sie auseinander wie eine Schar gescheuchter Vögel, um sich sofort wieder zusammenzurotten und uns wieder zu verfolgen. Mein Freundin und ich sehen uns ratlos an: Zerlumpte, Ärmste gab es hier genug, aber von denen wagten wir keinen in unser Haus zu rufen. Traurig wanderten wir heim, die enttäuschte schimpfende Schar hinter uns lassend. Es ist ein Tag vor Weihnachten, und wir haben uns in ein einsames Weihnachtsfest gefunden. Da gehe ich abends in der Dämmerung durch die Straßen und sehe an einem hell erleuchteten Ladenfenster einen Bettler stehen, mit sehnsüchtigen Blicken auf die ausgestellten Herrlichkeiten schauend. Ich stelle mich neben ihn und beobachte ihn heimlich: seine Kleider sind geflickt und gestopft, auf dem Rücken hat er einen Bettelsack, in der Hand einen Knotenstock. Er wendet sich mir zu, und ich blicke in ein schönes, ehrliches, altes Gesicht mit einem weißen Bart und frohen klaren Augen, die mich fast etwas schelmisch hinter Brillengläsern ansehen. »Schenken sie mir etwas«, sagt er freundlich, »Sie haben gewiss ein gutes Herz, ich möchte mir gern ein kleines Weißbrötchen kaufen, aber ich habe kein Geld dazu.«
Ich drücke ihm ein Geldstück in die Hand, er zieht höflich sein gestricktes Mützchen und dankt. »Wollen sie mich nicht morgen zum Weihnachtsabend besuchen?«, fragte ich ihn. »Ei, warum denn nicht«, sagt er vergnügt, »ich komme schon ganz gern, ich habe aber zu Hause eine Frau, darf ich sie mitbringen?« Ich lade auch seine Frau ein und schreibe ihm meine Adresse auf, er verspricht, morgen Nachmittag pünktlich bei mir zu sein.

Als wir aus dem Festgottesdienst heimkommen, finde ich ihn richtig mit seiner dicken lustigen Frau in meiner Küche vor. Sie sind beide gut und sorgfältig gekleidet, nichts erinnert an den Bettelmann von gestern. Ich führe sie in mein Speisezimmer, wo der Festtisch gedeckt ist, und wir setzen uns um den Tisch zur Entrüstung meiner alten Magd.

»Denen würde es nichts schaden, wenn sie in der Küche essen würden«, sagt sie ärgerlich, »alles, wie es sich gehört. An einen Herrschaftstisch gehört kein Bettler.«

»Aber es ist Weihnachten, Annchen, und die beiden sind unsere Gäste«, sage ich, »Sie sollen sich auch mit zu uns setzen.« Die alte treue Seele sieht mich empört an.

»Dienstboten gehören in die Küche zum Essen«, sagt sie streng, »und Herrschaften ins Speisezimmer, so war es immer. Außerdem ist er bestimmt kein richtiger Bettler, er ist viel zu lustig.«

Das Bettlerpaar lässt es sich wohl sein, sie essen und trinken und freuen sich an allem.

»Das ist mal ein Festabend«, sagt der Alte immer wieder, »mir ist es lange nicht so gut gegangen.«

Nun ist das Essen beendet, und die Weihnachtslichter sollen angezündet werden. Wir führen das alte Paar unter den hellen Lichterbaum, wo sie ihren Tisch mit Gaben finden.

»Wer spricht jetzt den Weihnachtssegen?«, fragt der Alte, »wer segnet den Baum?«

»Wollen Sie es nicht tun?«, fragte ich.

Er ist sofort dazu bereit, tritt vor und hebt seine Hände empor: »Jesus Christus segne diesen Weihnachtsbaum!«, sagt er laut. Dann wendet er sich ein wenig verlegen zu mir. »Weiter kann ich den Spruch nicht«, sagt er kleinlaut, »in meiner Kindheit habe ich ihn mal gekonnt.«

»Das macht nichts«, sage ich tröstend, »wir lesen jetzt das Weihnachtsevangelium.«

Ich lese es beim Strahl der Weihnachtskerzen. Dann setzen

wir uns zusammen unter den Weihnachtsbaum zu einem Glas Wein. Der Alte soll aus seinem Leben erzählen. Da geht ihm sein Herz auf. »Ich muss ihnen die Wahrheit sagen, meine Damen«, sagt er, »Sie sind so gut gegen mich gewesen, ich muss mein Herz erleichtern: ich bin weder arm, noch ein Bettler, ich bin ein ganz wohlsituierter Mann. Wir haben gute Kinder, die uns versorgen, wir haben eine nette kleine Wohnung, und es geht uns eigentlich nichts ab. Aber um so behaglich leben zu können, reicht es nur sechs Tage in der Woche, und um den siebten Tag ebenso leben zu können, muss ich betteln. Da habe ich denn mein Bettlerkostüm, meinen Bettelsack und meinen Knotenstock. Ich gehe dann schon am Morgen früh fort, wenn es noch dunkel ist, damit mich die Nachbarn nicht so sehen, denn ich würde mich ja zu Tode schämen, wenn das herauskäme. Abends komme ich wieder heim und habe immer etwas in meinem Bettelsack, was ich meiner Frau mitbringe, so dass wir den nächsten Tag gut leben können. Die Damen sollten uns einmal zum Kaffee besuchen, es würde Ihnen schon bei uns gefallen. Nehmen Sie es mir nicht übel, dass ich Sie zuerst belogen habe. Sie sind gewiss ein paar freundliche Damen, die auch mal einen Spaß verstehen.«
Die beiden Alten lachten so fröhlich und waren so unbefangen in ihrer Lustigkeit, dass wir mitlachen mussten.
Wir nahmen herzlichen Abschied voneinander und versprachen, sie einmal zum Kaffee zu besuchen. »Meine Alte versteht einen besonderen Kaffee zu kochen«, sagte er, »er kann sich sehen lassen, auch vor Damen«.
Als wir diese Weihnachtsfeier dem Stadtmissionar schilderten, sagte er : »Da habt ihr doch noch Glück gehabt, es hätte auch ein verkappter Mörder sein können.«

Monika Hunnius

DAS GEHEIMNIS DER MISCHUNG

Während draußen vor den Fenstern die Menschen in schwarzem Gedränge sich vorüberschoben, als wäre die ganze Stadt in Bewegung und Aufruhr, lagerte die Stimmung schläfriger Langeweile innerhalb der grell erleuchteten Mauern eines geräumigen Kaffeehauses. Nur zwei von den wenigen Gästen schienen diese Stimmung nicht zu teilen. Sie saßen in einer Ecke des weiten Saales an einem kleinen Tisch. Der eine von ihnen, der in seinem Äußeren den vermögenden Mann verriet, trug schon das Grau des Alters über der hohen Stirne. Ruhiger Ernst war der Ausdruck seines glattrasierten Gesichtes, und seine stahlblauen Augen hafteten mit gespannt forschenden Blicken auf den heftig erregten, wie in Fieberröte brennenden Zügen seines Gegenübers. Das war ein Mann von etwa fünfunddreißig Jahren, eine stramme, kräftig entwickelte Gestalt. Ein weiches Gemüt und die feste Entschlossenheit des erprobten Arbeiters sprachen in seltsamer Mischung aus seinem Gesichte, das von braunen, struppigen Haaren umrahmt war. So saßen sich die beiden wortlos gegenüber.

Endlich brach der Ältere das Schweigen: »Nun, Herr Schaller? Wissen Sie denn gar keine Antwort zu finden?« Wie erschrocken fuhr der Angeredete mit dem Kopf in die Höhe. »Nein, nein und nein! Ich tu's nicht – und wenn sie mir eine Millionen anbieten – ich tu's nicht! Das war mein erstes Wort, und das ist auch mein letztes!« »So seien sie doch vernünftig, Schaller, und – sprechen Sie ein wenig leiser. Ich streite ja nicht gegen Ihre Gewissenhaftigkeit – im Ge-

genteil, sie gefällt mir –; aber praktisch sein, ist auch eine schöne Sache. Und übrigens, ich will ja nicht verlangen, dass Sie mir das Geheimnis geradewegs verkaufen sollen. Gott bewahre! Mir ist es nicht um das zu tun, was Sie seit acht Tagen wissen, sondern um Sie selbst, lieber Schaller. Sie sind ein kluger Kopf und ein besonders tüchtiger Arbeiter. Solche Leute kann ich brauchen in meiner Fabrik; sie sind mir Gold wert. Seien Sie vernünftig, kommen Sie zu mir, ich biete Ihnen die Inspektorstelle in meiner Fabrik an. Ich gebe Ihnen das Doppelte von dem, was Sie bei Seydelmann & Komp. beziehen, und mache mit Ihnen einen zehnjährigen Vertrag, mit jährlich steigendem Gehalt.«
Auf dem Gesichte des jungen Mannes wechselte Röte und Blässe. Er musste jedes dieser langsam und eindringlich gesprochenen Worte vernommen haben und dennoch hingen seine Blicke wie geistesverloren an den drei elfenbeinernen Kugeln, die auf dem nächsten Billardtisch inmitten des grünen Tuches lagen. Und da kam es ihm vor, als wären die beiden weißen Kugeln die zarten, lieben Gesichter seiner zwei kleinen Mädchen, und die rote Kugel erschien ihm wie das gesunde, pausbäckige Gesicht seines herzliebsten Buben. Und diese drei Gesichter schauten ihn an mit großen, ängstlichen Augen, und diese Augen schienen zu sprechen: »Vater, um Gottes willen, Vater, lass dir nur ja nichts einreden von dem schlechten Kerl! Schau, was hättest du denn davon, wenn du einen Haufen Geld im Kasten liegen hättest und könntest deinen Kindern und der Mutter nimmer grad in die Augen schauen! Lass dir nichts einreden, Vater!« Mit einem jähen Ruck sprang der junge Mann von seinem Stuhl empor, streckte das zorngerötete Gesicht mit den blinzelnden Augen weit über den Tisch und stammelte mit heiserer Stimme: »Und das Weitere, meinen Sie, das wird sich dann schon finden? Wenn Sie mich erst mal auf zehn Jahre in Ihren Händen hätten, dann

könnten Sie mich schon so lange kneten und bearbeiten, dass mir schließlich nichts andres übrig bliebe, als ein Schuft zu werden und Ihnen das Fabrikationsgeheimnis meines jetzigen Herrn zu verraten.«
Zornig packte er seinen Hut, stülpte ihn über die gesträubten Haare, stapfte mit langen Schritten davon und schoss zur Türe hinaus. Die Augen auf das beschneite Pflaster gesenkt, so stürmte er heimwärts. Bilder der Erinnerung huschten an seiner Seele vorüber. Er dachte an die Lehrlingszeit zurück, die er in einem chemischen Laboratorium durchgemacht hatte, und an die ersten Gesellenjahre, die er weit von der Heimat in einem großen Glaswerk verbrachte. Dann war er heimgekommen und hatte in der Seydelmannschen Majolikafabrik eine sichere Stelle gefunden. Der gute Herrgott hatte ihm ein gutes Weib und gesunde lustige Kinder beschert – ja, was wollte er denn noch mehr? Ein wenig knapp ging es freilich her zu Hause; aber wenn da nun auch ein paar kleine Rückstände bei den unentbehrlichen Handwerksleuten nicht zu vermeiden waren – er hatte ja nur eine kurze Woche noch auf den Neujahrstag zu warten, an welchem Herr Seydelmann für den Glückwunsch jedes Beamten und Arbeiters mit einem ganzen Monatsgehalt zu danken pflegte. Und diesen Herrn, der ihm erst vor acht Tagen den größten Beweis seines Vertrauens gegeben hatte, den hätte er verraten und verkaufen sollen? Bei diesem Gedanken warf Schaller die geballten Fäuste so zornig in die Höhe, dass ein altes Mütterlein, welches ihm gerade entgegenkam, sich erschrocken vom Fußsteig auf die offene Straße flüchtete.
Bald erreichte er sein Heim, weit draußen in einer stillen Vorstadtgasse. Mit hurtigen Sprüngen eilte er die vier engen, steilen Treppen hinauf. Seine schmucke blonde Frau empfing ihn. »Grüß dich Gott, Robert!«, sagte sie und schaute ihn von der Seite an, denn sie las es ihm gleich

vom Gesicht, dass irgend etwas nicht in Ordnung war. Diese Wahrnehmung aber verschwieg sie ihm. Sie fasste seinen Arm und zog ihn gegen die Stube. »Komm nur, kannst mir gleich die Kerzen aufstecken helfen. Die Kinder wollen schier nimmer warten. Sie schreien wie die Wilden, und der armen Großmutter haben sie schon alle Falten vom Rock heruntergerissen.«

Sie traten in das Zimmer, welches, von einer Hängelampe erhellt, trotz seiner dürftigen Ausstattung einen behaglichen, freundlichen Eindruck machte. Der Tisch war schon zum Abendessen gedeckt, und seitwärts, auf einem niederen Kasten, stand der kleine, nicht allzu schwer behängte Christbaum, unter welchem die kärglichen Weihnachtsgaben für die Großmutter und die Kinder ausgebreitet waren. Sie redeten eine Weile über diese Sachen und Sächelchen hin und her; dann begannen sie die Kerzen aufzustecken, während aus dem anstoßenden Zimmer der übermütige Jubel der drei »Wilden« sich hören ließ.

»Robert, mir kommt's vor, als hättest heut einen Verdruss gehabt?«, fragte nach einer Weile die junge Frau. »Gott bewahr!«, brummte er und schüttelte den Kopf. Sie fragte nicht weiter, denn sie kannte ihn – und da kam's denn nach kurzen Minuten von selbst aus ihm heraus, diese Kaffeehausgeschichte. »Heute Nachmittag, gerad wie ich aus der Fabrik hab' fort wollen, hat mir einer einen Brief geschickt, ich soll zu ihm ins Kaffeehaus kommen, weil er mir eine wichtige Mitteilung zu machen hätt'.«

»Und bist hingegangen?«

Natürlich war er hingegangen und hatte dort jenen vornehmen Herrn gefunden, der sich ihm als Besitzer einer großen Porzellanfabrik genannt hatte. Da war es nun bald aufgekommen, dass Schaller eine wichtige Mitteilung nicht empfangen, sondern geben, verkaufen sollte. Die Fabrik, in der er arbeitete, lieferte neben anderen einschlägigen

Waren eine gewisse Majolikasorte, welche den reißenden Absatz, den sie gefunden, der tadellosen Schönheit und dem unvergleichlichen Schmelz ihrer Farben verdankte. Viele Fabriken hatten es versucht, den gangbaren Artikel nachzumachen; aber wenn auch die zur Erzeugung dieser Schmelzfarben nötigen Stoffe bekannt waren, so vermochte doch keiner der Nachahmer die richtige Mischung zu treffen. Diese war das wohlbewahrte Geheimnis der Seydelmannschen Fabrik geblieben; denn außer dem Besitzer der Fabrik kannte dieses Geheimnis nur noch ein einziger alter Arbeiter, der in einem verschlossenen Raume die Mischung vornahm. Dieser Arbeiter war nun vor acht Tagen einer jähen Krankheit erlegen und Robert Schaller war an seine Stelle getreten.

»Und wie mir damals am vorigen Samstag der Herr alles gesagt hat, was ich zu meiner neuen Arbeit hab' wissen müssen, hat er kein Versprechen, kein Wort und keinen Schwur von mir verlangt. Sie sind ein braver, tüchtiger Mensch, ich habe Vertrauen zu Ihnen und ich weiß, dass sie meine gute Meinung nicht täuschen werden. Das war alles, was er gesagt hat. Kaum acht Tage sind's her, seit ich von der Schmelzerei ins Laboratorium gekommen bin; und jetzt hat sich heut schon der Kerl da an mich angeheftet und hat gemeint, er braucht' nur seine Brieftasch' aufzumachen, dass ich meine Ehr' hineinfallen lass' zwischen seine Hundertguldenzettel.«

Aufatmend schwieg er. Seine junge Frau erwiderte kein Wort. Sie stand auf einem Stuhl und klebte die bunten Kerzlein auf die obersten Zweige des Baumes. Dabei zitterten ihre Hände und nach einer stummen Weile fuhr es ihr plötzlich heraus: »Robert! Wenn du zu einer solchen Schlechtigkeit hätt'st ja sagen können, ich glaub', da wär's aus gewesen mit meiner Lieb.« Er nickte nur, als hätte sie etwas Selbstverständliches gesagt.

Nun sprang sie vom Stuhl und die Kerzen wurden angezündet. Robert öffnete die verschlossene Türe, der Großmutter voran stürmten die drei »Wilden« herein und lachende, jauchzende Freude füllte die Stube, die vor wenigen Minuten noch so ernste Worte gehört. Als sich aber der erste Jubel der Kinder ein wenig gelegt hatte, kam mit der Bescherung die Reihe an den Vater. Mit lächelnder Zufriedenheit betrachtete er eine nach der andern von den zwölf brettdicken Socken, welche die Großmutter ihm gestrickt hatte, eines nach dem andern von den sechs rot eingestickten, sorgfältig gesäumten Taschentüchern, die ihm seine Frau beschert hatte. Dann kam aber erst die Hauptsache – die Vorführung der »in Freiheit dressierten Wilden«. Die siebenjährige Elise brachte ein Paar gestickte Schuhe und deklamierte dazu eine Pantoffelhymne, als deren Dichterin sich mit verlegenem Erröten die Großmutter bekannte:

»Lieber Vater, diese Schuh
trag in Gesundheit und Ruh;
die Kindeslieb, wo mein Herz beglückt,
hab ich drinnen hineingestickt.
Drum, wenn sie dir warm halten die Füß,
denk an deine Tochter Elis'!«

Diese Verse haperten zwar, aber sie kamen von Herzen. Dann rückte die dreijährige Marie an. Sie konnte nur mit einem Vaterunser aufwarten. Der fünfjährige Fritz hinwider hatte sich statt auf die Religion auf die Kunst verlegt. Mit seinem piepsenden Stimmlein sang der kleine Käsehoch ein Lied herunter.

»Kinder! Kinder! Her zu mir!«, schrie der junge Vater. Mit beiden Armen fasste er die drei Knirpse zusammen, und während er sie so eng an seine Brust drückte, dass sie lange Gesichter schnitten, schaute er, über ihre Blondköpfe hinweg, ins Leere und stammelte: »Der – der soll mir kommen – und soll mir so eine Freud verderben wollen – so eine Freud!« Da klang von draußen ein schrillender Glockenton in die Stube. Frau Schaller schaute ihren Mann erschrocken an – weshalb sie erschrak, das wusste sie selbst nicht –; dann ging sie, um die Tür zu öffnen. Zwei Dienstmänner brachten einen großen Korb und schleppten ihn in die Stube. Von wem er wäre, wussten sie nicht; ein vornehmer Herr hätte sie geschickt und ließe ausrichten, dass er selbst nachkäme. Mit zitternden Händen schlug Frau Schaller den Deckel des Korbes in die Höhe; und was da zum Vorschein kam, entlockte den drei Kindermäulchen ein staunendes, jubelndes Ah! Spielsachen, Backwerk, Kleiderstoffe, das wollte fast kein Ende nehmen; und ganz zu unterst wurde ein kleines, zierlich beschlagenes Kästchen ausgegraben, das sich bis zum Rand angefüllt zeigte mit blitzblanken Silbergulden. Erblasst bis in die Lippen, schaute Frau Schaller zu ihrem Mann auf; der aber streckte schon, das Gesicht von dunkler Zornröte übergossen, die beiden Hände, packte das Kästchen und warf es in den Korb zurück, dass die Münzen klirrend in die Höhe sprangen. »Fort – fort mit dem Geld, sag' ich – und die Hände von dem Zeug, Kinder, die Händ' weg!«, schrie er mit bebender Stimme. »Der Lump – weil er's auf geradem Weg nicht fertiggebracht hat – jetzt meint er, er kann mich von hinten packen! Mitnehmen sollen sie's wieder – auf der Stell!«

Er eilte in den Flur hinaus, um die beiden Dienstmänner zurückzurufen. Draußen aber stand er wie versteinert und brachte kein Wort über die Lippen. Unter der offenen Wohnungstüre stand sein Chef, Herr Seydelmann, eine stattliche Erscheinung von bürgerlich-behäbigem Aussehen. »Guten Abend, lieber Schaller!« »Sie – Herr Seydelmann

– Sie kommen – zu mir?« »Wie Sie sehen. Und – wissen Sie auch, was ich möchte?«, lächelte der alte Herr. »Ich möchte Sie fragen, wie Ihnen heute Nachmittag der Kaffee geschmeckt hat.«
Dem jungen Mann fielen die Lippen auseinander und mit zitterndem Arme tastete er nach der nahen Mauer. Wie ein grauer Schleier kam's ihm vor die Augen, er sah nichts mehr, er fühlte nur, wie ihm sein Chef die Hand auf die Schulter legte und hörte ihn mit leiser, ernster Stimme sagen: »Sie haben ein Recht, lieber Schaller, diese Geschichte von heute Nachmittag eine Beleidigung zu nennen; und ich komme auch, um Ihnen Abbitte zu leisten. Ich hatte Vertrauen zu Ihnen – als Mensch. Aber ich bin auch Geschäftsmann, und als solcher muss ich mich von der Richtigkeit meiner Meinung überzeugen. Der Herr, welcher Sie heute in das Kaffeehaus gerufen hat, ist mein Schwager gewesen. Und weil er in meinem Auftrag handelte, müssen Sie auch das Anerbieten, das er Ihnen machte, als von mir gemacht betrachten. Von Neujahr an verdoppele ich Ihre Bezüge und biete Ihnen einen zehnjährigen Vertrag mit steigendem Gehalt. Wenn Sie dann übermorgen wieder die Fabrik besuchen, darf und will ich Ihnen auch das Geheimnis der richtigen Mischung anvertrauen. Und jetzt kommen Sie – jetzt will ich Ihre Frau und Ihre Kinder kennen lernen!«
Da löste sich der Bann, der über dem jungen Mann lag, und mit einem von Tränen erstickten Aufschrei stürzte er seinem Chef voran in die Stube. Ein süßer, harziger Duft quoll ihm entgegen. Ein Zweig des Christbaums, auf welchem noch immer die Kerzen brannten, hatten Feuer gefangen.

Ludwig Ganghofer

Puck Kraihenfoot

Ganz hinten an der Heide, wo sich Fuchs und Has im Mondschein begegnen, liegt ein ganz barbarischer Heidberg.

Oben auf seinem Kopfe steht eine großmächtige Fuhre, die größte weit und breit. Man kann sie weit sehen, und die Bauern richten sich nach ihr, wenn sie über die Heide fahren.

In ihrer Krone horstet der Kauk, der große Rabe, in ihrem Stammloch brütet der Schwarzspecht, unter ihren Wurzeln hat die giftige Schnake ihr Schlupfloch. Und da wohnt auch Puck Kraihenfoot.

Puck Kraihenfoot ist ein einschichtiger Schwarzgelb. Er ist ein Fuß hoch, hat ein grünes und ein rotes Auge, gelbe Mäusezähne, einen langen, flechtenfarbenen Bart, eine Nase wie eine Hagebutte, Finger wie ein Kateiker und Füße wie eine Krähe.

Er trägt einen knallroten, etwas verschossenen Mantel mit hoher spitzer Kapuze, der ihm bis auf die Vogelfüßchen reicht. Die Füßchen aber sieht man nicht, denn er schämt sich sehr darüber und trägt im Winter lange Stiefel und im Sommer Schuhe und Gamaschen.

Im Sommer hat er es gut. Da sitzt er auf der mittleren Fuhrenwurzel, die er schon ganz blank gescheuert hat, spielt auf einer Flöte, die er aus einem weißen Hasenknochen gemacht hat, ganz merkwürdige Weisen, oder er schmökt aus einem Krähenschädel, in dem ein Reethalm steckt, getrocknete Postblätter.

Wenn er Besuch von anderen einschichtigen Elben be-

kommt, zum Beispiel von Niß Pogg vom Steingrab oder von Peter Wipp aus dem Dübelsmoor, dann lässt er etwas draufgehen. Dann müssen die Grillen fiedeln. Die Glühwürmer illuminieren die Wurzelstube, die Heidlerchen tragen Lieder vor, die Poggen bilden den Chor, und Puck Kraihenfoot und seine Gäste dudeln sich im süßen Bickbeermost und herben Moorbeersekt ganz gehörig einen an.
Im Winter aber wohnt Puck nicht unter der hohen Fuhre am hellen Berge. Er ist alt und etwas frosterig, und dann ist es ihm auch zu langweilig da. Er zieht dann zu einem Bauern. Hat er es da gut, dann kann der Mann sich freuen. Dann bollwerkt im Sommer darauf der Buchweizen nur so, der Roggen trägt doppelt, die Immenstöcke laufen über, keine Kuh verkalbt und kein Schwein kriegt das wilde Feuer.
Sind die Leute aber zu ihm nicht gut, dann geht es ihnen leege. Dann dreht er den Hühnern und Gänsen den Kragen um, ängstigt das Vieh im Stall, bis es sich kaputtschlägt, bläst die Pferde an, dass sie die Brustseuche kriegen, lässt die Bruten im Immenstock faulen, peitscht Nachts den Buchweizen, bis er braun wird, knickt die Bodenleitern ein, streut der Katze glühende Kohlen in das Fell, dass sie vor Angst in das Heu läuft, und macht sonstigen Unfug.
Nun ist es Wintertag. Auf der Heide liegt der Schnee. Die Machangelbüsche sehen wie lauter Schneemänner aus, und die Fuhren haben weiße Hemden an. Die hohe Fuhre auf dem hellen Berge sieht aus wie ein großer weißer Schirm.
Es ist Mittagszeit, aber es ist schneidend kalt. Der Wind steht von Nordost. Auf der Heide ist ein dunkler Fleck sichtbar. Das ist der Fuchs, der will zum Dorfe, vielleicht dass es ihm glückt, einen alten Knochen oder einen Heringskopf zu erwischen. Er schnüffelt auf dem Schnee herum, da, wo er die Geläufe einer Krähe sieht. Aber da fährt

er zurück, sein Rückenhaar sträubt sich, und mit eingeklemmter Rute schnürt er zum Holze zurück.
Es war nämlich Puck Kraihenfoots Spur, in der Reinecke herumgeschnüffelt hatte, und die hatte eine Witterung, die kein Tier verträgt. Das ist noch schlimmer als Franzosenöl.
Ja, Puck Kraihenfoot ist heute zum Dorfe gekommen, und fuchsteufelswild war der Kleine. So wild, dass er ganz vergessen hatte, seine Stiefel anzuziehen, die er in die Haferlade gelegt hatte, in der er Nachts schlief.
Es war einmal wieder zu schlimm gewesen auf Thormanns Hof. Der Bauer hatte in einem fort gelärmt und geknurrt, und die Guste hat vor sich hingeweint. Das ging nun schon wochenlang so, und wenn Puck die Guste nicht so gern hätte leiden mögen, dann wäre er schon woanders hingezogen.
Die Guste hatte einen Liebsten, einen jungen frischen Kerl, und der Alte wollte, sie sollte einen Witwer heiraten, der einen ebenso großen Hof hatte wie Thormann. Und deswegen gab es nun Tag für Tag Ärger im Haus. Puck Kraihenfoot saß brummig auf der hohen Fuhre, rauchte seinen Post aus dem alten, schön angebräunten Krähenschädel und überlegte, was sich machen ließe. Mit Gewaltmaßregeln, das sah er ein, war hier nichts zu machen. Der Alte war hart wie ein eichener Klotz. Puck hatte ihm neulich ein Bein gestellt, und der Alte war mit dem Kopfe an den Dössel geschlagen, dass er nur so brummte, aber als er wieder zu sich kam, hatte er nur noch mehr spektakelt.
Der Kleine seufzte. Dann fasste er in die Tasche seiner Kutte, holte eine Flöte heraus, aus dem Reißzahn eines Dachses gemacht, und pfiff zweimal darauf. Dann setzte er sich wieder hin und wartete.
Nach einigen Minuten tauchte links ein hellblauer Punkt auf und rechts ein gelber. Die kamen näher, und es waren

Niß Pogg und Peter Wipp. Ernst und gemessen näherten sie sich ihrem Freunde, verbeugten sich, reichten ihm die Frosch- und Maulwurfshände, sprachen erst vom Wetter, von dem hohen Schnee, von ihren Winterquartieren bei den Bauern und fragten schließlich Puck, weshalb er sie gerufen habe.

Da erzählte er ihnen die Geschichte von Guste Thormann und Heinrich Grönebusch und fragten sie, was er machen solle. Ganz ausführlich legte er ihnen alles dar und schloss seine Rede: »Leewe Frünne, hört to, ick roope: Wo kreeg ick de beiden Minschen tohope?«

Peter Wipp legte erst das Maulwurfhändchen an die spitze, schnüffelnde Nase und überlegte. Dann senkte er die gelbe Kapuze und sah auf seine Entenfüße. Endlich sprach er: »Min leiwe Fründ Puck Kraihenfoot, hör too, wat ick segg, min Rat is got. Breck ehm den Kragen, smit em up'n Schragen. Is de Ohle weege, kümmt alles in ne Reege.«

Niß Pogg nickte, dass seine blaue Kapuze hin und herwippte, schlug sich mit den Froschhänden auf die Knie und rief: »Peter Wipp son Snack is got, is de Ohle erst kalt und dod, is de Ohle weege, kümmt alles in de Reege.«

Puck Kraihenfoot aber schüttelte seine rote Kapuze und erwiderte: »De Snei is witt und Bloot is rot, und witt und rot dat lät nich got.«

Da saßen sie wieder lange Zeit und überlegten. Und schließlich kam ihnen ein Gedanke. sie standen auf, zogen ihre Kappen herunter, und der Platz unter der Fuhre war leer.

Auf Thormanns Hof ging der Bauer in der Dönze auf und ab und sah ab und zu grimmig nach seiner Tochter, die mit rotgeschwollenen Augen Kartoffeln schälte. Ihm war recht ungemütlich zu Sinne. Brummig ging er an das Bört, langte seine Pfeife herab und ging nach dem Fenster, wo der Tabakskasten stand. Als er danach griff, hörte er leise etwas kichern, und der Tabakskasten fiel vom Fensterbrett und gerade in den Eimer, in den Guste die Kartoffeln tat.

»Dübel«, rief der Bauer, »nu mott ick noch in' Kraug, dat is all wedder de ohle Puck wesen.« Er setzte die Mütze auf, nahm seinen Stock und ging ab. Als er über den Hof ging, hörte er es über sich lachen. Da saß Niß Pogg, sein Hauspuck, in der Giebelluke, schlenkerte mit den rotbestrümpften Beinen und rief vergnügt: »Hie Niß' eene Been, da Niß' annere Been.«

Zu derselben Zeit saß Hinrich Grönebusch zu Hause und stützte den Kopf in die Hand. Seine alte Mutter sah ihn mehrmals von der Seite an, sagte aber nichts. Der Tranküsel schwelte. Da stand Mutter Grönebusch auf und langte nach dem Ölkrug. Als sie ihn eben in der Hand hatte, fühlte sie einen kurzen kalten Schlag auf der Hand und ließ den Krug fallen.

»Wat hebb ick mi verjaget«, rief die Frau. »Hinrich, du schast man beeten na'n Krauge gahn, dat du up annere Gedanken kummst. De Kräuger kann mi dör sine Lüttje aok'n Pott Ölje schicken.«

Hinrich zog die Jacke an, setzte die Mütze auf und ging auf den Hof. Er wollte die Lüttjemagd nach dem Kruge schicken. Er selbst hatte keine Lust. Aber als das Mädchen eben fort war, hörte er sie kreischen, und sie kam, weiß wie ein Laken, herein und sagte, sie ginge nicht, Peter Wipp sei ihr als feuriges Rad über den Weg gelaufen und habe gerufen: »Gahste Mäken, den Hals schafste breken.« Da ging Hinrich Grönebusch selber, und in der Giebelluke saß Peter Wipp, brummelte mit seinen grünstrümpfigen Beinen und rief: »Hie Peters eene Been, da Peters annere Been.«

Im Kruge ging es hoch her. Thormann war da. Hausteufel, Wirtschaftsengel, konnte man von ihm sagen. Hatte er zu Haus Ärger gehabt, dann gab er einen aus. Bei ihm saß der Schneider und trank schon den achten Kümmel.

»Süh, Thormann, da kümmt din Schwiegersohn. Eh'r nich de grote Fuhre vom hellen Berge up min Hofe steiht, kümmt de nich als Schwiegersohn rup.«

Grönebusch hatte eine heftige Erwiderung auf der Zunge, aber da hielt ihm etwas Kaltes den Mund zu, und eine Stimme, die genauso wie seine eigene klang und von der man nicht wusste, ob sie von dem Boden oder aus dem Keller kam, rief: »Schall dat'n Wort sin?«

»Wisse«, rief der Bauer, »wenn Wihnachten de grote Fuhre up min Hofe wassen deiht, schall Grönebusch use Guste hebben«, und dabei streckte er die Hand hin.

Dem jungen Bauern passte der Scherz nicht. Aber eine unsichtbare Gewalt riss seine Hand nach vorne und drückte sie in die harte Hand des Alten. Der Schneider schlug durch und rief: »Da lur up«, bekam aber in demselben Augenblick einen so furchtbaren Nasenstüber von unsichtbarer Hand, dass er ganz nüchtern wurde und schleunigst abschob. Hinter ihm her aber rief aus dem Giebelloch eine dünne Stimme: »Snider, Supuus, wut du woll to Hus.«

Am hellen Berge war die Nacht ein seltsames Leben. Das Rotwild, das aus der Forst auf die Feldmark austreten wollte, verhoffte und sicherte, denn ein seltsames Klingen kam durch die Luft. Und von allen Ecken kamen heran die Pucks aus Moor und Heide, Geest und Bruch, in gelben, weißen, blauen, roten, grauen, grünen, schwarzen Kutten, und ihre Enten- und Krähen- und Gänsefüße traten sonderbare Spuren in den Schnee.

Unter der großen Fuhre aber stand Puck Kraihenfoot und rief: »Ick mot trecken, helpet mi, wenn ju treckt, bün ick ok d'bie.«

Da fassten sie alle zu, der Schnee knirschte, die Eiszapfen rasselten von den Zweigen zu Boden, und dann hörte man es rauschen und schleifen, und eine große Schneewolke zog vom hellen Berg nach Thormanns Hof.

Auf dem Hofe aber verkroch sich winselnd mit eingezogener Rute Wasser, der Hund, in seiner Hütte. Denn es war da ein Gewimmel und ein Rennen kleiner Leute, dass es ihm unheimlich war.
Als morgens der alte Futterknecht über den Hof ging, um Wasser aus dem Soot zu pumpen, lief er gegen etwas an. Er sah an dem Baum in die Höhe, rieb sich die Augen, brummte und weckte dann den Bauern. Der stieg trotz seines schweren Kopfes eiliger als sonst in die Hosen, zog die Jacke über und ging auf den Hof. Als er den Baum sah, der da schwarz in der grauen Dämmerung stand, fröstelte ihn, und er sah ängstlich nach der Giebelluke. Da saß Puck Kraihenfoot, bummelte mit den langbestiefelten Beinen und rief mit seiner dünnen Junghahnenstimme: »Verwett' is verwett', steiht min Bom da nich nett? Bur, dat is kin Drom, dat is de Guste ehr Weihnachtsboom!« –
Das ist lange her; aber heute noch ist Thormanns Hof in der ganzen Heide der einzige, dessen Hofbusch aus Fuhren besteht. Auf allen anderen stehen Eichen. Und die Hausmarke der Grönebuschs genannt Thormanns ist der Krähenfuß im Dreieck. Das Dreieck aber soll die Tarnkappe Kraihenfoots sein.

Hermann Löns

NEUJAHRSLIED

Mit der Freude zieht der Schmerz
traulich durch die Zeiten.
Schwere Stürme, milde Weste,
bange Sorgen, frohe Feste
wandeln sich zur Seiten.

Und wo ein Träne fällt,
blüht auch eine Rose.
Schon gemischt, noch eh' wir's bitten,
ist für Throne und für Hütten
Schmerz und Lust im Lose.

War's nicht so im alten Jahr?
Wird's im neuen enden?
Sonnen wallen auf und nieder,
Wolken geh'n und kommen wieder,
und kein Wunsch wird's wenden.

Gebe denn, der über uns
wägt mit rechter Wage,
jedem Sinn für seine Freuden,
jedem Mut für seine Leiden
in die neuen Tage,

Jedem auf des Lebens Pfad
einen Freund zur Seite,
ein zufriedenes Gemüte
und zu stiller Herzensgüte
Hoffnung ins Geleite!

Johann Peter Hebel

Zwölf mit der Post

Es war eine schneidende Kälte, sternenheller Himmel, kein Lüftchen regte sich.

›Bums!‹ Da wurde ein alter Topf an die Haustüre des Nachbars geworfen. ›Puff, paff!‹ Dort knallte die Büchse; man begrüßtc das neue Jahr. Es war Neujahrsnacht! Jetzt schlug die Turmuhr zwölf!

›Trateratra!‹ Die Post kam angefahren. Der große Postwagen hielt vor dem Stadttore an. Er brachte zwölf Personen mit, alle Plätze waren besetzt.

»Hurra! Hurra! Hoch!«, sangen die Leute in den Häusern der Stadt, wo die Neujahrsnacht gefeiert wurde und man sich beim zwölften Schlage mit dem gefüllten Glase erhob, um das neue Jahr leben zu lassen.

»Prost Neujahr!« hieß es, »ein schönes Weib! Viel Geld! Keinen Ärger und, Verdruss!«

Das wünschte man sich gegenseitig, und darauf stieß man mit den Gläsern an, dass es klang und sang – und vor dem Stadttore hielt der Postwagen mit den fremden Gästen, den zwölf Reisenden.

Und wer waren diese Fremden? Jeder von ihnen führte seinen Reisepass und sein Gepäck bei sich; ja, sie brachten sogar Geschenke für mich und dich und alle Menschen des Städtchens mit. Wer waren sie, was wollten sie, und was brachten sie?

»Guten Morgen!« riefen sie der Schildwache am Eingange des Stadttores zu,.

»Guten Morgen!«, antwortete diese, denn die Uhr hatte ja zwölf geschlagen.

»Ihr Name? Ihr Stand?«, fragte die Schildwache den von ihnen, der zuerst aus dem Wagen stieg.
»Sehen Sie selbst im Passe nach«, antwortete der Mann. »Ich bin ich!« Und es war auch ein ganzer Kerl, angetan mit Bärenpelz und Pelzstiefeln. »Ich bin der Mann, in den sehr viele Leute ihre Hoffnung setzen. Komm morgen zu mir; ich gebe dir ein Neujahrsgeschenk! Ich werfe Groschen und Taler unter die Leute, ja ich gebe auch Bälle, volle einunddreißig Bälle, mehr Nächte kann ich aber nicht draufgehen lassen. Meine Schiffe sind eingefroren, aber in meinem Arbeitsraum ist es warm und gemütlich. Ich bin Kaufmann, heiße Januar und führe nur Rechnungen bei mir.«
Nun stieg der zweite aus, der war ein Bruder Lustig; er war Schauspieldirektor, Direktor der Maskenbälle und aller Vergnügungen, die man sich nur denken kann. Sein Gepäck bestand aus einer großen Tonne.
»Aus der Tonne«, sagte er, »wollen wir zur Fastnachtszeit die Katze herausjagen. Ich werde euch schon Vergnügen bereiten und mir auch; alle Tage lustig! Ich habe nicht gerade lange zu leben; von der ganzen Familie die kürzeste Zeit; ich werde nämlich nur achtundzwanzig Tage alt. Bisweilen schalten sie mir zwar auch noch einen Tag ein – aber das kümmert mich wenig, hurra!«
»Sie dürfen nicht so schreien!«, sagte die Schildwache.
»Ei was, freilich darf ich schreien«, rief der Mann, »ich bin Prinz Karneval und reise unter dem Namen Februarius.«
Jetzt stieg der dritte aus; er sah wie das leibhaftige Fasten aus, aber er trug die Nase hoch, denn er war verwandt mit den ›vierzig Rittern‹ und war Wetterprophet. Allein das ist kein fettes Amt, und deshalb pries er auch das Fasten. In einem Knopfloche trug er auch ein Sträußchen Veilchen, auch diese waren sehr klein.
»März! März!«, rief der vierte ihm nach und schlug ihn auf

die Schulter; »riechst du nichts? Geschwind in die Wachstube hinein, dort trinken sie Punsch, deinen Leib- und Labetrunk; ich rieche es schon hier außen. Marsch, Herr Martius!« – Aber es war nicht wahr, der wollte ihn nur den Einfluss seines Namens fühlen lassen, ihn in den April schicken; denn damit begann der vierte seinen Lebenslauf in der Stadt. Er sah überhaupt sehr flott aus; arbeiten tat er nur sehr wenig; desto mehr aber machte er Feiertage. »Wenn es nur etwas beständiger in der Welt wäre«, sagte er; »aber bald ist man gut, bald schlecht gelaunt, je nach Verhältnissen; bald Regen, bald Sonnenschein; ein- und ausziehen! Ich bin auch so eine Art Wohnungsvermietunternehmer, ich kann lachen und weinen, je nach Umständen! Im Koffer hier habe ich Sommergarderobe, aber es würde sehr töricht sein, sie anzuziehen. Hier bin ich nun! Sonntags geh' ich in Schuhen und weißseidenen Strümpfen und mit Muff spazieren.«

Nach ihm stieg eine Dame aus dem Wagen. Fräulein Mai nannte sie sich. Sie trug einen Sommermantel und Überschuhe, ein lindenblattartiges Kleid, Anemonen im Haare, und dazu duftete sie dermaßen nach Waldmeister, dass die Schildwache niesen musste. »Zur Gesundheit und Gottes Segen!«, sagte sie, das war ihr Gruß. Wie sie niedlich war! Und Sängerin war sie, nicht Theatersängerin, auch nicht Bänkelsängerin, nein, Sängerin des Waldes; – den frischen, grünen Wald durchstreifte sie und sang dort zu ihrem eigenen Vergnügen.

»Jetzt kommt die junge Frau!«, riefen die drinnen im Wagen, und aus stieg die junge Frau, fein, stolz und niedlich. Man sah es ihr an, dass sie, Frau Juni, von faulen Siebenschläfern bedient zu werden gewohnt war. Am längsten Tage des Jahres gab sie große Gesellschaft, damit die Gäste Zeit haben möchten, die vielen Gerichte der Tafel zu verzehren. Sie hatte zwar ihren eigenen Wagen; allein sie

reiste dennoch mit der Post wie die andern, weil sie zeigen wollte, dass sie nicht hochmütig sei. Aber ohne Begleitung war sie nicht; ihr jüngerer Bruder Julius war bei ihr.
Er war ein wohlgenährter Bursche, sommerlich angekleidet und mit Panamahut. Er führte nur wenig Gepäck bei sich, weil dies bei großer Hitze zu beschwerlich sei; deshalb hatte er sich nur mit einer Schwimmhose versehen, und dies ist nicht viel.
Darauf kam die Mutter selbst, Madame August, Obsthändlerin en gros, Besitzerin einer Menge Fischteiche, sie war dick und heiß, fasste selbst überall an, trug eigenhändig den Arbeitern Bier auf das Feld hinaus. »Im Schweiße deines Angesichtes sollst du dein Brot essen!«, sagte sie, »das steht in der Bibel. Hinterdrein kommen die Spazierfahrten, Tanz und Spiel und die Erntefeste!« Sie war eine tüchtige Hausfrau.
Nach ihr stieg wieder ein Mann aus der Kutsche, ein Maler, Herr Koloriermeister September; der musste den Wald bekommen; die Blätter mussten Farbe wechseln, aber wie schön; wenn er es wollte, schillerte der Wald bald in Rot, Gelb oder Braun. Der Meister pfiff wie der schwarze Star, war ein flinker Arbeiter und wand die blaugrüne Hopfenranke um seinen Bierkrug. Das putzte den Krug, und für Ausputz hatte er gerade Sinn. Da stand er nun mit seinem Farbentopfe, der war sein ganzes Gepäck!
Ihm folgte der Gutsbesitzer, der an den Saatmonat, an das Pflügen und Beackern des Bodens, auch an die Jagdvergnügungen dachte; Herr Oktober führte Hund und Büchse mit sich, hatte Nüsse in seiner Jagdtasche – ›knick, knack!‹ Er hatte viel Reisegut bei sich, sogar einen englischen Pflug; er sprach von der Landwirtschaft; aber vor lauter Husten und Stöhnen seines Nachbars vernahm man nicht viel davon. –
Der November war es, der so hustete, während er aus-

stieg. Er war sehr mit Schnupfen behaftet; er putzte sich fortwährend die Nase, und doch, sagte er, müsse er die Dienstmädchen begleiten und sie in ihre neuen Winterdienste einführen; die Erkältung, meinte er, verliere sich schon wieder, wenn er ans Holzmachen ginge, und Holz müsse er sägen und spalten; denn er sei Sägemeister der Holzmacherinnung.

Endlich kam der letzte Reisende zum Vorschein, das alte Mütterchen Dezember mit der Feuerkiepe; die Alte fror, aber ihre Augen strahlten wie zwei helle Sterne. Sie trug einen Blumentopf auf dem Arme, in dem ein kleiner Tannenbaum eingepflanzt war. »Den Baum will ich hegen und pflegen, damit er gedeihe und groß werde bis zum Weihnachtsabend, vom Fußboden bis an die Decke reiche und emporschieße mit flammenden Lichtern, goldenen Äpfeln und ausgeschnittenen Figürchen. Die Feuerkiepe wärmt wie ein Ofen; ich hole das Märchenbuch aus der Tasche und lese laut aus ihm vor, dass alle Kinder im Zimmer still, die Figürchen an dem Baume aber lebendig werden und der kleine Engel von Wachs auf der äußersten Spitze die Flittergoldflügel ausbreitet, herabfliegt vom grünen Sitze und klein und groß im Zimmer küsst, ja, auch die armen Kinder küsst, die draußen auf dem Flure und auf der Straße stehen und das Weihnachtslied von dem Betlehemsgestirne singen.«

»So! Jetzt kann die Kutsche abfahren«, sagte die Schildwache, »wir haben sie alle zwölf. Der Beiwagen mag vorfahren!«

»Lass doch erst die zwölf zu mir herein!« sprach der Wachhabende, »einen nach dem andern! Die Pässe behalte ich hier; sie gelten jeder einen Monat; wenn der verstrichen ist, werde ich das Verhalten auf dem Passe bescheinigen. Herr Januar, belieben Sie näher zu treten.«

Und Herr Januar trat näher.

Wenn ein Jahr verstrichen ist, werde ich dir sagen, was die zwölf uns allen gebracht haben. Jetzt weiß ich es noch nicht, und sie wissen es wohl selbst nicht – denn es ist eine seltsam unruhige Zeit, in der wir leben.

Hans Christian Andersen

ZUM NEUEN JAHR

Ein bisschen mehr Freude und weniger Streit,
ein bisschen mehr Güte und weniger Neid,
ein bisschen mehr Liebe und weniger Hass,
ein bisschen mehr Wahrheit, das wär doch was!

Statt soviel Unrast ein bisschen Ruh',
statt immer nur ich ein bisschen mehr du,
statt Angst und Hemmung ein bisschen mehr Mut
und Kraft zum Handeln, das wäre gut.

Kein Trübsal und Dunkel, ein bisschen mehr Licht,
kein quälend Verlangen, ein froher Verzicht,
und viel mehr Blumen, solange es geht,
nicht erst auf Gräbern, denn da blüh'n sie zu spät.

Peter Rosegger

Die Gaben der drei Könige

Die Könige hatten viele kostbare Gaben und reichen Schmuck bei sich. Diese Schätze waren durch König Alexander von Makedonien nach Chaldäa, Indien und Persien gekommen; die Königin von Saba hatte sie später in den Tempel Salomos gebracht, und nach der Zerstörung Jerusalems waren die kostbaren Geräte aus dem Königsschloss und dem Tempel von den Chaldäern und Persern geraubt worden. Die Könige brachten nun dieses alte Gold und Silber, die Perlen und kostbaren Steine aus ihrem Lande nach Betlehem, um sie dem Herrn zu schenken.
Sie fanden das Kind in solch großer Armut, wie die Hirten berichtet hatten. In der verfallenen Hütte erstrahlte das Licht des wunderbaren Sternes so leuchtend hell, dass sie alle wie im Feuer standen! Von alledem waren sie so verwirrt, dass sie aus ihren offenen Truhen das ergriffen, was ihnen gerade zur Hand kam: König Melchior gab Jesus dreißig goldene Pfennige und einen kleinen goldenen Apfel, den man mit der Hand umfassen konnte. König Balthasar schenkte ihm Weihrauch, König Caspar brachte – mit Tränen in den Augen – ein Gefäß mit Myrrhe. Ein ehrfürchtiger Schreck hatte sie ergriffen, sie erglühten in innigster Andacht, und von allem, was die heilige Maria sprach, beachteten sie nichts. Sie hörten nur, dass sie mit leicht gesenktem Haupte leise sagte: »Gott sei gedankt.«
Der goldene Apfel, den Melchior Jesus schenkte, hatte gleichfalls dem großen Alexander gehört. Der Apfel sollte die Welt bedeuten. Alexander hatte ihn aus kleinen Teilen des Zinses aller seiner Provinzen machen lassen und trug

ihn immer bei sich. Er umschloss ihn mit seiner Hand, wie er mit seiner Macht die Welt umschloss. Als er aus dem irdischen Paradiese zurückkam, hatte er den Apfel in Indien gelassen.
Die Bedeutung der Gaben der drei Könige erklären die Lehrer in vielen Büchern auf verschiedene Weise; warum König Melchior Jesus den Apfel schenkte, darüber gibt es nur eine Meinung: Die Rundung des Apfels bedeutet die Unendlichkeit, denn die Kugel ist ohne Anfang und ohne Ende. Die Kugel ist Sinnbild der Macht Gottes, welche die Höhe des Himmels, die Tiefe der Hölle und die Grenzen der Welt umschließt. In ihrer Beweglichkeit und Veränderlichkeit ist die Kugel auch ein Sinnbild der Reue der Sünder. Als nun der christliche Glaube erstarkte und wuchs, wurde es – zuerst im Orient – Gebrauch und Sitte, dass Kaiser und Könige als Zeichen ihres Herrschertums goldene Äpfel in der Hand trugen. Bei den verschiedenen Erklärungen der Gaben der Könige heißt es auch, das Gold solle Maria und dem Kinde aus der Not helfen, der Weihrauch sei gegen die schlechte Luft im Stall, und die Myrrhe solle die Würmer von dem Kinde fernhalten.
Man muss ferner wissen, dass es beim Einzug eines Sultans oder Königs in eine Stadt oder ein Dorf im Orient Sitte ist, vor den Häusern Weihrauch oder Myrrhe anzuzünden. Wer das nicht tut, wird als Rebell angesehen und bestraft, denn dies Rauchopfer bedeutet bis zum heutigen Tage Unterwerfung und Gehorsam gegenüber Gott, den Götterbildern und dem Könige. Daher waren von jeher die Märtyrer eher zu bewegen, die Bilder der Götter anzubeten, als vor ihnen Weihrauch anzuzünden, und die Sarazenen verlangten von den übergetretenen Christen als Beweis ihrer Aufrichtigkeit vor allem das Opfer des Weihrauchs.

Johannes von Hildesheim

DER STERN

Hätt einer auch fast mehr Verstand
als wie die drei Weisen aus Morgenland
und ließe sich dünken, er wär wohl nie
dem Sternlein nachgereist wie sie;
dennoch, wenn nun das Weihnachtsfest
seine Lichtlein wonniglich scheinen lässt,
fällt auch auf sein verständig Gesicht,
er mag es merken oder nicht,
ein freundlicher Strahl
des Wundersternes von dazumal.

Wilhelm Busch

Das Glück der Weisen

Weise ist der Mann, der aus den Händen des Glücks nicht mehr verlangt, als er bedarf, und der seine Ruhe nicht in der Befriedigung, sondern in der Mäßigung seiner Begierden sucht. Kann er sich auch nicht in Seide und Purpur hüllen: er will nur seine Blöße decken. Reizen auch Indiens Gewürze und Zyperns Weine seinen Gaumen nicht, er will nur seinen eigenen Körper nähren und seine Kräfte unterstützen. Keine Marmorsäulen tragen sein Dach, aber es schützt ihn gegen die Stürme des Himmels. Er wird nicht unter den Reichen, nicht unter den Angesehenen seines Volkes gepriesen, ihm genügt der Name eines guten Menschen, eines friedlichen Bürgers, eines treuen Familienvaters. Er sieht sich nicht von Schmeichlern umlagert; kein Schwarm von Dienern erwartet seine Befehle; keine Klienten huldigen ihm; keine Fremden drängen sich zu seiner Bekanntschaft; ihm genügt ein Freund. Um sich sein mäßiges Glück zu gönnen, gönnt er jedem andern sein großes.
Das wahre und sichere Glück des Lebens liegt nicht außer uns, sondern in uns; nicht in den Goldkisten, nicht in dem Adelsbriefe, nicht in dem schäumenden Pokal, sondern in ruhigen, zur Freude rein gestimmten Herzen. Wer mit einer Brust voll ungeziemter, brennender Leidenschaft seine Ruhe im Reichtum oder in dem Stande sucht, findet sie nie. Er hat eine Million gehäuft und findet sie nicht; er häuft die zweite und findet sie noch nicht. Er ist aus dem Staube in die Ratsstube, in das Kabinett des Fürsten, an die Spitze einer Armee, auf den Thron gestiegen. Immer höher und nie erreichbar stieg sie vor ihm auf, je höher er

selber stieg. Selbst auf dem Thron sitzt sie nur für den, der sie auf den Thron mitbringt. Nur der Zufriedene, der seine Wünsche auf das beschränkt, was Natur und Glück und Fleiß ihm gewährt, und in dem Besitz und Genuss dessen seine Wünsche befriedigt sieht, nur er hat Ruhe und für die Freude des Lebens einen offenen Sinn. Nur ihm lächelt der Frühling und seine Blüten; ihm schwanken die Gipfel des Blütenhains in der kraftbewegten Luft; ihm flüstert die vertrauliche Quelle. Sanfter Schlummer besucht seine Lagerstätte, während auf seidenen Polstern den Reichen die Sorgen, den Ehrsüchtigen der Neid, den Schwächling die Sünden quälen und der Ausschweifende in lärmenden Sälen sich zum Schwächling entkräftet; und mit leichtem Sinn und leichtem Herzen wacht er am Morgen auf, begrüßt die wiederkehrende Sonne und hat ein offenes Herz für alle neuen Freuden der Natur.
Um sich sein gemäßigtes Glück zu gönnen, gönnt er jedem andern sein größeres. Dankbar und mit Vertrauen blickt er zum Himmel auf, der die Waage des Schicksals hält. Ohne Reue schaut er in die Vergangenheit, ohne Furcht in die Zukunft. Untreu ist jeder andere Besitz, unentreißbar nur der, den wir im Herzen tragen.

Johann Peter Hebel

Die drei Opfergaben

Ich weiß nicht, warum mir der heilige Dreikönigstag so absonderlich jedes Mal gefallen will. Es ist, wie wenn dieses ein Tag wäre, welcher unter den andern Tagen im Jahr, wie der Morgenstern unter dem Haufen der andern Sterne, feuriger und holdseliger leuchtet. Und wenn einer fromm ist und sich besinnt, so fallen ihm am heiligen Dreikönigstage auch besonders liebliche Gedanken ein, gleichsam als wenn sie an diesem Tage ein großes Gastmahl für die heiligen drei Könige im Himmel hielten, und da fielen Bröselein herunter und fielen in den Kopf und in das Herz frommer Christen hinein und sahen da aus wie schöne Gedanken und Anmutungen.

Wir wollen sehen, ob wir nicht auch eines auffangen:

Zuerst wollen wir das Kästlein aufmachen, was der erste König mit dem Bart in der Hand hält. Es ist Gold darin. Hast du auch Gold? Vielleicht so ein altes Stück in einem Papierlein eingewickelt? Und wenn du jetzt kein namhaftes Stück Gold hast, so werden schon wieder Zeiten kommen, wo du etwas kriegst. – Was ist jetzt, wenn du zu Lebzeiten der heiligen drei Könige gelebt hättest und hättest gewusst, was das Kind in dem Städtlein Betlehem, das Kind der armen Jungfrau, was es für ein Kind sei – was ist, hättest du dein Herz verschlossen gegen das arme königliche, göttliche Kind? Hättest du ihm nicht auch gern dein Goldstück geopfert und hättest dir noch eine Freud und Ehre daraus gemacht? Ja, wenn du auch sonst zäh bist und lieber nimmst als gibst, so hättest du vielleicht doch in den Sack gelangt und hättest das vornehmste Geldstück hergegeben. Du hättest gedacht: Es ist gescheit, wenn ich dem Kind ein rechtschaffenes Geschenk mache, es wird ganz gewiss einmal mir tausendfach vergelten, was ich ihm jetzt in seiner Armut gebe, wenn es einmal groß ist und ein Herr und ein König! – So hättest du gedacht. – Und mancher denkt: Ja, da gäb ich viel darum, wenn ich das arme Jesuskind selber gesehen hätte und hätte ihm etwas schenken dürfen; ich wollte ja gern nichts dafür, wenn es etwas von mir angenommen hätte; das tät mir mein Lebtag lang die größte Freude machen! – Nun halt einmal, ist es wahr, macht es dir so große Freude? Und wünschtest du so sehr, dem Jesuskinde etwas zu schenken? Ist das gewiss wahr? Wenn es so ist, so weiß ich etwas für dich. Denk nur, ich weiß einen Ort, wo man das Jesuskind noch antreffen kann, und wo es noch so arm ist; es ist nicht weit. Sieh, der Herr hat gesagt: »Was ihr dem Geringsten meiner Brüder tut, das tut ihr mir; und wer ein Kind in meinem Namen aufnimmt, der nimmt mich auf!« – Wenn du daher einem armen Kranken einen Groschen schenkst, so ist das, wie wenn du ihn Jesus in seiner Armut geschenkt hättest. Und wenn du ein Schuhmacher bist und einem armen Kind, das bei der Kälte barfuß läuft, ein Paar Schühlein machst umsonst, so ist das gerade soviel, als wenn du dem barfüßigen Kind Jesus ein Paar Schuhe geschenkt hättest. Und es ist auch in allen andern Dingen ebenfalls so, was man Jesus wegen den Armen gibt und tut. Und ist es nicht einmal wahr, dass es gerade so ist, wie wenn man es Jesus getan hätte; es ist noch besser. Denn es hat noch ganz besonders deshalb einen guten Geruch, weil man Jesus so aufs Wort geglaubt hat und auf seine Anweisung hin, die er vor achtzehnhundert Jahr im Gelobten Land gegeben hat, heute noch einem Armen ein Stück Geld schenkt. – Vergiss nicht, dass du am heiligen Dreikönigstag dich etwas kosten lassest und machest, wie sie es gemacht haben,

und dem armen Kind Jesus Gold oder Silber oder sonst Geldeswert opferst! –
Was hat denn der andere heilige Dreikönig in dem Ding drin, das so raucht? Es soll Weihrauch bedeuten; du tätest es von weitem schon riechen, wenn der Bildermacher auch den guten Geruch abbilden könnte. – Weihrauch aber opfert man nur Gott. Die heiligen drei Könige müssen sonach gemerkt und geglaubt haben, dass in dem Kind etwas Göttliches sei; das haben sie auch schon dem Stern ansehen können. Denn wegen eines gemeinen Menschenkindes wird kein besonderer Stern am Himmel aufgezündet. Und doch, wo sie in das Städtlein kommen und das Häuslein sehen und in die Stube hineintreten und die Mutter und das Kind antreffen, so sieht auch da alles gar zu armselig aus; und man muss sich schier verwundern, dass diese Männer nicht zweifelhaft geworden sind in ihrem Kopf und nicht zueinander gesagt haben: »Wir müssen irre gegangen sein, das wird das rechte Kind und das rechte Haus nicht sein!« – Sie haben sich nicht scheu machen lassen von dem Auswenigen und haben treu und fromm das Kind angebetet und ihm Weihrauch geopfert; und das ist gerade besonders schön an diesen edlen Männern gewesen, dass ihr Glaube nicht schwächlich am Außenwerk erst sich heben und halten hat müssen, sondern frei und stark weiter sah, als die Augen des Leibes sahen. Sie sahen im armen Kinde den König und ewigen Gott. – Sieh nun, du Christ! Diese edle Glaubenstat kannst du auch täglich üben. Erschien Christus den drei Weisen als ein geringes Kind, so erscheint er dir als eine geringe Hostie in der heiligen Messe oder Monstranz. Glaube und schaue und bete auch du an, wie es die drei Weisen getan haben, so treu und fromm und innig, und du wirst ihn dann auch schauen ewiglich.
Der dritte hat auch so ein Gefäß wie der zweite; es ist

aber etwas anderes drin; es sei Myrrhen gewesen, sagt die Schrift; das ist so eine kostbare Spezerei, wie sie in den heißen Ländern wächst; man braucht sie, um vornehme Tote einzubalsamieren. Ich wollt aber darauf wetten, der dritte hat selbst nicht recht gewusst, warum er gerade Myrrhen geopfert hat. Aber Gott hat es gewusst und es ihm eingegeben. Es war eine schöne Zeremonie, die der Weise geübt hat, ohne zu wissen, was es bedeutet. Hintennach wissen wir Christen es. Es soll bedeuten, dass das arme Kind einem bittern Tod geweiht sei. –
Mach dir jetzt selber noch vollends deine Gedanken, und gib acht, ob dir nicht auch noch einige Gedankenbröselein einfallen; wirf sie nicht weg; sie kommen vielleicht von oben, und tu danach; – vergiss mir aber auch das Opfer nicht an Gold oder Silber für das arme Kind Jesus Christus!

Alban Stolz

SEGEN FÜR EIN GANZES JAHR

Segne das Jahr, mein Gott.
Meine Hände mögen segnen,
was sie berühren.
Meine Ohren mögen segnen,
was sie hören.
Meine Augen mögen segnen,
was ihnen begegnet.
Mein Mund möge segnen
mit jedem Wort.
Lass mich nicht aus deinen Augen,
mein Gott, aus deinen Händen,
aus deinem Ohr, aus deinem Herzen
an diesem Tag und alle Tage.

Irischer Segenswunsch

Quellenverzeichnis

Das Märchen vom Glück, aus: Der tägliche Kram, Erich Kästner
© Atrium Verlag, Zürich 1948 und Thomas Kästner

»Worüber das Christkind lächeln musste« und »Wie der kranke Vogel geheilt wurde«, aus: Karl-Heinrich Waggerl, Und es begab sich
© Otto Müller Verlag, 51. Auflage, Salzburg 2004

»Das ist die stillste Zeit im Jahr«, Karl-Heinrich Waggerl
© Otto Müller Verlag, 1. Auflage, Salzburg 2004

Wir haben uns bemüht, alle Rechteinhaber in Erfahrung zu bringen. Für zusätzliche Hinweise sind wir dankbar.